三国志

五の巻 八魁の星

新装版

北方謙三

時代小説文庫

角川春樹事務所

目次

新装版

三国志

五の巻

八魁の星

*編集注　本文中の距離に関する記述は、中国史における単位に従い、一里を約四〇〇メートルとしています。

軍門

1

自分が敗者であったら、どうするか。

河水《かすい》（黄河《こうが》）を前にして、曹操《そうそう》が考えたのはそれだった。これから、河北《かほく》四州を制圧する、長い闘いがはじまるのである。袁紹《えんしょう》は、それこそ必死の力をふりしぼって、守ってくるだろう。

官渡《かんと》は、境界でぶつかる戦《いくさ》だった。しかしこれからは、すべて袁紹が領地としているところでの戦である。落とし穴は、どこにでもあるはずだ。一木一草が敵。そう思っていた方がいい。

袁紹軍が再び集結中、という知らせが入ったのは、三月も終りに近づいたころだ。幽《ゆう》州から袁熙《えんき》、青《せい》州から袁譚《えんたん》、幷《へい》州から高幹《こうかん》。袁《えん》一門のすべてが、全力を挙げての出兵と思えた。

河北《かほく》四州を守るためには、逆に攻めることだと、袁紹《えんしょう》にははっきり見えているのだろう。十数万が、河水《かすい》にむかって進軍していた。

渡渉《としょう》の拠点にしようとしているのは陽平《ようへい》で、黎陽《れいよう》よりもずっと東に寄っていた。青《せい》州との地理的な関係でそうしているのだ、と曹操《そうそう》にはよくわかった。数十万の大軍を擁《よう》していた時より、袁紹には隙《すき》がなくなっている。

官渡《かんと》で負けたあとの、袁紹の動きには、さすがと思わせるものがあった。鄴《ぎょう》で軍を立て直すと、各地で勃発した叛乱《はんらん》を、ひとつずつきれいに鎮圧したのだ。長男の袁譚《えんたん》も青州に帰し、まず領内をまとめさせた。

それでも、十数万の軍勢だった。叛乱した者はともかく、日和見《ひよりみ》を決めこんだ領内の豪族までは、討《う》てないでいる。

「決死の軍だな。私が二十万を超える大軍になったからといって、油断をするととんでもないことになる」

許都《きょと》の丞相府《じょうしょうふ》で、荀彧《じゅんいく》、荀攸《じゅんゆう》、程昱《ていいく》らを集めて、対策を練った。夏侯惇《かこうとん》率《ひき》いる十二万は、袁紹軍に備えてすでに河水のほとりに展開している。

「陽平を衝《つ》くしかありません。こちらから、河水を渡るべきです」

程昱が言った。

一時は蟄居《ちっきょ》を命じてあったが、それは朝廷内の反曹操勢力をあぶり出すために動いた、ほとぼりを冷《さま》すためだった。程昱は、思った以上に完璧《かんぺき》に、朝廷内の不穏分子をあぶり出した。いま、朝廷の動きで警戒しなければならないものはない。というより、ほとんど動きがなかった。

「袁紹に渡渉させると、荀彧殿が河水のほとりではじめた大規模な屯田《とんでん》が、ひどい痛手を受けることになります。河水の南岸は、絶対に侵させてはなりません」

「わかっている、程昱。しかし、相手が決死の軍であるだけに、河水の南岸に呼びこんで叩《たた》いた方がいいような気もするが」

「荀彧殿は、いま屯田を潰《つぶ》されたくはないでしょう」

「それはそうだが、あくまで軍事が優先です、程昱殿」

荀彧が言った。官渡の戦《いくさ》で、一番苦労したのは、ある意味では実戦に加わらなかった荀彧だったと言ってもいい。兵糧《ひょうろう》の調達で、身の細る思いをしたはずだ。

「程昱殿を、軍師として伴われてはどうです、丞相？」

あらゆる可能性を検討したあと、荀攸がそう言った。荀攸にも荀彧にも、程昱には含むところがあるのだろう。袁紹と対峙《たいじ》している間に、許都の反曹操勢力をあぶり出す目的で、董承《とうしょう》に同心する曹操《そうそう》の部将として、動いていたのだ。程昱《ていいく》さえ動かなければ、帝《みかど》の側近が根こそぎ誅罰《ちゅうばつ》されるということはなかった。処断するのは董承ひとりでよかった、というのが荀攸《じゅんゆう》や荀彧《じゅんいく》の考えだろう。実際には、数百人を処断することになった。

実戦場へ出て、なにかやってみろ。荀攸や荀彧は、程昱の実力は認めながらも、そう考えているに違いなかった。

程昱の表情は、まったく動いていない。この表情で、程昱は曹操の不敬を詰《なじ》り、董承を信用させた。実戦で、どれほどの役に立つかは、老齢のこともあり、試していない。

「袁紹《えんしょう》を迎え撃つ。そういう戦になるでありましょう。勇猛《ゆうもう》な部将だけでなく、知《ち》謀《ぼう》の臣もぜひ側《そば》にいた方がいい、と私も思います」

荀彧が言った。

「私と一緒に行ってみるか、程昱?」

曹操が言うと、程昱が無表情に頷《うなず》いた。二人がどういうつもりで言っているのか、程昱にはよくわかっているはずだ。

二日後に、出発した。

老齢でも、程昱の馬の捌《さば》きはなかなかのものだった。五万の軍の先頭は、高覧《こうらん》と張郃《ちょうこう》という、官渡《かんと》での降将で、その後ろに許褚《きょちょ》が率いる曹操の本隊がいた。

伝令を出し、夏侯惇《かこうとん》に渡渉の開始を命じた。渡渉した部隊から、陣を組んでいく。そうしておけば、袁紹が渡渉中を襲撃することは難しくなる。

袁紹軍は、陽平《ようへい》から倉亭《そうてい》にむかって移動中だ、という報告が入った。河水《かすい》のほとりで曹操軍を打ち破ったら、すぐに兗《えん》州に進攻できるという態勢だった。

渡渉地点から数里入ったところに、夏侯惇は陣を敷いていた。すでに、袁紹軍十五万も、布陣を終えつつある。

「まともにぶつかりましょう、丞相《じょうしょう》。敵は、一度大敗した軍です。どこか一カ所を破ってしまえば、意外に脆《もろ》いと思います」

「しかし、決死の軍だぞ、夏侯惇殿」

程昱が言う。

「はじめから奇策というのも、甘いような気がするのです、程昱殿。まず、相手の力を測るということも必要ではないのでしょうか？」

幕僚《ばくりょう》としては程昱の方が新参《しんざん》だが、年長者に対する礼儀を、夏侯惇は決して忘れない。

「ならば、打ち破る気で、全軍を何段にも構えてかかってくだされい、夏侯惇《かこうとん》殿。明日の陽《ひ》の出からぶつかって、陽の入りまで。それで結着がつかなければ、次の策を考えよう。まともなぶつかり合いを続ければ、兵の損耗《そんもう》が大きすぎる」

「わかりました。それでよろしゅうございますか、丞相《じょうしょう》？」

「うむ。とにかく、袁紹《えんしょう》に奇策は使わせるな。それだけには細心の注意を払え」

「では、明日早朝、こちらから仕掛けます」

曹操《そうそう》は頷《うなず》いた。

幕僚たちが去ると、幕舎《ばくしゃ》でひとり両軍の陣容に見入った。ともに、全軍を十数段に構えている。兵力も、ほぼ拮抗《きっこう》。袁紹軍の士気が高ければ、とても一日で結着はつかないだろう。

二日目は伏兵を使うべきだ、と曹操は思った。ただ、どういうかたちで使うべきなのか。伏兵を使うためには、相手を動かさなければならない。

正面からのぶつかり合いを避けたと思わせ、まずこちらが動くことだろう。その動きが袁紹に脅威を与えれば、必ず動く。脅威を与えるためには、どうすればいいのか。

戦陣で策を練る時、曹操はいつも頭痛など忘れていた。頭痛に悩むのは、大抵許《きょ》都《と》で政事《まつりごと》むきのことをしている時だ。

幕舎の周囲は、許褚《きょちょ》が率いる親衛隊が、交替で警戒に当たっている。夜もかなり更《ふ》けてから、曹操は寝台に横たわった。すぐに、眠りに落ちた。

朝になると、方々で小競合《こぜりあ》いが起きた。

曹操は旗本《はたもと》五百騎ほどと、丘の頂《いただき》から戦況を見守った。

果敢《かかん》に突出してきている部隊がある。正面からそれに当たっている夏侯淵《かこうえん》が、ともすれば押され気味である。

「袁尚《えんしょう》の部隊です。およそ一万。その背後に三万ほどが続いています」

「なるほど。あれが、本初《ほんしょ》（袁紹の字《あざな》）のお気に入りの三男坊か」

「率いているのは、袁紹の本隊であろうと思われます」

「手強《てごわ》いはずだな」

方々のぶつかり合いが、徐々にその規模を大きくしていった。押しては引《ひ》くということが、くり返されている。

半日経《た》っても、押し合いの戦況は変らなかった。一度は負けたとはいえ、袁紹は堂々たる闘いぶりだった。

原野が薄暮に包まれはじめると、両軍とも退《ひ》いた。

「あと一日押し合えば、と思いますが」

軍議で、夏侯惇《かこうとん》が言った。

曹操《そうそう》から見ると、互角《ごかく》の押し合いだった。それは、一度は負けた袁紹《えんしょう》軍に、ある自信を与えたかもしれない。

「程昱《ていいく》の策は？」

曹操が言うと、皺《しわ》に隠れたような程昱の眼《め》が、一座を見渡して光った。

「今日の戦ぶりを見るかぎり、袁紹はやはり決死です。三男の袁尚《えんしょう》など、死を覚悟で突っこんできていたと思われます。これ以上のぶつかり合いは、避けるべきです」

「策は？」

「伏兵」

「どこに、どのような？」

「思い切った、伏兵です。中途半端は危険でありましょう。十面埋伏《じゅうめんまいふく》の計を」

「ほう」

曹操も、そこまで考えてはいなかった。

「まず、本陣を河水《かすい》を背にして構えます。中央の軍勢は、許褚《きょちょ》殿の四万。一万は本陣に残しますゆえ。あとは、全軍埋伏。許褚殿は、ぶつかったのち、本陣まで退《さ》がられて、守りを堅くされるとよい。まず袁紹軍を、本陣のそばまで引きこみます。そこから、埋伏の兵を出します。二軍を両側から。伏兵と知って、袁紹軍は退きはじめます。退いていくところを、しぼりあげるように、埋伏の兵を出していくのです。五段まで。したがって、全軍は十段に分け、今夜じゅうに移動します」

「性急だな。十万以上の兵が動くのだぞ」

「それぐらいの調練《ちようれん》は、曹操軍にできていないわけはありますまい。袁紹軍は、互角の闘いをした直後です。押せるとなれば、押してきます。二日経《た》ち、三日経つと、官渡《かんと》の敗戦を思い起こしますな」

曹操は、軽く頷いた。程昱の策が、どれほど当たるものか、見てみようという心境になっていたのだ。

部将たちは小声で囁《ささや》き交わしていたが、程昱はやはり表情を変えなかった。

「夏侯惇、程昱の指示通りに兵を動かせ」

部将たちが、立ちあがった。夏侯惇は、異存があるという表情はしていない。ここは、程昱の手並みを見てみよう、と思っているのだろう。

許褚の四万が、まず動いた。一万ずつ、次々に袁紹の陣営に夜襲をかけるのである。

「埋伏《まいふく》の十軍は、第十軍、九軍から出発。許褚《きよちよ》殿の夜襲の背後に付き、退く時に居残って身を潜《ひそ》める。八度の夜襲で、第三軍まで埋伏を完了すること」

程昱《ていいく》の指示に、よどみはなかった。

許褚の夜襲が開始された。曹操《そうそう》は、本陣を十里（約四キロ）ほど退げ、河水《かすい》を背にした。喊声《かんせい》が、曹操のところにまで聞えてきた。そばにいる程昱の表情は、まったく変らない。

「十面埋伏の計か。思い切ったものだ。普通、一軍か二軍を伏兵として置くことを考えるが、夜陰に紛《まぎ》れてほとんど全軍を埋伏するとはな。嵌《はま》ってしまえば、袁紹《えんしよう》は助からぬかもしれぬな」

「これも、わが軍に、気持の上で余裕があるからできるのです。官渡《かんと》の勝利がなければ、やはり正面からのぶつかり合いを選んで、兵の損耗《そんもう》を余儀なくされたでありましょう」

「大がかりな埋伏の計は、余裕があってはじめてできることか。私も、伏兵を置こうとは考えていたが」

「丞相《じようしよう》のお考えになった伏兵で、充分に敵を打ち払うことはできましょう。しかしいまわが軍は、ただ打ち払うだけでなく、あわよくば袁紹の首を取れる、という戦をすべきです」

「まったくだ、程昱。あれほどの苦難の末に得た官渡の勝利は、どんな時にでも生かしたいものだ」

「私の献策が破れれば、ためらいなく処断なされませ、丞相」

「そこまで、深く考えることはない」

「いえ、それが筋でございましょう。文官の献策なのですから。武官はいつも、自らの命をかけて献策いたしております。そこに文官が口を挟んでいるのです」

「なるほど、わかった。これからは、重要な献策はあまり文官にはさせるな、ということだな」

「官渡の勝利で、丞相はまた一段と深く、人の言葉を読むようになられました」

「自分では、変ったつもりはないが」

許褚の夜襲は、続いていた。三度目か、と曹操は思った。八度くり返された時、埋伏の計は終っている。そして、そのころが夜明けだろう。

曹操は、程昱とともに、夜明けを待った。埋伏が完了したという注進が、第十軍を最初に、次々に届いてきた。袁紹は許褚の夜襲を受けても、堅く陣を守って動こうとしていないようだ。

空が、白みはじめた。

「許褚殿《きょちょ》に、総攻撃を」

程昱《ていいく》が言った。明るくなり、こちらの陣を間者《かんじゃ》が探りやすくなれば、大軍が消えていることに気づかれるだろう。その前に、まず乱戦に持ちこむことだった。

許褚の、総攻撃がはじまった。明るくなってきているので、袁紹《えんしょう》もこのまま守りを続けようとはしないだろう。

思った通り、先鋒《せんぽう》が出てきて許褚と押し合いはじめた、という注進《ちゅうしん》が入った。

「無理に踏ん張るな。しかし、すぐに退いたと敵に思われてもならぬ。三十人のうちひとりが討たれれば退がるように、と許褚殿に」

程昱が、伝令を呼んで言った。

曹操《そうそう》なら、そんな指示を出す必要はない。適当に踏ん張れと言うだけで、許褚は曹操が思う程度の闘いをするだろう。文官である程昱の指示には、どこかで反撥《はんぱつ》するかもしれない。三十人にひとり、というところに、文官の指揮の苦衷《くちゅう》が出ていた。

董承《とうしょう》を追い落とすために、曹操の間者のような真似《まね》をした、ということに、意外なほどの反感を抱《いだ》かれているらしい。それも、曹操がはじめて気づいたことだった。

やがて、許褚の軍が押されはじめた、という注進が入った。

中核の軍で、袁紹は許褚を押している。曹操は、なにも下知《げち》を出さなかった。程昱が、本陣の軍にも戦闘態勢をとるように、厳しい声で指示を出した。

袁紹は、のどの渇いた動物が川にむかうように、一歩ずつ十面埋伏《じゅうめんまいふく》の計に嵌《はま》りつつある、と曹操は思った。しかし、なにも言わず、表情も動かさなかった。

許褚の軍が後退してきて、本陣を守るように展開した。まだ、まとまった動きができなくなるほど、本格的に押されてはいないのだ。そして土煙《つちけむり》のむこうに、『袁』の旗が見えてきた。迫ってくる。袁紹の姿がどこにあるのか、曹操は捜した。他人の戦を見ているような気分である。

先鋒が、ぶつかってきた。第二段、第三段と、畳みかけるように攻撃してくる。一点に力を集中した、かなり激烈な攻撃だった。『曹』の旗が、袁紹にははっきり見えているのだろう。そして、そこだけを衝《つ》こうとしている。

程昱は、できるかぎり袁紹の主力を引きつけようと考えているのか、すぐには埋伏の兵に合図を出そうとしなかった。許褚の軍が、少しずつ崩されはじめている。それを見てとったのか、五段で攻めていた袁紹の主力が、一斉に出てきた。

「第一軍、第二軍」

程昱の沈んだ声が聞えた。合図の太鼓が打たれた。袁紹軍の両側から、二万ほどの軍がいきなり現われた。まさに、地中から躍り出したという感じだった。

袁紹軍《えんしようぐん》は、大きく乱れはしなかった。ただ、伏兵の危険を覚《さと》ったのか、退却の鉦《かね》を打たせている。すでに遅かった。いま袁紹にできることは、遮二無二《しやにむに》ここへ攻めこみ、自分の首を取ることだ。その機会を、袁紹は摑《つか》み損ねている。退却すれば、埋伏《まいふく》の兵の挟撃《きようげき》を、あと四度は受けることになる。生き延びてそこを逃れることができるかどうかは、袁紹の運次第だろう。

袁紹軍が崩れはじめたと、注進が入った。次に入った注進は第十軍の夏侯淵《かこうえん》からで、追撃中というものだった。埋伏の兵の中で、袁紹軍はなすすべもなく崩れていった、ということだ。

「追撃の先鋒は夏侯淵。第十軍から第五軍までの追撃でよい。総指揮は曹洪《そうこう》。できれば、袁紹の首を持ってこい」

そこからの下知《げち》は、曹操《そうそう》が出した。

追撃隊が陽平《ようへい》を抜き、さらに北にむかったころ、曹操は河水《かすい》のほとりの幕舎にいた。追撃は、三日間である。袁紹の首を取ったという知らせは、まだ入らなかった。

「大勝利でございましたな。これからは、程昱《ていいく》殿の献策にも、耳を傾けることにいたします」

軍をまとめていた夏侯惇《かこうとん》が、ひとりで入ってきて言った。

「文官に、戦の指揮はもうさせぬ」

「程昱殿は文官というより」

「戦は、武官の仕事であろう、夏侯惇。程昱には、ほかの仕事がある。それより、袁紹の首はどうした？」

「逃げおおせた、という気がいたします」

「ふん、逃げおおせただと。程昱は、袁紹の首が取れる策を立てた。私の見るかぎりでも、首を取るのは難しくなかった。いいか、夏侯惇。首を取ってくるのが、おまえたちの仕事だったのだ」

「決死でございました、袁紹は」

「決死の軍であるとは、はじめから程昱が言っていたことだ」

大勝利だが、曹操は自分が不機嫌であることがわかっていた。荆州《けい》では、劉表《りゅうひょう》と劉備《りゅうび》が組んだ恰好《かっこう》である。揚《よう》州では、荀彧《じゅんいく》が仕かけていた策がはずれ、孫権《そんけん》の叔父の孫輔《そんほ》は追放されていた。

すべてがうまく運んでいるわけではないのに、幕僚たちは目先の勝利に浮かれている。

三日追撃しても、ついに袁紹《えんしょう》の首は取れなかった。

それから十日ほど、曹操《そうそう》は河水《かすい》のほとりに滞陣していた。このまま冀《き》州を攻め奪《と》るべきだ、という意見が幕僚の中では強かったが、追撃軍の夏侯淵《かこうえん》も曹洪《そうこう》も呼び戻していた。

放《はな》ってあった五錮《ごこ》の者が、戻ってきた。

袁紹は、逃走中に血を吐いて倒れたという。鄴《ぎょう》で病床に就《つ》いたというのだ。城は、袁尚《えんしょう》と審配《しんぱい》が堅く守っている。息子たちや甥《おい》も、それぞれの州に戻った。

「完全に、袁紹は守りの態勢に入っている。そういう敵は、なかなかに手強いものだ」

軍議には、幕僚が揃《そろ》っていた。負け犬の息の根は止めた方がいい、という意見が強かった。

「許都《きょと》へ戻る。陣を払う準備をせよ」

「しかし、丞相《じょうしょう》」

「言うな。袁紹が病《やまい》を癒《いや》す時ぐらいは、与えてやろう」

本気で、そう考えているわけではなかった。袁紹が死ぬかもしれない、という思いがあったのだ。死ねば、それぞれが一州を領している息子たちや甥《おい》の間で、後継の争いが起きるかもしれない。

いま攻めれば、袁《えん》家はひとつの集団として強く結びつくだろう。内輪揉《も》めなど、している場合ではなくなるのだ。ここで兵を退いて締めつけを緩《ゆる》めれば、兄弟同士で争いをはじめることも考えられる。

それに、やはり兵糧が不足していた。官渡《かんと》での戦の時ほどではないにしても、擁《よう》する兵が増えた分だけ苦しいのである。鄴を攻めるとなると、長期戦を覚悟しなければならなかった。

「よろしいと思います。帰還されるのは。一応は、大勝利を収めたのですから」

軍議のあと、夏侯惇《かこうとん》がひとり幕舎へ来て言った。

「考えてみれば、官渡での戦は、わが軍を根深いところで疲れさせています。新兵や、新《あら》たに参じた兵もかなりの数になります。時をかけて、調練をやる必要もありましょう」

「そこは、おまえに任せよう、夏侯惇。河北《かほく》は、じっくりと攻める。そのための体力を養う時にしよう」

「あまり急がれてはいないので、安心いたしました。河北は、必ず奪れます。河北を奪れば、天下の大勢は決します」

果してそうなのか、と曹操《そうそう》は考えていた。

この国は広い。まだ荊州《けい》があり、揚州《よう》があり、益州《えき》があり、そして辺境の涼州《りょう》もある。長い、戦陣の日々は続くはずだ。

「いささか、お疲れではございませんか、丞相《じょうしょう》？」

「そう見えるか、夏侯惇《かこうとん》？」

「私ごときには、よくわかりません。しかしこの乱世で、天下というものを見つめていれば、疲れない方がおかしい、という気もいたします。それほどの戦を重ねたわけではありませんが、袁紹《えんしょう》を蝕《むしば》んだのも、やはりその疲れではないのでしょうか」

疲れているのだろう、と曹操は時々思うことがあった。倦《う》んでいる、と言ってもいいのか。昔ほど、気軽に動けなくなっている。気づくと、四十五はとうに過ぎていた。

「練兵に精を出せ、夏侯惇。私は、精兵が欲しい」

「かしこまりました」

夏侯惇が、ほほえみながら言う。

自分は疲れてなどいない、と曹操は思いこもうとした。疲れる暇など、ありはしないのだ。

幕舎の外は、陣払いの仕度《したく》で騒々しくなっていた。

2

なぜ、あんな策に嵌《はま》ってしまったのか。

袁紹は、病床でそればかり考えていた。

兵力はいくらか劣っていたが、互角《ごかく》の押し合いだった。その状態を続ければ、勝利の展望も開けたはずだ。なにより、兵糧《ひょうろう》で勝《まさ》っていた。曹操は、兵力が増えた分だけ、兵糧は苦しくなったに違いない。

勝負を、急ぐ必要はなかった。時をかければかけるほど、こちらが優勢になっていったはずだ。それを、急いだ。官渡《かんと》での負けを、できるだけ早く取り戻したい、と思ってしまったからだろう。

鄴《ぎょう》は固めた。鄴さえ守り抜けば、冀《き》州が侵されることはない。青《せい》州も幽《ゆう》州も幷《へい》州も、それぞれ息子たちや甥《おい》に固めさせた。

自分はまだ、河北《かほく》四州の主《あるじ》なのだ、と袁紹は思った。二度敗れたいまでも、曹操と互角に闘える力はあるはずだ。

しかし、なぜあんな策に嵌ってしまったのか。

むかってくる敵は、四万ほどだった。その背後に、曹操《そうそう》が本陣を敷いていたが、十数万の兵は、どこかに消えていたのだ。兵が少なすぎると、なぜ思わなかったのか。

背筋が寒くなるような、伏兵の置き方だった。挟撃《きょうげき》というかたちで攻められ、ひとつを抜けたと思ったらまたくり返され、それが実に五度も続いたのだ。

首を取られていても、まったく不思議はなかった。旗本《はたもと》の五百騎が、そばにいた。それを拡《ひろ》がらせず、小さくまとめた審配《しんはい》の指揮もよかった。それでなんとか鄴《ぎょう》に戻ることができたのだが、数十騎に減っていた。

負けたのは、ほかの誰《だれ》でもなく自分だった。しかも、二度までもだ。

負けたが、死んではいない。毎日のように、袁紹《えんしょう》は自分にそう言い聞かせ続けた。河北《かほく》四州も、まだ手の中にある。

血を吐く病《やまい》は、血統なのかもしれなかった。父がそうだったし、異母弟の袁術《えんじゅつ》も、大量の血を吐いて死んだのだ。しかし、自分は死ななかった。血を吐いても死ななかったのは、むしろ運が強いからではないのか。

領内では、またしばしば叛乱《はんらん》が起きるようになっていた。袁尚や審配《えんしょう》は、それを袁紹に知らせまいとしている。鎮定できないほど、大きな叛乱でもないのだ。

「とにかく、病を癒《いや》されることです」

毎日病床へ顔を見せる袁尚は、それだけを言った。

鄴の城は、しっかりと固められている。たとえ曹操が三十万の大軍を送ってこようと、一年は充分に耐えられる。いまの曹操に、一年もの攻城戦を闘う余裕があるわけはなかった。その証拠に、倉亭《そうてい》であれほどの勝利を収めながら、曹操は兵を退《ひ》かせている。

自分の後継は袁尚だ、と心の中ではほとんど決めていた。ただ、それを口に出して言ってはいない。袁尚が自分を継ぐにしても、ずっと先の話だ。それまでに、袁《えん》譚《たん》や袁熙《えんき》や高幹《こうかん》を、もっとまともな武将に育てあげておかなくてはならない。河北四州は、血の結束で守っていけばいいのだ。

血の結束に異議を唱えた田豊《でんほう》は、官渡《かんと》の敗戦のあとに処断した。文官としては惜しい人材だったが、袁《えん》家の結束の邪魔になる、という気がした。沮授《そじゅ》も同様で、最初の敗戦の折りに、手枷《てかせ》と首枷を付けたまま、戦場に捨ててきた。当然曹操に捕えられ、脱走しようとして斬《き》られている。

血の結束は、磐石《ばんじゃく》になりつつある、と袁紹《えんしょう》は考えていた。

袁《えん》家は、この国随一の名門である。頂点に立たなければならない、使命がある。ただ、曹操《そうそう》がいるかぎり、自分の代では難しいかもしれない。しかし、袁尚《えんしょう》の代になれば、袁家の王朝を作ることはできるはずだ。

「まず、河北《かほく》四州を守れ。中原《ちゅうげん》に進出する力を養うのに充分なだけの豊かさはある。しかるのちに、再び中原に臨みたい。そのころには、わしの病も癒《い》えているはずだ」

審配《しんはい》を呼んでは、そう言い聞かせた。審配は、忠烈な男だった。戦《いくさ》になると主戦論を唱えることが多いが、それは生来の剛直さから来ているのだ。田豊《でんほう》ほど民政の手腕はないが、いまの袁家には、こういう男こそが必要なのだった。

青《せい》州や幽《ゆう》州からは、しばしば報告が入った。小さな叛乱は、しっかりと押さえこんでいる。民にはつらいことだが、新兵の徴発もし、調練《ちょうれん》も重ねているようだ。袁尚の二人の兄は、それぞれによくやっている。問題は并《へい》州の高幹《こうかん》だが、この甥《おい》も期待以上によくやっていた。州内に、張燕《ちょうえん》を頭目とする黒山《こくざん》の賊徒《ぞくと》を抱えている。場合によっては、審配に兵を付けて送らなければならないと考えていたが、その必要はなさそうだった。高幹が張燕を押さえこんでいるので、審配を袁尚に付けておくことができた。

袁尚には、学ばなくてはならないことが、まだ多くある。臆病《おくびょう》ではないし、戦はなかなかうまい。しかし、民政の手腕はまだもの足りない。民政がなにかというところから、学び直さなければならないだろう。

「曹操軍は、全軍で三十万。そのうち、外征できるものが二十万弱であろうと思われます。許都《きょと》の周辺では、盛んに調練をくり返しております」

二日に一度は、曹操の領内に放《はな》ってある間者《かんじゃ》から、報告が入る。

「河水《かすい》(黄河)沿いに、大規模な屯田《とんでん》も行っております。常時、三万の兵がそれに携わっているようです」

河水沿いの屯田は、河北四州を攻める時のために、兵糧をそこで賄《まかな》おうという意図なのだろう。曹操は、じっくりと腰を据《す》えて河北を攻めるつもりだ。

揚《よう》州には、孫策《そんさく》の弟の孫権《そんけん》がいた。若いが民政の手腕はあり、揚州の力は飛躍的にのびているという。荊《けい》州には劉表《りゅうひょう》がいて、劉備《りゅうび》を前面に出して曹操とむき合っている。揚州も荊州も、曹操と闘う時は、これまで以上に大事な存在になる。袁紹は、書簡《しょかん》を欠かさなかった。

そして、益《えき》州である。

劉璋《りゅうしょう》が一応は州を押さえているが、漢中郡《かんちゅう》の張魯《ちょうろ》に悩まされ続けている。両者を和解させ、張魯の力を益州《えき》から中原《ちゅうげん》にむければ、曹操《そうそう》にとってはかなりの脅威《きょうい》になるはずだ。

袁紹《えんしょう》は、縁組みによる同盟を考えたが、それはうまくいっていない。張魯には家族があり、弟の張衛《ちょうえい》は妻帯する気がないという話だった。しかし、諦《あきら》めてはいない。

病は、かなり重いものだ、と袁紹自身は思っていた。しかし、秋になるころには、起きあがれるようにもなった。

父も弟も、この病で死んでいる。突然、血を吐いてしまう病で、それまで大きな異状はない。医者によると、口から胃の腑《ふ》に通じる道に大きな瘤《こぶ》があり、それが破れると大量の血を吐くのだという。

食べものには充分気を配ったし、酒は控えていた。側室たちの弾く箏曲《そうきょく》だけが愉《たの》しみの日々で、房事すらも断《た》っていた。

深夜に、ひとり眼《め》を醒《さ》ます。

戦に敗れ、疲れ果て、病んだ自分がいる。こんな姿をしているはずはない、と何度も自分に言い聞かせる。これは、夢だ。くり返しそう思っても、闇《やみ》がいっそう重苦しくなってくるだけだった。

戦に、敗れたことはなかった。西園八校尉《せいえんはちこうい》（近衛《このえ》師団長）だったころも、軍の指揮で曹操に劣ると思ったことはない。頭の固い、年長の将軍たちの能力など、問題にもしていなかった。

はじめて敗れたのが、官渡《かんと》だった。次に倉亭《そうてい》でも、策に嵌《はま》って完膚《かんぷ》なきまでに打ちのめされた。負けの味。いままで想像したことすらなかったが、自分の息遣いのひとつひとつが耳に響くほど、なまなましいものだった。拭《ぬぐ》っても拭っても、その味は消えることがなかった。

勝つ以外に、負けの味を拭い去ることはできない。痛いほど、それがわかった。いままで、悠揚《ゆうよう》とした戦をしてきた。それで、充分に力を蓄えてきた。そして曹操は、何度も必死の戦をくり返し、消耗し、疲れ果てていた。しかし、ほんとうにそうだったのか。自分が得て、曹操が失ったもの。それが間違いなくあるとしたら、自分が失って曹操が得たものも、またあったのではないのか。自分は、それを見ようとしてこなかったのではないのか。

深夜、叫び声をあげたい衝動に襲われる。これが、名門袁《えん》家の当主の姿なのか。これが、河北《かほく》四州を制した、袁紹本初《ほんしょ》の姿なのか。

負けたのは、二度ではないか。しかもその負けで、すべてを失ったわけではない。

河北《かほく》四州は、相変らず自分の掌《て》の中だ。ほんとうの負けは、河北四州のすべてを、曹操《そうそう》に奪われた時ではないか。

眠れない夜が多かった。朝になると、頭が重く、躰《からだ》が痺《しび》れたような感じがした。動悸《どうき》も激しかった。戦場を長駆《ちょうく》したあとの、動悸の激しさに似ていた。

「審配《しんはい》、冀《き》州の城の見回りをしてこい。おまえ自身の眼で、それを見てくるのだ。弱いところは、固めろ。弱兵の調練は怠《おこた》るな」

そう命じたが、ほんとうは自分で行き、自分の眼で見たかった。総大将の姿を兵に見せてやることも、必要だと思った。

しかし、躰は動かないのだ。動こうとすると、ひどい動悸がする。胸にある瘤《こぶ》が破れる、と医師たちは必死で止める。死してもなお、という気持はある。しかし、いま死ぬと河北四州はどうなるのか、とも思う。袁《えん》家の行末《ゆくすえ》も心配だった。袁尚《えんしょう》を、誰もが認める後継に育てあげなければならない。そのあとなら、曹操との戦に死を賭《か》けて臨むこともできる。

間者《かんじゃ》からは、全国の情勢が報告されてきた。袁尚と審配を控えさせて、袁紹《えんしょう》はそれを聞いた。

大きな動きはなかった。曹操は、力を蓄えようとじっとしているし、劉表《りゅうひょう》は相変らずで、その領内に寄食している劉備《りゅうび》が、わずかに活発な動きを見せているだけだ。揚州《ようしゅう》の孫権《そんけん》は、民政に力を注いでいて動かない。益州《えきしゅう》でも、劉璋《りゅうしょう》と張魯《ちょうろ》が小競合《こぜりあ》いをしているだけだ。

「いまこそ、民政が必要な時だ、尚」

「はい、充分に心得ています。四州からの税のあがりは、昨年より増えております。叛乱の賊徒は、すべて打ち払いました。父上が、御心配になるには及びません。それより、病を癒されることです」

なにか足りない。袁紹はしかし、それがなにか言ってやることはできなかった。

相変らず、孤独な夜に呻《うめ》いているだけだった。

3

張飛《ちょうひ》の騎馬隊が、めざましい動きを見せていた。四百騎である。

趙雲《ちょううん》の騎馬隊は八百騎で、そこから馬の扱いを習熟した者が、張飛の騎馬隊に移るのである。どちらが上ということはなく、張飛の隊が素速く動き、趙雲の隊が力で押すという騎馬隊の構えだった。それに歩兵が五千弱いて、およそ六千で劉備軍は編成されていた。

張飛《ちょうひ》は調練《ちょうれん》に熱心だが、趙雲《ちょううん》の隊は副隊長格の二人が指揮していることが多かった。趙雲は、新野《しんや》をあけていることがしばしばあるのだ。

劉表《りゅうひょう》に借りた新野一帯は、一万五千から二万の兵が養えると言われていた。代官を置いて、適当に治めてそうなのだ。三万は充分に養えると、民政を担当する孫乾《そんけん》と糜竺《びじく》は見ていた。そのためにいろいろと動いてはいるが、劉備《りゅうび》は六千以上に兵を増やさなかった。劉表の家中《かちゅう》で、劉備が力を持つのを好まない者がかなりいるのだ。そういう配慮は、長い流浪《るろう》で身につけたものだった。

新野は、劉表の本拠である襄陽《じょうよう》と、許都《きょと》に挟まれるような位置にある。曹操《そうそう》が荆《けい》州に攻めこんできた時の楯《たて》代りであることは、はじめからわかっていた。周囲や州境の小城には、せいぜい五百ほどの兵がいるだけである。攻める時、曹操は小城には見向きもせず、最初に新野を落とそうとするはずだ。

軍勢を、一万までに増やすつもりではいた。しかしそれより先に、劉備にはやらなければならないことが、数多くあるのだった。武器を調達し、武器倉に蓄えている。兵糧《ひょうろう》も、目立たないように蓄えた。馬も欲しかった。張飛の隊こそ、いい馬が揃《そろ》っているが、趙雲の隊はまだ駄馬が半分だった。

そして、劉表の家中への工作である。

蔡瑁《さいぼう》という重臣がいた。いまのところ、この男が一番劉備に反感を持っている。蔡瑁は劉表の正室の蔡《さい》夫人の弟で、蔡一族が劉表軍の中では大きな力を持っていた。蔡瑁との決定的な対立は、劉備の構想に大きな破綻《はたん》を招く。ここ三、四年は、劉表のもとで力を蓄えるつもりでいた。

応累《おうるい》が迎えに来た。

新野に来てから、応累は麋竺の下にいる文官を装っていることが多かった。小肥《こぶと》りの応累には、兵の身なりより、文官の姿の方が似合っていて自然だった。

「殿の従者は五人ほど。私の手の者に兵の身なりをさせて、五人。都合十人の警固で参りましょうか」

「多すぎぬか、応累？」

「いや、蔡瑁という男は、なにをするかわかりません。戦《いくさ》はしたがらないくせに、領内で武力を持っている者を、認めることもできないのです。こういう男が、一番悪質です。暗殺も狙《ねら》いかねませんので」

「いまの私を暗殺して、劉表殿にどれほどの得があるというのだ」

「そこです。あまり損得を見通す力がなく、体面だけを考えるような男です。客将として殿が曹操《そうそう》とむかい合っておられれば、劉表《りゆうひよう》軍の総指揮者と自認している蔡《さい》瑁《ぼう》の体面には傷がつくわけです」

「劉表殿も、人に恵まれてはおらぬな」

劉表軍でまず名が挙がるのは、江夏太守《こうかたいしゅ》の黄祖《こうそ》だった。かつて、孫堅《そんけん》と対峙《たいじ》して、その命を奪った。孫策《そんさく》からは父の仇《あだ》と攻められ、散々に打ち破られて家族をみな死なせたが、ひとりだけしぶとく生き延び、いまは孫権《そんけん》とむかい合っている。

この黄祖は、蔡瑁とてはずすわけにはいかないはずだ。いまも荊《けい》州の最大の敵は、揚《よう》州なのである。黄祖をはずせば、蔡瑁が江夏で孫権と対峙するしかなく、その自信がないことは眼《め》に見えていた。すると、劉備が眼障《めざわ》りということになるのだろう。

供《とも》回り十名で、劉備は応累《おうるい》を伴って出かけた。

新野《しんや》の郊外では、毎日劉備軍が激しい調練をくり返している。特に、張飛《ちょうひ》の調練はすさまじいものだった。相当に強力な騎馬隊に育ちあがってはいるが、やはりかつての呂布《りよふ》の騎馬隊とは較《くら》ぶべくもなかった。いい馬を揃《そろ》えているといっても、それは劉備軍の中で見た場合の話なのだ。呂布の騎馬隊は、それこそ一頭一頭が名馬と呼んでいいほどのものだった。

「やあ、大兄貴。お出かけですか？」

土煙《つちけむり》をあげて駈《か》けつけ、張飛が言った。張飛のそばには、王安《おうあん》がいる。童《わらべ》だと思っていたが、馬の扱い、武器の扱いは、並みの兵以上のものになっている。人の成長は早いのだと、王安を見ているとしみじみと感じた。

「調練を、見ていかれませんか？」

「いや、よい。おまえの騎馬隊の調練なら、いつでも見たい時に見られるであろうし」

「馬です。馬さえもっといいものを揃えられたら、精強な騎馬隊に育ちます。それを、兄上に見ておいていただきたいと思いまして。劉表殿と会われるのでしょう？」

「ないものをねだったところで、仕方があるまい、張飛。それに、劉表殿が馬を回してくださるとも思えぬ」

「まったく、われらに曹操と闘えと言っているくせに、馬一頭も寄越《よこ》さぬとは、劉表もけちな男ではありませんか」

「よせ、張飛。揚《よう》州の孫権がいつ動くか知れず、山中で境界を接している漢中《かんちゅう》の張《ちょう》魯《ろ》も、しばしば侵入しているという。劉表殿も大変なのだ」

「大兄貴はそうおっしゃいますが、一番の敵は曹操だと俺《おれ》は思います。わが軍を強化しなければ、曹操はあっという間に襄陽《じょうよう》へ攻めこみますぞ」

「それを止めるのが、われらの役目だ」

「だから馬なのです、大兄貴。曹操《そうそう》がどれほどの大軍で攻めてこようと、騎馬隊でひっかき回してやれば」

「くどいぞ、張飛《ちょうひ》。われらの力だけでやる。そういう約束で、劉表《りゅうひょう》殿はこの新野《しんや》をお貸しくださったのだ」

「われらは、躰《からだ》を張って曹操を止めるのです。武器と馬ぐらい頼むのは、当たり前ではありませんか。劉表のけち野郎め」

「よさぬか、張飛」

張飛は、すべてがわかって喋《しゃべ》っている。劉表や蔡瑁《さいぼう》の間者《かんじゃ》が、多分かなりの数入りこんでいて、それに聞かせるためだ。部将たちの不満を、劉備《りゅうび》が押さえている。そういうふうに受け取られれば、疑念も反撥《はんぱつ》も弱いものになるかもしれないのだ。

豪放《ごうほう》な性格を装っているが、張飛にはそういう細心さもあった。考えるのではなく、感じてやってしまうのだ。理詰めの関羽《かんう》とは、そこが違っていた。

自分にむけてくる思いも、関羽の場合は一途《いちず》な忠誠だが、張飛にはどこか肉親に対する愛情に似たものがある、と劉備は思っていた。王安《おうあん》の扱い方を見ていても、人に対する思いで、張飛の中ではそういう感情が一番強いのかもしれない、という気がした。

「とにかく、兵を鍛えあげるのだ、張飛。それがおまえの仕事で、あとのことは私が考える」

不満そうな表情で、張飛は横をむいている。遠くの丘では、張飛の三百騎が、土煙をあげて駈け回り続けていた。

「立派な兵になったな、王安」

張飛から眼をそらし、劉備は言った。恥しそうな表情で、王安が頭を下げた。

「調練でも、短戟《たんげき》を遣《つか》うようにしたのか？」

「はい。長柄《ながえ》の戟とは、馬の扱い方が違いますので」

「生意気を言うな、小僧のくせに」

張飛が言う。

「こいつは、そこそこに馬に乗り、そこそこに短戟を遣います。つまり、そこそこの男なのですよ、大兄貴」

「おまえが王安の歳《とし》には、そこそこの男と言われていたのか、張飛？」

「俺は、暴れ者でした。若いころは、暴れ者でいいのです。こいつは、妙に大人ぶったところがありまして、そのくせちょっと厳しくするとすぐ泣きます」

「私は、この四カ月、一滴の涙も流しておりません」

「やさしくしてやったからな。そのうち、また泣くさ」

「泣きません」

張飛《ちょうひ》と王安《おうあん》の、こんなやり取りはいつものことだった。時には王安が殴り倒されたりしてもいるが、そういう時も張飛は決して急所を打ったりはしない。

「とにかく、馬です、大兄貴」

張飛のそういう声を背にしながら、劉備《りゅうび》は駈けはじめた。

襄陽《じょうよう》から北へ十里（約四キロ）のところに、小さな庵《いおり》があった。

劉備が案内されたのは、そこだった。すでに、馬が一頭繋《つな》がれている。

「わざわざ、申し訳なかった、伊籍殿《いせきどの》」

庵にいるのは、従者《じゅうしゃ》をひとりだけ連れた、伊籍機伯《きはく》である。

年齢ははっきり知らないが、三十歳ぐらいだろう。痩身《そうしん》で、涼やかな眼をしていた。

「いやいや、襄陽にいても、気が塞《ふさ》ぐばかりです。特に、軍事ではある一族が実権を握ってしまっていましてな」

笑いながら、伊籍が言った。ある一族とは、蔡《さい》一族を指すことは、わかりきっている。それでも、伊籍はその名を口にしたことはない。襄陽で蔡一族の悪口を言うのは、自殺行為に等しかった。

「劉備様も、あまり襄陽を敬遠なされぬことです。新野《しんや》にばかりおられたのでは、襄陽の動きが肌で感じられず、思わぬ落とし穴に落ちかねません」

「そうしよう。気が重いことではあるが、蔡瑁《さいぼう》殿とも時々は酒を酌《く》み交わしたりするつもりでいる」

「その時は、お立てになることです。蔡夫人の実弟、つまり劉表《りゅうひょう》様の義弟でありますから、多少お立てになったところで、劉備様の沽券《こけん》に関《かか》わることもございますまい」

伊籍に会うのは、三度目だった。前の二度は、ともに襄陽でだった。麋竺《びじく》と孫乾《そんけん》が、劉表から新野を借りる交渉をした時、蔡瑁の意見を押さえてそれを劉表に勧めてくれた、という話は聞いた。それ以来、蔡瑁との仲はあまりよくないという話だが、伊籍は恬淡《てんたん》としていた。

「伊籍殿には、ずいぶんとお世話になった。お礼を申しあげる機会とてなかったが、こうして二人で会うことができたわけだし」

「そういうことは、おっしゃられないでください、劉備様。私は、以前に劉表様に御恩を受けたことがあります。それで少しでもお返しができればと、幕客《ばっかく》に参じております。私がしたことは、劉表《りゅうひょう》様のため、と思っていただいて結構です」

「それでも、私は助けられた」

「人のめぐり合わせとは、多分そんなものなのでしょう。曹操《そうそう》より劉備《りゅうび》様の方が危険だと判断していれば、新野《しんや》にお迎えすることに反対したでありましょうし」

「蔡瑁《さいぼう》殿とも、私のことでまずくなったという話を聞いた」

「それも、めぐり合わせです。劉表様のためにいいと思えることなら、私は誰《だれ》と対立しようと申しあげます。たまたま幕下に招かれている食客《しょっかく》に過ぎないのです。一度でも、私の意見が劉表様の役に立てばいい、と思っております。それで、幕下を去ることになっても、仕方がないと思います」

劉表のそばにいる男と、誼《よしみ》を通じておきたい、という思いがあって、劉備は伊籍《いせき》と会いたいと思ったのだった。どうやって役に立てるかは、それから考えるつもりだった。片脚《かたあし》を、自分の方に踏みこませておけば、という狙《ねら》いだった。

その狙いを、劉備は早々に捨てた。伊籍のために用意した贈物も、出さないことにした。

こういう男は、損得では動かない。それが、なんとなくわかった。動かすより、お互いに信じ合える関係になることだ。

「今日は、お礼だけ申しあげるつもりだった。襄陽《じょうよう》で私が伊籍殿をお訪ねすれば、御迷惑になるかもしれぬ、と思いましたので」

「なんの。私ごとき、どなたと会おうと家中の人々に気にされるような存在ではありません。ただ、劉備様がそのようにお気遣いくだされたことは、忘れません」

「伊籍殿だけには、正直に申しあげておこう。そうするのが、礼にかなっているという気がする」

　劉備は、伊籍の涼やかな眼を見つめた。

「私は、劉表殿に味方しているわけではなく、ただ曹操を敵としている。無論、袁《えん》紹《しょう》殿の味方でもない」

「曹操を、ですか」

「較《くら》べるには、あまりに私は小さ過ぎる。だからおかしなもの言いに聞えるだろう。しかし、私の敵は曹操なのだ。劉表殿が曹操と組めば、私は新野を、荊《けい》州を去る」

「正直なお気持を、聞かせてくださいました。たとえそうであっても、なかなかそうとは言えないものだと、私は思います」

「嗤《わら》ってくれ。一万にも満たぬ軍勢で、しかも客将でしかない私が、中原《ちゅうげん》を制し、袁紹《えんしょう》殿をも破った曹操《そうそう》を、ただひとりの敵としているのだ」

「見事なお覚悟です。いま曹操に靡《なび》く者こそいても、曹操ひとりを敵と言い切られるとは」

「愚かなのかもしれぬ。ただ、私はここで漢《かん》王室を潰《つぶ》したくないのだ。この国には、絶えることなく続く帝《みかど》の血というものが必要なのだと思う。帝のもとで、覇者《はしゃ》が権力を持って政事《まつりごと》をなせばいい。だが、国の秩序の中心として、いつも帝の存在が必要なのだ、と思っている。曹操は、その帝の血を断ち、自らが新しい帝になろうとしている、と私には見えるのだ。それは、また次に帝たらんと望む者を生む。権力と権威がひとつになれば、この国の争乱が熄《や》むことはない」

「誰もが、そこまで考えてくれればいいのですが。おのが領土を守り、拡《ひろ》げる。それしか考えていない者が、多すぎます」

「私も、そう見えるかもしれないのだ、伊籍《いせき》殿。志《こころざし》は、黙して語らぬ。ただそれを目指す。そういうものかもしれぬ。言葉でしか語れぬ私は、女々《めめ》しいのだろう」

「いや、劉備《りゅうび》様とこうして話ができて、よかったと私は思います。曹操ひとりが敵。いいことを、お聞きしました。それは、決して劉表《りゅうひょう》様の敵ではない、ということでもあります」

「曹操が攻め寄せたという以外でも、たとえば領内で賊徒《ぞくと》が暴れていたりしたら、私は喜んで兵を出そう。そういう働きをすることで、蔡瑁《さいぼう》殿にも、多少は認めていただけるように努力しようと思う」

かすかに、伊籍が頷《うなず》いた。あまり私心のない男だ、ということもよくわかった。こういう男は、一度味方にすれば、心強いものがあるのだ。

「一度、劉琦《りゅうき》様にお会いいただけませんか。このようにして、ひそかにです」

「劉表殿の御長男だな。こんなかたちでお目にかかるのは、多分難しいと思う。私も、劉表殿の後継については、いろいろ噂《うわさ》を耳にしているが、私が関わる問題ではない。客将の分は忘れないつもりだ」

「そうおっしゃられる、と思いました」

伊籍が笑った。この男は自分を試したのか、と劉備は思った。劉琦に肩入れするということは、劉表の後継者の争いを通じて、荊州《けいしゅう》に野心を持っていることを示すようなものだ。

高齢の劉表には、長男の劉琦のほかに、現夫人である蔡氏《さいし》が生んだ幼い劉琮《りゅうそう》がいる。蔡瑁は、劉琮を後継につけるために、軍もまとめているという。

「私も、ひとつだけ正直に申しあげておきます、劉備様。私がかつて受けた恩は劉表様からであり、同時に前の夫人の陳《ちん》氏からでありました」

陳夫人が、劉琦《りゅうき》の母親になる。

後継の争いでは劉琦につく、と伊籍《いせき》は言っているのか。もう少し別なことを伝えようとしているのか。まだ自分を試そうとしているのか。劉備は、さまざまなことを考えた。

「他意はありません、劉備様。私は、劉備様が曹操《そうそう》を敵とされているように、蔡瑁《さいぼう》を敵としているのです。しかし、劉琦様を後継にと推《お》しているわけではなく、ただ劉琦様にも、生きていただきたいと願っているだけです」

劉琦を抹殺しようという動きを、蔡瑁は見せているのかもしれない。やはり、劉琦に会うのは危険きわまりなかった。

「お互いに、敵はいます。しかし、私の敵は小さすぎるようです」

伊籍が笑った。

役には立つが、危険な存在でもある、と伊籍は自分について教えているのかもしれない、と劉備は思った。当たり前だ、という気もした。危険ではない男は、役にも立たない。

「またいずれ、伊籍殿」

劉備は頷いた。

荊州《けい》でやらなければならないのは、戦だけではなかった。あらゆる意味で力をつけなければならない時、こういう男も必要になってくるのだ。

伊籍が黙ってついてくるようでなければ、自分の将来も知れたものだ、と劉備は思った。

4

大型の軍船を、百艘《そう》並べてみた。

さすがに、長江《ちょうこう》を埋《うず》めたように見えた。一艘に二百人の兵が乗っている。二万の軍勢になるのだ。実戦の時も、同じ状態だろう。一艘に兵を詰めこみすぎるのも、危険だった。

周瑜《しゅうゆ》が育てあげた水軍である。兄の孫策《そんさく》が死んでからは、周瑜は一年の半分を建《けん》業《ぎょう》で過し、水軍の調練《ちょうれん》に余念がなかったのだ。皖口《かんこう》に二十艘、予章郡《よしょう》巴丘《はきゅう》に五十艘。大型の軍船は、それだけ揃《そろ》った。中型や小型の軍船、輸送船を含めれば、厖大《ぼうだい》な数になる。

外のことは周瑜《しゅうゆ》に、民政は張昭《ちょうしょう》に相談しろという孫策《そんさく》の遺言《ゆいごん》を、孫権《そんけん》は忠実に守ってきた。その周瑜と張昭の意見が一致したのが、水軍の強化だった。揚《よう》州は、豪族が多かった。孫策はそれを斬《き》り従えてきたが、それでも豪族ひとりひとりの力は強かった。大事なことは、有力な豪族も加えた会議で決める。民政などについてはそれもいいが、軍事になると即断が必要なことも出てくる。つまり、孫権直属の軍が必要なのだ。水軍としてそれをまとめていけば、豪族たちの反撥《はんぱつ》は少なかった。

陸上の兵を減らし、水軍を増やす。水軍には、陸上での戦闘能力も当然与える。大きな攻城兵器などは無理としても、騎馬隊などを水軍の中に作るのは可能だった。

豪族たちの力が少しずつ弱くなり、孫権の力が増してくる。

孫策のように斬り従え、刃向かう者は滅ぼすというだけでなく、そういう方法こそがいまは必要なのだということが、孫権にもよくわかっていた。

「見事なものだ。さすがに周瑜。軍船の動きに無駄ひとつない」

そばにいるのは、張昭と魯粛《ろしゅく》だった。魯粛は、周瑜に推《お》されて仕官してきた。孫権は、周瑜に言われた通りに、魯粛を重臣として遇した。自分にはまだ人を見きわめる力はないと判断したので、周瑜の意見に従ったのだ。そうすべきだと思った。

周瑜を、兄のように信頼してもいたからだ。

それでも、孫権は魯粛を見続けていた。

周瑜の意見に従ったのが、間違いではなかったのだ、といまははっきりと思える。つまり、自分の判断は、あれでよかった。

魯粛は、豪族との軋轢《あつれき》を、実に見事に押さえている。水軍の増強が自分たちの力を削《そ》ぐものだ、と気づいた豪族は、さすがに何人かいた。その何人かと粘り強く話し合い、こちらに取りこんだのは魯粛だった。周瑜は、軍事の才能を買っているようだったが、外交の才能もある、と孫権は見ていた。

陸上の軍勢は、豪族が率《ひき》いるものをできるだけ減らし、程普《ていふ》、黄蓋《こうがい》、韓当《かんとう》という古い将軍のもとに、孫権《そんけん》軍として再編していく。さらにその中の精鋭を、太史慈《たいしじ》のもとに集め、旗本《はたもと》とする。豪族は、兵と兵糧《ひょうろう》を供出するかぎり、その領地は孫権軍に守って貰《もら》える。そういうかたちを、魯粛は時をかけて少しずつ作ろうとしていた。

軍を全部、自分と自分の幕僚《ばくりょう》が掌握《しょうあく》していれば、たとえば曹操《そうそう》が攻めこんできたとしても、豪族の草の靡《なび》きに悩まされることは少なくなる、と孫権は思っていた。

「兵の移動も兵糧の輸送も、船の方がずっと速いことは、すでに実証済みだ。私はいずれ荊州《けいしゅう》を攻めなければならぬが、その時は水軍が主力になっていくと思う」

「まだまだ、揚《よう》州の力は弱いものですぞ、殿。荊《けい》州を攻めて、そこを奪《と》ったとしても、いたずらに領地が拡《ひろ》がったということにしかなりません」

「わかっている、張昭《ちょうしょう》。曹操《そうそう》はこれから、河北《かほく》の制圧にとりかからなければならないだろう。その間に、民政を充実させ、軍を精強にしろと言うのだろう。しかし、黄祖《こうそ》が生き延びて、まだ江夏《こうか》太守《たいしゅ》のままだ。荊州を奪るかどうかは別として、私は黄祖だけは討《う》っておきたい」

「それだけならば、私もとやかく申しません。孫策《そんさく》様も、風のように江夏を攻め、風のように戻ってこられました。その間、揚州には何事も起きませんでした。黄祖を討つ。やがていつか、その背後にいる劉表《りゅうひょう》も討つ。これが孫《そん》家の悲願であることは、私もよく承知しております」

そして曹操も、と言いかけて、孫権はやめた。中原《ちゅうげん》を制し、河北四州の制圧にとりかかろうという相手である。自分はまだ、いかにも小さすぎる。

しかし、若いのだ。曹操より、はるかに長い時が与えられている。

それに孫権は、兄孫策の死が、曹操による暗殺であることは間違いない、と思っていた。その仇《あだ》は討つ。弟として当たり前のことだ。ただ、急いではいなかった。孫家が揚州に覇《は》を唱えてから、まだ数年しか経《た》っていないのだ。

「劉表にも水軍はいるが、陸兵の掩護《えんご》部隊にすぎない。荆州の水軍の十倍の力を、わが水軍は持っている、と思っていい」

「水軍に、陸戦の調練《ちょうれん》もなさることです、殿。最後は、敵の城を落とすことで、勝負が決するのですから」

魯粛《ろしゅく》が言った。逸《はや》るな、と二人して言っているようなものだ、と孫権は思った。逸ってはいない。五年先、十年先のことまで、しっかりと考えておきたい、と思うだけだ。

その夜は、周瑜《しゅうゆ》と二人だけの酒になった。

周瑜とはよく飲んだが、大抵は魯粛か張昭が一緒で、時には太史慈《たいしじ》が同席することもある。

「これだけの水軍が整えば、兄上ならためらわず江夏を攻められたであろうな」

「これだけ整わなくても、孫策殿は攻められたでしょう。内に殿がおられた。それは大きなことだったのです」

「私も、攻めてください、と申しあげただろう。内は私が引き受けますからと」

「急いではなりません、殿。孫策殿は、いつも急いでおられた。命を落とされたのも、急いだことと無縁とは言いきれないのです。急げば、どこかに隙《すき》が出ます。あの場合、孫策《そんさく》殿御自身に、隙が出たのだと思います」

「私は、若い」

「孫策殿も、若かったのですよ、殿。それが、曹操《そうそう》や袁紹《えんしょう》より有利な点だ、とはっきり言っておられた。その若さがまた、隙を作ってしまった」

「まこと、竜巻のようなお方であったが、竜巻はいつも通り過ぎるだけだ。通ったところを、ただ破壊する。私には、やりたくてもああいうことはできまい」

「竜巻ですか」

周瑜《しゆうゆ》は、遠くを見るような眼《め》をしていた。

孫策と周瑜が、水陸の両面から進攻していれば、と孫権《そんけん》はしばしば考えた。荆州《けい》の劉表《りゆうひよう》など問題ではなかっただろうし、曹操でさえ、防ぎきれたかどうかわからない。それほどの時を待たず、曹操や袁紹と拮抗《きつこう》する勢力になれたはずだ。

そして、天下。

自分には、まだ遠いことだった。孫策と同じ方法が、とれるわけはなかった。自分には、自分のやり方があるはずだ。そしていまは、そのやり方をしっかり決めようとしている時期だ。

「孫策殿は、いつもなにか満たされていないところがあった、と私は思います」

「周瑜のような、いい友がいても。姉上のような、いい妻がいても？」

「そういうことで満たされるのとは、まるで違うもので、孫策殿はいつも飢えていた。心が、叫び声をあげていた。その叫びを、私は何度か聞いた、という気もします」

「兄上の叫びか」

「なぜか、時々ひとりになることを好まれた。幼いころから、そうだったのです。孫策殿の心があげる叫び声を、もっとよく聞いておけばよかった。それに耳を傾けるのこそ、友であった私の、やらなければならなかったことだと、悔いが残ります」

「しかし、なにが満たされていなかったのだ。すべてを、自らの手で摑《つか》まれた方だった。袁術《えんじゅつ》のもとから、わずかな人数で出発して、あっという間に、揚《よう》州を手にされた。天下への思いは、わかる。しかし、それは満たされぬ思いとは違う、という気がする。遠くに見据《みす》える、志《こころざし》ではないか」

「それが満たされぬ思いとして、心が叫び声をあげるほどになる。英雄の心とは、そうしたものかもしれない、と私は最近考えています」

「英雄の心か。周瑜が言うのだから、そうなのだろう。私も、兄上の心の中に、癒《いや》し難いような、悲しみに似たものがある、と思ったことがある」

「私には、英雄の心のすべてはわかりません。孫策《そんさく》殿は、私にとってはいつも、強い風でした。そう、竜巻のような、抗《あらが》い難い風です。じっとしていれば、そのまま置き去りにされる。そんな恐怖さえ、感じたものです」

「周瑜《しゅうゆ》でさえか」

「それも、幼いころからです」

周瑜は、なにかを思い出しているのか、眼を閉じた。美周郎《びしゅうろう》と言われたほどの、揚《よう》州きっての美男である。眼を閉じると、端正な顔にもの悲しい翳《かげ》りが落ちる。

「二人でひとり。兄上はそう言われた」

孫権《そんけん》も眼を閉じた。孫策の死顔が、まざまざと浮かんでくる。

「二人でひとりなのに、自分は死んでゆく。だから内だけを固めよ、と言われた。内が固まったら、周瑜と二人でひとりになれと」

「私に、孫策殿の代りはできません。これは、何度も申しあげていることです」

「周瑜は周瑜のまま、私と二人でひとりになればいい。そういう意味だったのだと、いまは思っている」

静かな夜だった。

孫権は、周瑜と自分の杯《さかずき》に酒を注《つ》いだ。

「あと二年。それぐらいですか、内が固まるのは」

「それまでは、周瑜には建業《けんぎょう》と皖口《かんこう》をしばしば往復してもらわねばならなくなる」

周瑜の本拠は予章郡《よしょう》巴丘《はきゅう》だが、遠すぎるのでいまは皖口に留《とど》めている。皖口には、大規模な造船所を作り、伐《き》り出した木材なども蓄《たくわ》えられていた。

「南が、不安です。いまのままでは、押さえが不足しています」

「わかっている。魯粛《ろしゅく》が兵力を増やす方向で動いている。私としては、周瑜が南へ行ってしまうことの方が、ずっと不安なのだ」

これは、本音《ほんね》だった。古くからの将軍たちもいるが、いま孫権軍を統率しているのが周瑜であることは、誰《だれ》もが認めていた。

「静かですね。こんな夜、孫策殿はいつもひとりになりたがった。ひとりきりで、なにを見つめていたのだろう、とよく考えます」

風もなかった。

静けさの中に音を捜そうと、孫権は耳を傾けた。自分の息遣《いきづか》い。灯芯《とうしん》の燃える、かすかな音。周瑜の身動《みじろ》ぎの気配。

「まだ、戦《いくさ》をしたことがない。揚州孫権軍として、大きな戦に臨んでいない」

「それこそ、急ぐ理由のないことです。いやでも戦になることが、これからはしばしば起きます。殿が、御自身で戦場に出られることも」

周瑜《しゅうゆ》は、外の闇《やみ》に眼をむけていた。なにか見えるのかと孫権《そんけん》も視線をむけたが、闇があるだけだった。

勇者の寄る辺

1

夢を見た。

夢とは言えないのかもしれない。

眠ってはいないからだ。それでも、張衛《ちようえい》には夢としか思えない。平原を駈《か》ける馬。一頭である。跨《また》っているのは、自分だった。ただ、駈けている。

一度だけではなく、このところしばしば見る夢だった。

どこへ行こうとしているのだ。自分の姿に、そう問いかけそうになる。

いつもの、岩の頂《いただき》だった。上半身は、裸である。大抵は座りこんでなにかを考えているのだが、時々夢とも知れぬものを見ることがあった。

考えなければならないことは、いくらでもあった。

曹操《そうそう》と袁紹《えんしょう》が、ついにぶつかった。大軍が二度ぶつかり、二度とも曹操が勝った。袁紹が中原《ちゅうげん》を攻めるという恰好《かっこう》だったものが、曹操が河北《かほく》を攻めるというかたちに変った。二度の大戦で、立場が入れ替ったのだ。

曹操はいま、中原で兵を養っている。病に倒れたという噂《うわさ》の袁紹も、まったく動きを見せていない。めずらしく、この国には静かな日々が続いていた。

漢中郡《かんちゅう》も、静かである。これまで劉璋《りゅうしょう》が送ってきた兵のすべてを、打ち払っていた。劉璋も、漢中をどうすればいいかわからないというところだろう。

漢中郡だけを守るつもりだったが、山が連《つ》らなっているので、五斗米道《ごとべいどう》軍の力は自然にその山全域に及ぶようになっていた。益州《えき》巴西《はせい》郡の北東部はもとより、荆州《けい》魏興《ぎこう》郡の一部も入っている。山岳部を制しないかぎり、五斗米道の本拠である南鄭《なんてい》は守りにくいのだ。

兵は六万に達していた。武装は充実しているし、騎馬隊は二千にまで増えている。劉璋の軍が攻めてきたところで、原野戦でも打ち破れる。事実、二度ほどそうやって打ち払っていた。

山に引きこんで闘うのは、原野戦よりも兵の犠牲が少なくて済むからだ。山は全体が砦《とりで》のようなもので、到《いた》るところに罠《わな》が仕掛けてあった。

勢力がのびている。張衛《ちょうえい》は、それを如実《にょじつ》に感じていた。兵が十万に達すれば、劉璋を益州から追い出すのも、できないことではなかった。いまでも、長安《ちょうあん》にはほとんど抵抗を受けることなく出ることができるし、荊州北部を奪《と》ることもできた。

支配地を拡《ひろ》げないのは、これ以上大きくすると目立ち過ぎるからだ。事実、荊州北部では、しばしば劉表《りゅうひょう》の軍とぶつかっている。いまのところ精鋭ではないが、これ以上拡がろうとすると、必ず精鋭を出してくるはずだった。

本営は、南鄭《なんてい》の仮義舎《かりぎしゃ》（信徒の宿泊所）だった。兄の張魯《ちょうろ》は、南鄭郊外の山の頂の館《やかた》から動こうとしない。教祖はそうあるべきなのだ、と思っているようだった。

五斗米道軍は、信者から兵を募《つの》り、兵糧《ひょうろう》を集められるという、ほかの軍にはない有利さを持っていた。しかし、教祖の張魯が討《う》たれてしまえば、それで終りなのだ。そこが、五斗米道軍の脆《もろ》さでもあった。

張衛は、兄の館の周囲に、三重に祭酒《さいしゅ》（信徒の頭《かしら》）たちの義舎を作った。張魯が信徒に会うのは仕方のないことで、せめて祭酒たちに守らせようと思ったのだ。そのため、腕の立つ祭酒を選んで、側《そば》につけてもいる。

張衛はまた、原野を駈ける自分の姿を見た。どこへ行くのだ。声に出して呟《つぶや》いてみる。声は、風に吹き飛ばされるだけだった。

張衛《ちょうえい》が岩の上にいるのは、夜明け前から、陽《ひ》が朝の光線を放《はな》ちはじめるまでのことが多かった。それは日課で、特に考えなければならないことがある時は、夕刻から夜明けまで座っていることもある。

岩を降りると、張衛は着物を着こみ、馬に乗った。岩のすぐ近くに屯営《とんえい》がひとつあり、三百ほどの兵がいる。伯父《おじ》の鮮広《せんこう》が、一年前にそこに作らせたものだ。岩の頂にひとりでいる自分を警固するためだ、と張衛は思ったがなにも言わなかった。揚《よう》州で、孫策《そんさく》が暗殺されたのも、ひとりで動き回っていたからだ。自分にもそういう手がのびてこないともかぎらないが、ついほかのことを考えて周囲への注意はおろそかになる。鮮広は、それを心配したようだった。

屯営では、高豹《こうほう》が二十名の部下と待っている。昨年のはじめから、いわば張衛の旗本《はたもと》として付いている、という恰好《かっこう》だった。信者の中でも、特に武術が優《すぐ》れている者を白忠《はくちゅう》が選び出したのだ。

「仮義舎へむかうぞ、高豹」

馬に跳び乗り、張衛は言った。

荆州魏興《けいぎこう》郡の西城《せいじょう》に、一万ほどの兵が集結しているという知らせが、きのう入ってきた。西城の北の山岳部は、五斗米道《ごとべいどう》軍の勢力下である。劉表《りゅうひょう》が、それを追い出そうと動きはじめた、と考えて間違いはなさそうだった。

仮義舎では、白忠と任成《じんせい》がすでに待っていた。軍議は三人で、特に大きな問題がある時は、それに鮮広が加わる。

軍の編成は、大隊長十名の下に、隊長百二十名である。白忠と任成がそれぞれ三万ずつを指揮していた。その上に、張衛がいるというかたちだ。

「一万は集まっている、という話です。兵糧《ひょうろう》も運びこまれているようで」

「そちらはいい。成都《せいと》に放《はな》った者が戻るのを待とう」

ここで考えなければならないのは、益《えき》州の劉璋《りゅうしょう》と荆州の劉表が、連合して五斗米道を討とうとしているかどうかだった。ともに、漢《かん》王室に連《つら》なる同族である。ただ、いままで両者に連合の動きはなかった。

「あの山中に展開しているのは、三千の兵にすぎません、張衛様」

「わかっている。もう一隊送れ。大隊長もひとり」

大隊ひとつが、六千だった。十大隊とは別に、張衛が指揮する騎馬隊が二千いる。騎馬隊の指揮だけは、張衛はこだわった。

「大隊ひとつで、足りますか？」

「山から降りて、戦《いくさ》をすることはない。攻められれば、山に引きこむ。攻めてこなければ、山から動かぬ。そういう戦法でいいではないか、任成《じんせい》」

「その戦法で、二度闘っております。劉表《りゅうひょう》軍も、劉璋《りゅうしょう》軍と同じようなことをくり返すでしょうか？」

「やってみなければ、わからん。ただ、五斗米道《ごとべいどう》の敵は、あくまで劉璋だ。荊州《けい》の山岳部にまで兵を展開させているのは、そちらから劉璋軍が迂回《うかい》してくると厄介《やっかい》なことになるからで、荊州を侵すつもりはない」

「それを、劉表に知らせることはできないのですか？」

「そんなことは、何度もやっているのだ、任成。ただ、乱世の常で、適当な理由をつけて領土を侵すことは、どこでも行われている。こちらの説明を、劉表が真《ま》に受けなくても仕方がない、というところもある」

「そうですね」

「とにかく、五斗米道は魏興《ぎこう》郡の北の山岳部から、さらに荊州に入るつもりはない。それは、こちらの動きで教えるしかあるまい。攻めてきたら打ち払う。それだけだ」

「わかりました。山中の仕掛けなども、さらに念入りにさせます」

「とにかく、それは速《すみ》やかにやれ。それから定軍山《ていぐんざん》に三万を集結させておく」

劉表が本気であるとは、張衛《ちょうえい》には思えなかった。本気なのは劉璋の方で、荊州とぶつかっていると知ると、連合などなくても兵を出す可能性はある。

「教祖への報告は、私からしておく。任成は魏興郡の増援を出したあとは、山中、特に巴西《はせい》郡の山中の守りを固めよ。白忠《はくちゅう》は、定軍山の軍の指揮」

二人が、頷《うなず》いた。

兄張魯《ちょうろ》への報告は、短い言葉で済むだろう。張魯はこのところ、戦に対してまるで関心を失っているように見える。兵となった信者たちの口に、米粒を含ませることだけを、ほとんど習慣のようにこなしている。あとは、館で巫術《ふじゅつ》をなし、病人と会う日々だった。

南鄭《なんてい》の軍が動きはじめた。調練《ちょうれん》の時もそうなので、人々に驚きの表情はない。南鄭が攻められることなど、決してないと思っているのだ。それは、軍の力によるというより、教祖の力であるとみんな思っている。軍は、教祖に力を与えられて動くので、決して負けることもない。

成都《せいと》の劉璋軍にまったく動きがない、という知らせが入ったのは、二日後だった。

それからすぐに、魏興郡の山中に、劉表軍が攻めこんできた。およそ一万ほどである。山中の仕掛けの中で、はじめは散々に打ち破り、およそ四千近くを討ち取ったのに、どこからか三千の援兵が現われ、六千を追い散らすと、山中に残った劉《りゅう》表《ひょう》軍を助けて西城《せいじょう》に戻ったという。

張衛《ちょうえい》は、首を傾《かし》げた。損害は大したことはないが、その三千の動きがあまりに鮮やかで、これまでの劉表軍とまるで違ったのだ。

「どう思われます、伯父上《おじうえ》は？」

南鄭《なんてい》の郊外の庵《いおり》で、張衛は鮮広《せんこう》に訊《き》いた。

「劉表が精鋭を出してきた、というのもちょっと変だ。わずか三千でこちらの大隊を打ち払えるのなら、はじめからそれを出してくればいい」

「私も、そう思います」

無論、間者《かんじゃ》に探らせてはいた。

劉表の当面の敵は、揚《よう》州の孫権《そんけん》であり、やがて南下してくるであろう曹操《そうそう》が、将来の大敵になる。二方向からの敵への備えで、劉表は手一杯のはずだった。おまけに蔡《さい》夫人の弟の蔡瑁《さいぼう》が、軍をいいように動かし、二十万近いと言われる大軍も、どこかでまとまりを欠いている感じがある。

そういう劉表が、わずか三千の精鋭を送ってくるのか。増援を送るなら、多分大軍のはずだ。そして、益《えき》州の劉璋《りゅうしょう》とも連合してかかってくる。劉表とは、そんなふうに抜け目のない男だと張衛は見ていた。

数日後に、西城の軍についての情報が届けられた。

はじめに集結した一万は確かに劉表の軍だが、三千は後詰《ごづめ》で、客将である劉備《りゆうび》の軍だった。指揮するのは張飛《ちようひ》。騎馬隊が三百ほどと、二千数百の歩兵だという。

「しかし、なぜわが軍が追い散らされたのだろう？」

追い散らされた兵たちの訊問《じんもん》もしていたが、突然高いところから攻め降りてきた、ということしかわからなかった。

「これは、山の備えが崩されたということになります、伯父上」

「慌《あわ》てるな、張衛。その軍がまだ西城に留《とど》まっているというなら、平地での戦を仕掛けてみろ。山中では、たまさかわれらの通路を進んでしまった、ということもある」

「そうですね。実力を測るには、やはり平地でしょう」

南鄭から西城まで、それほど険岨《けんそ》ではない谷間の道が一本だけある。ところどころには、平らな草原もあった。

その谷間の道に軍を進めていけば、当然敵も迎え撃ってくるはずだ。

大隊が二つで一万二千。それに張衛の騎馬隊。全軍で一万四千と決めた。決めただけで、すぐに進発《しんぱつ》はしなかった。さらに、西城《せいじょう》の様子を探らせたのである。

張飛《ちょうひ》の三千は、城外で野営していた。城に戻った劉表《りゅうひょう》軍は、守兵と合わせて八千というところだが、負傷している者が多い。

そういうところまで確かめて、張衛はようやく兵を出す決心をした。

2

荊《けい》州北部から集めた一万だったが、劉表の軍はどこか緊張を欠いていた。魏興《ぎこう》郡に侵入している五斗米道《ごとべいどう》軍を打ち払え、という襄陽《じょうよう》からの命令である。

張飛《ちょうひ》は援軍という立場だったが、劉表軍の部将は、後詰《ごづめ》を命じてきただけである。なんとなく進軍し、なんとなく山に攻めこみ、囲まれてどうにもならなくなった。

当てにはしていないという態度をはじめから見せられた張飛は、二百ほどの遊軍を斥候《せっこう》代りに出しただけで、本隊は後方で待機させていた。

山が危険だということは、遠くから見ただけでもわかった。地形を見てもそう思えるのだが、そんなことよりも山全体が、生きているものの気を放《はな》っていた。

その山に、劉表軍一万は、まるで鹿《しか》でも狩り出す時のように攻めこんでいったのだ。

勝敗は、はじめから見えていた。山中で孤立した軍を救い出し、西城に戻ってくるだけで精一杯だった。指揮をした部将は、失禁していて、西城に入ってもまだ震えていた。

激しい戦《いくさ》をくぐり抜けていない軍とは、そんなものなのだ。頭で考えると同時に、肌でもなにかを感じなければならない、ということを忘れてしまっている。血を見ただけでも、動転するのだ。

後詰の任は、果した。襄陽に、戦況の報告も入れた。ひき続き、西城に滞陣《たいじん》せよ、と劉備《りゅうび》からの命令も届いた。

城内の兵舎を提供するという申し入れがあったが、張飛は城外での幕舎《ばくしゃ》暮しを選んだ。その方が、調練《ちょうれん》をやるのには便利だ。いざという時にも、動きやすい。

五斗米道を相手に、城に籠《こも》るなどという戦は考えられなかった。漢中《かんちゅう》を中心に、せいぜい六万。しかも、絶えず劉璋《りゅうしょう》の脅威を受けている。攻城戦など、そもそもできるわけがなかった。山から降りてくることもないだろう、と張飛は見ていた。

「肉や酒が、城から運ばれてきております」

王安《おうあん》が報告に来た。

「今夜じゅうに、酒は捨てて水と入れ替えろ。肉は、三分の一を塩漬けに、三分の一を干肉にしろ。残りは、兵に出してやれ」

「不自由なものがないか、とも訊《き》いてきています」

「武器だ。なんでもいい。とにかく武器が不足している、と言ってやれ」

「城内で、軍議を開くそうです」

「そうか。肉や酒はそのための餌《えさ》か。よし、武器の手当てがつくまで、軍議には出られんということにしよう。王安《おうあん》、俺《おれ》の蛇矛《じゃぼう》だけは別として、五百人分の武器を適当に選んで、幕舎のひとつに隠しておけ。五百の兵は、丸腰ということにするのだ」

「それは、いい考えです。なにかあれば、城内ではわれらに闘わせようとしているのですから」

「余計なことは言わなくていい。おまえはつまらぬことを喋《しゃべ》りすぎる。舌を引き抜かれたくなかったら、黙っていろ」

王安が、にやりと笑った。

「なにがおかしい?」

「黙っていろとおっしゃられたので、喋れません」

「余計なことを言うな、と言ったのだ。俺の質問には答えろ」

「城内の厩《うまや》に、いい馬が一頭います」

「ほう。どんな馬だ」

「汗血馬《かんけつば》ですね、あれは。大きな馬で、殿によく合います」

「俺の馬が、蹄《ひづめ》をいためている。それも言ってやれ。俺は馬の手当てで、とても軍議に出るどころではないとな」

「お気に召しますよ、きっと」

「それが、余計なことだ」

張飛《ちょうひ》が突き出した拳《こぶし》を、王安は身軽にかわした。そのまま、頭を下げて駈《か》け去ってゆく。

翌日、城内の武器倉を開けたと言ってきたので、五百人の兵を手ぶらで行かせた。すぐに、思い思いの武器を担いで戻ってきた。

「余ったものは、新野《しんや》へ運ぶぞ。輜重《しちょう》に積みこんでおけ」

馬は、届かなかった。軍議の招集だけが執拗《しつよう》に続いたが、張飛は野営地を動かなかった。

一万四、五千の軍勢が、南鄭《なんてい》を発して州境にむかっているという情報が、数日後に入ってきた。輜重《しちょう》の数からいっても、漢中《かんちゅう》郡の中だけを移動しているのでないことは、明白だった。

さすがに、張飛《ちょうひ》は城内の軍議に出かけていった。

「俺には、馬がない。長年乗っていた馬が、蹄《ひづめ》をいためてしばらくは乗れません。したがって、先鋒《せんぽう》などとてもできません。後詰《ごづめ》さえも、難しいかもしれない」

「馬はある」

言ったのは、守兵を指揮している、初老の部将だった。山へ攻めこみ、失禁してふるえていた部将とは違う。この地方の豪族なのだろう、と張飛は思った。

「駄馬では、指揮は執《と》れませんぞ。俺の騎馬隊は、風のように速い。よほどの馬でなければ、大軍を相手にするのは無理だ」

「御覧になればよい。多分、気に入っていただけよう。その馬を差しあげたら、先鋒をつとめていただけますか？」

「見てみるまで、なんとも申しあげられません。もし気に入れば、わが軍が敵を止めましょう。先鋒などでなく、わが軍だけでいい。それぐらいの調練はしてあるし、いままでずっと、寡兵《かへい》で闘ってきた」

「われらは？」

「城を守られればよい。城を攻囲するほど、敵に余裕はないはずです。劉璋《りゅうしょう》が攻めるでしょうから。とにかく、領内を、しかも谷間の道を侵されたとなると、劉表《りゅうひょう》殿のお名前に傷がつく。漢中に追い返せればそれでよし。追い返せなかったとしても、劉表殿の軍ではなく、劉備《りゅうび》軍の張飛が負けたということにしかなりません」

「見事なお覚悟ですな。ならば、馬を見ていただこう。私の館《やかた》の厩におります」

頷《うなず》き、張飛は腰をあげた。

軍議などというものではなかった。山の中で失禁した部将は、すっかり萎縮《いしゆく》して、まったく発言をしない。守兵の指揮官は、もういい歳《とし》だった。

「まったく、頼りにならぬ大将を寄越《よこ》したものです、襄陽《じょうよう》は。蔡瑁《さいぼう》あたりが決めたことでしょうが、人を見る眼《め》がない男ですな。このままでは、劉表軍は数だけというこことになりかねぬ」

館にむかって歩きながら、守将が溜息《ためいき》混じりに言った。名を、董陵《とうりょう》といった。いやな感じはしない。張飛に先鋒を任せ、自分も後詰で戦に出る気だと思えた。

大きな館ではなかった。ただ、厩には三頭の馬がいた。

「好きな馬を、選ばれるとよい」

言われる前に、張飛は一頭の前に立っていた。汗血馬で、ほかの馬よりひと回り大きい。張飛《ちょうひ》が鼻面《はなづら》に触れると、かすかに首を動かした。触れた瞬間、なにかが通じ合った。張飛はそう思った。

「名は、招揺《しょうよう》。私には、いささか気性が荒すぎます」

「招揺」

「まだ若い馬です。乗る者を選ぶというところもある」

張飛は、しばらく立ち尽していた。これほどの馬は、そういるものではない。呂《りょ》布《ふ》が乗っていた赤兎《せきと》とは較《くら》べようもないが、いまの張飛の馬よりずっとよかった。

「招揺を」

「そうですか。鞍《くら》を付けさせましょう。この馬に合った鞍を、作らせてあるのです」

董陵《とうりょう》が従者を呼んだ。

鞍が付けられた招揺は、さらに雄々《おお》しく見えた。早く乗ってみたい。張飛は、それだけを考えていた。

「待ちなさい」

招揺を曳《ひ》いて門を出ようとした時、声をかけられた。大柄な女だった。大柄なことより、秀《ひい》でた眉《まゆ》が目立った。

「私が、貰《もら》うことになっている馬ですよ。招揺は」

「やめなさい、香《こう》」

「父上は、招揺を私にくださる、とおっしゃいました。私の馬ですわ」

「敵が迫っている。そして、張飛殿には乗る馬がない。招揺を所望《しょもう》されたのだ。招揺に乗って、闘っていただくことになった」

「張飛様。運よく、山を通り抜けることができた、というお方ですね。山に入れば、大抵は仕掛けに捕まるのに、無事に戻ってこられた。運は強いお方なのですね」

「運ではない」

「運でなくて、どうやって仕掛けを見破るのです？」

説明しようとして、張飛は不意に戸惑《とまど》いに襲《おそ》われた。香の眼が、じっと見つめてきていたからだ。見事な眉の下の眼の光は、女とは思えないほど強かった。

「香殿ですね。敵が迫っているというのは、ほんとうです。およそ、一万五千ほど。しかも、二千の騎馬隊がいるという。俺の騎馬隊は、三百のみです。それで闘わなければならん。なんとか、招揺を俺に貸していただけないか？」

「戦場に出れば、傷つくかもしれません。死ぬこともあります」

「それは、人も同じことだ」

「そうですね。でも、招揺《しょうよう》は、仔馬《こうま》のころから私のそばにいました」

「女に乗りこなせる馬ではない。張飛《ちょうひ》殿に差しあげると、もう決めたのだ」

「貸していただきたい。お願いします。三千で一万五千と闘わなければならない。いまの俺は、騎馬隊の動きで勝負するしかないのです」

「たった、三千で。城内には、多くの兵がいるではありませんか」

「それでも、三千で闘います」

「なぜです？」

「俺が、山で孤立した本隊を助けた。それが、五斗米道《ごとべいどう》の連中には不可解なのでしょう。一万五千に近い軍を、しかも谷間の道からこちらにむかわせている。俺の正体がなにか、知りたがっているのですよ」

「どうして、山の中を無事に通れたのです？」

「簡単なことです。二百ほどの斥候《せっこう》を出した。まあ、遊軍ですが。それが、八名の五斗米道の兵を捕えてきた。やはり斥候に出してきた兵です。俺は八名を、ちょっと締めあげただけで放してやった。やつらは、山に入って行きました。俺は、それを尾行《つけ》させて、安全な通路を知っただけです」

「そういうことでしたの」

「だから、運などではない」

「わかりました」

「招揺を、貸していただけますか？」

「ちょっと癖の強い馬です。それでも乗りこなせるとおっしゃるなら」

「ありがとう」

張飛は、軽く頭を下げ、館の門を出た。胸が高鳴っていることに、はじめて気づいた。招揺のせいなのか。それとも、香《こう》のせいなのか。

ふり払うように、張飛は招揺に跨《また》がった。ちょっと動き、招揺は棹立《さおだ》ちになった。押さえこむ。こんなことで俺を落とせはしない、ということをしっかりと教えてやる。腿《もも》で、締めあげたのだ。

それから、招揺の腹を蹴《け》った。

矢のように、招揺は城外まで駈《か》けた。

野営地で、王安《おうあん》が腰に手を当てて待っていた。嬉《うれ》しそうに笑っている。招揺の轡《くつわ》を取り、幕舎の前まで曳《ひ》いていった。

「敵が現われるまで、あと三日というところか。その間、俺は陽《ひ》が昇ってから沈むまで、こいつに乗り続ける。夜は、おまえが手入れをして、よく休ませるのだ、王安」

「いい馬です。素晴しい馬です。大きくて、殿にとてもよく似合っています」

幕舎に入ると、それぞれの隊を指揮している者たちを、張飛《ちょうひ》は集めた。侵攻してくる五斗米道軍《ごとべいどうぐん》とは、三千だけで闘うつもりだった。敵は、五倍の兵力である。州境に、斥候《せっこう》は放《はな》ってある。情報は、間断なく入ってきた。州境を侵したらすぐにぶつかる、というのは愚かだった。できるだけ、西城《せいじょう》の近くまで引き入れたい。そして、ぶつかる場所を、こちらで選ぶことだ。

地形を、もう一度詳《くわ》しく検討した。

それから、歩兵の各隊に指示を出した。騎兵は、張飛が自ら率《ひき》いる。

幕舎でひとりになると、張飛はもう一度地図に見入り、作戦の検討をした。劉備《りゅうび》軍は、もともと曹操《そうそう》と闘うために、新野《しんや》に展開している。曹操に動きがないので、半数が魏興郡《ぎこうぐん》への五斗米道の侵入を阻止するために当てられたのだ。

劉備軍の、命運を決する戦ではない。だから、決して無理をして兵を失うようなことはしてはならない。進発する時、関羽《かんう》に何度も言われたことだった。一万五千に三千で当たるのは、無理と言えば無理だ。だから、作戦が必要になる。

眼を閉じた。不意に、董香《とうこう》の姿が思い浮かんで、張飛は狼狽《ろうばい》した。

「王安《おうあん》」

大声を出す。

「招揺《しょうよう》を曳いてこい。夕刻まで、徹底的に責める」

王安が、招揺を曳いてきた気配があった。蹄《ひづめ》の音で、それとわかる。ほかの馬とは、まるで違うのだ。

張飛は腰をあげ、蛇矛《じゃぼう》を執《と》った。

3

益《えき》州から荊《けい》州への州境を越えても、敵は現われなかった。隘路《あいろ》である。ただ、北側の山はすべて、五斗米道が制していたところだ。いまも五百ほどの兵を送ってあるが、なにか起きたという報告は届いていない。

このまま谷間の道を進めば、やがて西城である。できるかぎり西城の近くまで引きこむつもりなのだろう、と張衛《ちょうえい》は思った。

他国へ、進攻したことはない。逃げる敵に追撃をかけたことはあるが、せいぜい十里（約四キロ）である。巴西《はせい》郡や魏興郡の山は、進攻したというより、守りを固めようとしたらそちらまではみ出した、という感じが強かった。他国の領内を、隊《たい》伍を組んだ軍勢で進軍するのは、はじめての経験だった。

四囲が敵。頭の中はともかく、肌の感じ方はそうだった。兵たちも、同じだろう。

道の南側の山。そこが危険だった。伏兵を置くとすれば、場所はいくらでもある。

南の山からの敵を、張衛は全身全霊で警戒していた。

両側が切り立った崖で、狭隘な場所があった。上から石でも落とされたら、かなりの犠牲が出る。そこを抜ければ、草原が開けているはずだった。

まず、歩兵を三千駆け抜けさせた。それから騎馬を一千。さらに歩兵を三千。騎馬を一千。ほっとした。崖の上に敵はいないようだ。残った六千の歩兵を、一気に駆け抜けさせた。両側は山だが、草原が拡がっている場所だった。

張衛は、不意に前方に軍勢が現われたことに気づいた。すでに、陣を組んでいる。草の中というより、地面から湧き出したような感じがした。

「騎馬隊は両翼。歩兵は中央」

敵の数。どれぐらいなのか。集めても、せいぜい一万。しかし前方は、どう見ても三千である。騎馬隊は、三百ほどだ。あとの七千が、どこにいるのか。

張衛は、騎馬隊一千を、前に出した。まず、瀬踏みである。残りの七千の所在を、確かめなければならない。

三段で、鶴翼《かくよく》に拡がって、一千騎が進みはじめた。敵は、三千で前進しはじめる。騎馬隊を中央に置いた構えで、一千騎とぶつかれば、歩兵が迅速に押し包んでくる気だ、と張衛は思った。

右の山が、気になる。そこに七千の本隊がいたら、完全に攻め降ろしてくるというかたちになる。それを防ぐために、一千の騎馬と六千の歩兵を右の山にむけた。歩兵が敵の攻撃を受けている間に、横から騎馬が崩す。

これで、隙《すき》はないはずだった。

前方の三千が、見せるための兵だったら、すぐに騎馬隊を反転させる。二千の騎馬隊と六千の歩兵で、敵の本隊と当たることができるのだ。

「よし、騎馬隊に突っこませろ」

張衛は言った。攻撃や退却の合図は、木を打ち鳴らす。太鼓や鉦《かね》などというものは、五斗米道軍《ごとべいどう》にはなかった。

木を打つ、冴《さ》えた音が草原に響き渡った。

敵が、伏兵を警戒していることが、張飛《ちょうひ》にははっきりと見えた。すぐに軍勢は二つに分かれ、半分は南の山にむかって陣を組んだ。敵は一万五千でなく、その半数である。しかも、姿のない伏兵に怯《おび》えている。

劉備《りゅうび》軍だけで闘うつもりだったが、董陵《とうりょう》は強硬に後詰《ごづめ》を申し出てきた。後詰は、必要ではなかった。危険のない程度に、その力を借りることにした。

敵の騎馬隊が、前進してきている。やがて木が打ち鳴らされ、騎馬隊が駈けはじめた。横に拡がっている。

「よし、思い通りに動いてきた」

張飛《ちょうひ》は、呂布《りょふ》の騎馬隊の動きを、頭に思い描いた。あれほどの動きはできないが、三百騎の実力は、いまこちらにむかっている一千ほどの騎馬隊の比ではなかった。

「行くぞ。突き抜けたら、小さく固まれ」

騎馬隊の背後にいる六千ほどが、本陣だろう。五斗米道《ごとべいどう》の教祖の弟で、張衛《ちょうえい》という者が率《ひき》いているという。張衛が、五斗米道軍のすべてを掌握しているらしい。

あの六千の中に、張衛がいる。張飛は、ほとんどそれを確信していた。見事な陣立てだが、野戦の経験に乏しいことは見てとれた。全体に堅苦しく、自由に動く余裕がないのだ。混乱すれば、脆《もろ》い。

「王安《おうあん》、気を入れろ。俺《おれ》の招揺《しょうよう》に付いてこれなけりゃ、歩兵にするぞ」

王安が、硬い笑みを浮かべた。

張飛は、蛇矛《じゃぼう》を天にむかって差しあげ、雄叫《おたけ》びをあげた。駈ける。風のように、招揺は駈けた。敵。近づいてくる。そう思った時は、もうぶつかっていて、二人を蛇矛で叩《たた》き落とした。招揺は怯《ひる》まない。馬体を、思いきりぶっつけていく。三人四人と叩き落とした。

あっさりと、敵の騎馬隊を突き抜けた。部下たちが突き抜けてくるのを、張飛は呼吸にして四つほど待った。王安が一番だった。三百騎が、欠けたようには見えない。乱れた敵の騎馬隊には、すでに歩兵が挑《いど》みかかっている。

南の山から、喊声《かんせい》が聞えた。太鼓も打たれている。

騎馬隊を小さく固め、張飛は前方の歩兵に突っこんでいった。南の山からの攻撃の気配が、敵を浮足立たせている。

張衛。どこにいるのか。敵の歩兵の中に、躍りこんだ。騎馬隊を突き抜けた味方の歩兵も、背後から突っこんできているようだ。まず、騎馬隊で歩兵を二つに断ち割った。それから、騎馬隊を三つに分けて突っこませる。歩兵が、断ち割られた右の方の敵に襲いかかっている。そちらに、張衛がいると見たのだろう。その敵を、張飛はさらに騎馬隊で二つに割った。歩兵が、その一方を押し包む。そこだけ見れば、兵力は倍だった。

崩れた。木が打ち鳴らされていた。数騎が、北の山にむかって駈けていく。それに続くように、全軍が北の山にむかいはじめた。南の山に備えていた敵も、一斉に北の斜面に移動しはじめた。

騎馬隊で追い撃ちをかけたが、山には入らなかった。

一万数千が、山の中に消えた。輜重《しちょう》など、放《ほう》り出したままだ。馬も、百頭ほどはいる。それを歩兵に集めさせた。

二百人の兵を残して、張飛《ちょうひ》は速《すみ》やかに全軍を西城《せいじょう》に退《ひ》かせた。

残した二百人は、退却した敵の足跡を辿《たど》る。それで、山の仕掛けは、すべてわかる。どこをどう通れば安全かわかれば、山の攻略は難しくない。

風を受けながら、張飛《ちょうひ》は気持よく駈けていた。招揺《しょうよう》には、まだ充分に余力がある。速いが、すぐに息があがる馬もいる。招揺は、ほかの馬よりずっと息も長い。

野営地に戻った。

各隊の隊長たちが、損害を報告してくる。死んだ者、二十一人。重い傷を負った者、十六人。軽い手負いは、怪我人《けがにん》の数に入れない。

「こんなものかな」

多分、敵は一千近くを失ったはずだ。大勝利と言っていいだろう。

「兵たちに、充分に兵糧《ひょうろう》をとらせろ。肉も食わせてやれ」

それだけ命ずると、張飛はふと気が重くなり、幕舎《ばくしゃ》にひとりで入った。

招揺を、董香《とうこう》に返さなければならない。

董香に返せと言われれば、多分自分は返すだろうと思った。相手が男なら、蛇矛《じゃぼう》を突きつけてでも、招揺を譲ると言わせる。

あれほどの馬には、二度と出会えないかもしれない。それぱかり、張飛は考えていた。

惨敗だった。

山中の道を駈けながら、張衛《ちょうえい》は何度も血が出るほどに唇を噛《か》んだ。

一千ほどの兵は、失っただろう。相手は、ほとんど無傷に近いと思われる。しかも、七千の本隊などどこにもいなくて、三千の軍勢に、いいように振り回されたのだ。

惨敗だが、負けたという気さえ、張衛はしていなかった。まともに戦う前に、いつの間にか敗走していたという感じなのだ。

とにかく、騎馬隊で二つに断ち割られた。態勢を立て直そうとした時、さらにまた二つに割られた。六千が二つに割られて三千、さらに二つに割られて千五百。その千五百と敵の歩兵の三千が、まともにぶつかり合ったようなものだった。そして自分は、その千五百の中にいたのだ。

二千騎にまで増やした騎馬隊も、一度乱れるとなんの動きもできなかった。まとまって動く三百の騎馬隊に負ける、ということがよくわかった。騎馬隊は、数だけではない。

もう一度、まともに戦《いくさ》がしたい。そう思ったが、いまというわけにはいかないだろう。軍は、立て直さなければならない。劉璋《りゅうしょう》との戦ではほとんど負けたことがない兵が、負けの味を知ってしまったのだ。それを、兵の強さに結びつけなければ、なんの意味もない敗戦ということになる。負けても、また立ち直ればいい。そう思わせるために、なにが必要なのか。

二日後に、漢中《かんちゅう》に入った。

州境に六千ほどの兵がいて、鮮広《せんこう》が自ら指揮を執《と》っていた。

なんのための戦だったのか。鮮広の顔を見て、張衛《ちょうえい》はふと思った。劉備《りゅうび》軍の張飛《ちょうひ》が、山中を何事もないように動いた。それがどうしてか、確かめたかった。張飛という将軍が、どういう男なのかも確かめたかった。

その、どれをも果してはいない。

考えてみれば、五斗米道軍《ごとべいどう》は、劉璋が送ってくる軍勢以外とは、ほとんど闘ったことがないのだ。あとは、魏興郡《ぎこう》で、荊州《けい》の山岳の守備隊を山に引きこんで翻弄《ほんろう》してやったぐらいだった。

ほかの軍と闘ってみたい、という思いが心の底にあった。劉備の軍なら、中原《ちゅうげん》で転戦を重ねてきた軍だった。

はっきりとわかったことが、いくつかある。

まず、ほとんど戦らしいことが起きていない益州《えき》の軍は弱いということだ。五斗米道軍は、その程度の相手なら勝てるという強さを持っているにすぎない。劉表《りゅうひょう》の、山岳部を守っている兵も、また同じだった。荊州の精鋭は、多分、揚州《よう》の孫権《そんけん》軍と正対するところに集められている。

そして、中原で転戦に転戦を重ねてきた軍は、強いということだった。騎馬隊の動きひとつとっても、劉璋の軍などとはまるで違っている。それは、眼《め》を瞠《みは》るほどのものだった。中原では、十数年もああいう軍が戦をくり返しているのだ。

「魏興郡の山は、しばらく使えぬぞ、張衛」

「私も、なぜ張飛の軍が自由に動き回れるのか、見きわめることはできませんでした。その前に、敗走させられていました。情けない話ですが」

「山の件については、私が兵に訊《き》き回ってみて、およその見当はついた」

「どうして、こちらの仕掛けを避けられたのです？」

「斥候《せっこう》に出て、捕えられた者たちがいる。張飛《ちょうひ》の軍にだ。それが、簡単な取調べで放免されている。直《す》ぐに山に逃げ戻ってきた」

「なるほど。それを尾行《つけ》れば、たやすく通路はわかるということですか。聞いてみれば、どうということもないのですね」

「むしろ、軍勢の精強さの方が、驚きに値するかな」

「強い、ということはよくわかりました。驚く前に、負けてしまっていた、という感じです。たった三千しかいなかったのに、三万の軍と闘ったという気がするほどです。負け惜しみではなく、次に闘う時は、いくらかましな闘いができると思います」

「劉備《りゅうび》軍といえば、野戦で鳴らしてきた軍だ。数は少ないが精鋭で、関羽《かんう》、張飛、趙雲《ちょううん》と、将軍たちも豪傑揃《ごうけつぞろ》いらしい」

「私は、張飛という男に、関心を持ちました。大きな馬に乗って、先頭で突っこんできましたよ。矛《ほこ》に触れた者は、みんな打ち落とされるという感じでした。それに、実によく調練《ちょうれん》された騎馬隊で、三百騎が一頭のけもののようにさえ思えました」

「まあいい。おまえも、負けの味を知った。これは、無駄ではあるまい。これまで、まともに闘ったのは、劉璋《りゅうしょう》の軍だけだったのだからな」

「天下は広い。実に広いと思います」

張衛《ちょうえい》が言うと、鮮広《せんこう》は眼を閉じてかすかに頷《うなず》いた。


三日経《た》っても、招揺《しょうよう》を返せと董香《とうこう》は言ってこなかった。

張飛は、ほとんどの時を招揺とともに過した。調練の間だけでなく、そのあとの世話も王安《おうあん》には任せなかった。

「招揺に恋でもされているようです」

王安が余計なことを言ったが、叱《しか》りもしなかった。

招揺のことなら、細かい癖まで、なんでもわかると張飛は思った。そんな馬には、やはりいままで一度も出会ったことがない。夜も、幕舎ではなく、招揺のそばで過すことが多かった。この馬と別れるのだと思うと、心が張り裂けそうな気がした。

それでも、張飛は四日目になると、招揺を城内へ連れていった。

董陵《とうりょう》の館《やかた》。董香を訪ねてきたとは言えず、董陵に訪《おとな》いを入れた。

すぐに、玄関の脇《わき》の部屋に通された。

「この城郭《まち》にも、兵が少なくなりました」

董陵《とうりょう》が、すぐに姿を見せて言った。もとからの西城《せいじょう》の守兵は二千ほどだけで、襄陽《じょうよう》から命令を受けて一万の兵を率いて来ていた部将は、呼び戻されていた。

「劉表《りゅうひょう》様もなにを考えておられるのか、蔡瑁《さいぼう》ごときの言うがままになっておられる」

西城の守兵は二千でいい、と言い出したのは蔡瑁らしい。その話は、噂《うわさ》のようなものとして、張飛《ちょうひ》も聞いていた。

もともと西城には、一万八千の兵がいて、それを董陵が指揮していたという。董陵は、魏興《ぎこう》郡の太守《たいしゅ》となるべきはずだった。その邪魔をしたのも蔡瑁で、劉表の長男の劉琦《りゅうき》派と見られたためらしい。蔡瑁は、劉琮《りゅうそう》にとっては叔父に当たるが、劉琦とは血の繋《つな》がりはないのである。

「漢《かん》王室の外戚《がいせき》として力を振《ふる》った大将軍の何《か》進《しん》と、どこか似ておりますな、蔡瑁は。外戚が力を持てば、国は衰えるばかりです。もっとも、魏興郡は山ばかりの貧しい郡にすぎませんが」

「軍を、いいようにしている。もっとも、力を持つにはそれが一番手早い方法ですが。それを許している劉表殿が、老いているのだとしか言いようがありません」

「蔡瑁には、せいぜい五百の兵を指揮するほどの力しかありません。それが荊《けい》州の軍の筆頭に立つ。荊州に、大きな戦がなかったからなのですよ。なにかあっても、他人の力を当てにするところが、劉表様にはあります。かつて張繍《ちょうしゅう》がそうであったし、いままた、劉備《りゅうび》様を頼ろうとしておられる」

「劉備軍は、わずか六千に過ぎません。頼られても、それだけの力があるわけがない」

「張飛殿のような豪傑が率いた、六千ですからな。六千は核で、いざという時には三万四万の兵が集まってくるのだろう、と私は思っています」

酒が出されていた。杯《さかずき》を二、三度重ねただけなのに、張飛は酔いに似たものを感じていた。ふだんなら、一斗《と》（約一升）ほど飲んだ時の酔いに近かった。この程度の酒で、酔うはずもなかった。

「それにしても、先日の戦はお見事でした。張衛《ちょうえい》もなかなかの軍人ではあるのですが、五分の一の兵力で、赤子のように翻弄《ほんろう》してしまわれた」

「張衛は野戦に馴《な》れていない。それがわかっただけのことです。もし次にぶつかったとしたら、今回ほどたやすく破ることはできますまい。兵の質は悪くなかった。

堅苦しい用兵でしたが、それもなかなかのものだった。俺が、戦ずれしていたというだけのことです。必ずしも、実力がぶつかり合ったというわけではない」

「確かに、手強《てごわ》い相手でした、張衛《ちょうえい》は。特に山中の戦では。その山中の戦でも、張《ちょう》飛《ひ》殿は楽々と勝たれた」

「だから、戦ずれをしているのです、俺は」

山中を、どうやって安全に動けたのか、張飛は話してやった。そのひとつひとつを、董陵《とうりょう》は頷《うなず》きながら聞いていた。

なんのために董陵の館に来たのか、張飛にはわからなくなった。ほとんどが、戦談義である。

俺は招揺《しょうよう》を返すために来たのだ、と張飛は思った。しかし、それを言い出す気力はもうなくなっている。黙って、招揺だけ繋《つな》いだまま置いていくのか。そんなことが、自分にできるのか。

玄関の方で、声がした。

董香《とうこう》の声だった。口に含んだ酒の味が、張飛にはわからなくなった。

「張飛様、よくおいでくださいました」

董香が入ってきて言った。秀《ひい》でた眉《まゆ》、その下の強い光を放《はな》つ眼《め》。張飛はうつむき、視線を合わせないようにした。

言わなければならない。招揺を返しに来たのだと、董香に言わなければならない。言葉が、のどに詰まっていた。寒い季節なのに、全身にじわりと汗が滲《にじ》み出してきた。

「招揺に乗ってこられたのですね。門のところで、会ってきましたわ」

董香が、先にそう言った。

「わずかの間に、とてもいい馬になりましたのね。私を見て、嬉《うれ》しそうに顔を寄せてきましたわ。そのさまが、とても男らしい感じで、思わず首に抱きついてしまいました」

「お返ししよう」

ようやく、張飛は言った。縁というものがある。それが、招揺との間にはなかったのかもしれない、と思った。

「なんとおっしゃいました？」

「お約束通り、招揺は董香殿にお返しする」

「お気に召しませんでしたか、招揺が？」

「いや、あれほどの馬、生涯にまた会えるかどうか、と思っている。しかし、お返しする約束だった」

「そうですか。私のような女のことを、お考えいただいたのですね」

「戦が終ったら、すぐにお返しすべきであった。俺はどうも女々《めめ》しいようで、別れ難い思いを断ち切れず、遅れてしまった」

「招揺《しょうよう》は、幸せな馬ですわ。立派な方に、乗っていただけるのですから。お返しになるには及びません。招揺は、乗る人間を選びます。そして、これ以上はないというお方に乗られて、戦場に出ました。招揺がはっきりそう感じていることは、見ていてわかりました」

「見ていた？」

「いや、張飛《ちょうひ》殿。この娘は、兵の身なりをして、戦場の南の山にいたのです。気づいた時は、紛《まぎ》れこんでおりました。張飛殿が招揺に跨《またが》って戦場を駈け回られる姿を、つぶさに見ていたのですよ」

笑いながら、董陵《とうりょう》が言った。

「男のようなことばかりして、困っております。また、そこらの兵に劣らぬほど、剣を遣《つか》ったりもします。気性も激しい。ただの男では乗りこなせぬ、悍馬《かんば》というやつですな。母親は穏やかな女だったのに、なぜこんなになったのだと、よく思います」

「招揺を、返さなくてもよい、と言われたのか、董香殿《とうこう》？」

「はい。私より張飛様の方が、ずっと招揺に乗るにふさわしい、と思いました」

「ありがたい。それは、ありがたい。心からお礼を申しあげる」

董香が、ほほえんでいる。

張飛は、何度も頭を下げた。こめかみから、汗が流れ落ちている。

「もう一頭の悍馬も、張飛殿が乗りこなしてくだされればいいのだが」

董陵が言い、声をあげて笑った。

4

山は、雪になった。

北の斜面の雪は深いが、南には草が隠れるほどに積もるだけである。それでも、漢中《かんちゆう》郡は、雪に守られたという恰好《かつこう》になる。

兵を休ませるのに、いい機会だった。休ませながら、調練《ちようれん》も重ねる。これまで、張衛《ちようえい》は自分で調練の指揮を執《と》った。

それを、白忠《はくちゆう》と任成《じんせい》に任せた。

旅に出よう、という気になったのである。ひとりで行くというのに、白忠と任成が強硬に反対した。それで、従者《じゆうしや》の高豹《こうほう》と小者《こもの》を二人伴《ともな》うことにした。

張魯《ちようろ》には、すでに許しを得てある。張魯が教祖としているかぎり、五斗米道《ごとべいどう》は絶対で、したがって漢中《かんちゆう》郡も強くひとつにまとまっている。

張衛《ちようえい》と高豹が騎乗で、小者二人が轡《くつわ》を取った。

秋の終りに軍勢を率《ひき》いて通った道を、張衛は堂々と辿《たど》った。ここでこんなことに心を配り、ここで軍勢をどんなふうに移動させた。それらが、まざまざと思い浮かんでくる。

急ぐ旅ではなかったが、五日目には戦場に出た。

改めて、地形を眺め回してみる。大軍を迎え撃つには、絶妙な場所と言ってよかった。南鄭《なんてい》から来た軍勢がここで敵にぶつかると、まず背後の隘路《あいろ》に退路を塞《ふさ》がれた恰好になる。南の山には、実際に伏兵を置くことも可能だろう。北側の山が自分の領分だと思っていれば、劣勢になった時は無意識にそちらへ逃げる。

経験だな、と張衛は思った。経験の差で、張飛《ちようひ》に手もなく打ち破られたのだ。実際に戦場に立って思い返すと、勝てる方法はいくらでも思い浮かんでくる。南の山の伏兵など気にせず、全軍で張飛の三千にむかっていれば、そのまま西城《せいじょう》まで押していけたはずだ。ほんとうに伏兵がいて、挟撃《きょうげき》のかたちを取られたら、その時こそ、北の山に逃げこめばいい。

悔いが残ることばかりだが、張衛はそれを忘れることにした。戦《いくさ》で負けた。死んでいておかしくない。それでも生きて、いろいろ考えていられるのは、運があるからではないのか。戦がやり直せると考えるのは、死んでも生き返れるということと同じだった。

「雪に包まれてはいますが、地形はよくわかりますね、張衛様」

「まったくだ。俺《おれ》は、ここをよく憶《おぼ》えておく。張飛という男のこともだ」

「西城に、まだ駐屯《ちゆうとん》しております。このまま進めば、いやでも西城に入ってしまいますが」

「心配するな、高豹。俺たちは、腕を買ってくれそうな金持ちを捜して、流浪《るろう》している男にすぎん。いささか腕に覚えがあるが、どうも主人が気に食わんというやつだ」

「やはり、西城で張飛にお会いになる気なのですね？」

「流浪の武芸者としてな。おまえも俺も、五斗米道軍の中では、どんな武器を遣《つか》っても一、二を争う。腕を売り歩いていても、それほど不思議ではあるまい」

「張飛《ちょうひ》という男が、張衛《ちょうえい》様だと見抜いてしまうような気がするのです」

「その時は、その時だ。首を刎《は》ねると言うなら、存分に闘って刎ねられてやろう。とにかく、俺は益《えき》州以外の土地を見てみたい。そこで戦に明け暮れている男たちも、見てみたい。荊《けい》州の隅に増援に送られてくる劉備《りゅうび》軍の将軍のひとりでさえ、あれほどの戦をするのだ。俺の度胆《どぎも》を抜くやつが、雲霞《うんか》のごとくいるに違いない」

張衛は、西城《せいじょう》への道を進みはじめた。雪はまだ深くない。いずれは身の丈を超えるような深さになり、春まで漢中《かんちゅう》を静かに守ってくれる。

「張飛軍は、城外で野営していたようですが、雪とともに城内の兵舎に入ったということです」

そういうことも、鮮広《せんこう》が西城に放《はな》った者から、報告が入っている。西城にかぎらず、中原《ちゅうげん》全域に、数十人の信者を放っているのだ。だから、この国の情勢については、詳しく知っていた。

知っていることに、大した意味はない。それも、今度の戦でよくわかった。

鮮広は、曹操《そうそう》をよく見てこい、と言った。この国を、やがて統一するのは曹操だ、と考えているようだった。その時、益州に五斗米道《ごとべいどう》の国を作りあげていられるのか。

曹操が、それを肯《がえん》じるのか。

張衛は、曹操だけでなく、劉備や孫権《そんけん》も見てみたかった。袁紹《えんしょう》に勝った曹操が、これから河北《かほく》四州の制圧にかかる。その間に、孫権が荊州を奪《と》ることはないのか。孫権が揚《よう》州、荊州を領し、曹操が河北四州の制圧に手間取れば、曹操は腹背に敵を受けるということになりかねない。天下の帰趨《きすう》はまだ決したわけではない、と張衛は考えていた。

とにかく、益州に五斗米道の国を作るために、何年あるかということだった。益州の民をみな信者にしてしまえば、それは難しいことではなくなるが、さすがにそちらに関する劉璋《りゅうしょう》の締めつけは厳しい。その締めつけに耐えかねて、成都《せいと》近辺にひそんでいる信者も、漢中郡《かんちゅう》に流れてくるという状態だった。

「西城です、張衛様」

雪に包まれた、白い城郭《まち》だった。高い場所からは、城壁の中も見える。動いている人の姿も、かろうじて見きわめられる。

奪っても、特に意味のある城というわけではなかった。守兵の指揮官は董陵《とうりょう》というこのあたりの豪族で、こちらが山にいるかぎり、事を構えようとはしてこなかった。守兵も、二千ほどなのだ。

戦になるのは、劉表《りゆうひよう》かその幕僚《ばくりよう》が、荊州《けい》の北の隅を問題にした時で、一万から二万の討伐軍を送ってくる。山の戦は知らない軍勢ばかりだった。

西城《せいじよう》の城郭《まち》に入った。

宿をとり、城郭の中を歩き回ってみる。張飛《ちようひ》の軍の兵が闊歩《かつぽ》している、ということはなかった。見かけるのは董陵《とうりよう》の兵で、別段殺気立った気配もなかった。

「南鄭《なんてい》とは、だいぶ違うな」

「眠ったような感じのする城郭です。これでも、北の山に対しては、戦闘態勢をとってはいるのでしょうが」

「北の山も、いまは眠っているからな」

雪に包まれて、眠っているだけではない。張衛《ちようえい》が敗走した時、その足跡をかなり深くまで追った気配がある。張飛の軍は、安全な通路を知ってしまっているのだ。山中に仕掛けた罠《わな》など、もう役に立たない。

商人の数も、多くはなかった。これから大きくなる、という場所ではないのだ。漢中《かんちゆう》からの侵攻さえなければ、中原《ちゆうげん》の情勢をよそに、のどかで平和な日々が続くところだろう。

「あれが、兵舎か。いるのは、張飛の軍だな」

「衛兵の立て方からして、違います。殺気とは違いますが、緊張感は漂っています。いつでも出動できる、という態勢でいるのでしょう」

兵たちの姿が見えた。談笑している者もいる。共通しているのは、全員の躰《からだ》がひきしまっていることだった。眼《め》にも力がある。激しい調練を積んでいる、ということなのだろう。

これほどの兵が、荊州の北の隅に増援に送られてくるのか、と張衛は考えた。いままでの劉表軍には、まるで見られなかったことだ。劉表は、中原の戦を避けた。厳しい戦場をくぐっていないという点で、劉璋《りゅうしょう》の兵とも似ているのかもしれない。

居酒屋に入った。

そこには、兵の姿はなかった。数人の商人らしい男たちが、皿を囲んでいるだけだ。

「肉と酒なら、すぐ出せるそうです。値も、それほど高くはありません」

「まったく、平和なところなのだな」

酒は、すぐに出てきた。

張衛は、皿を囲んでいる男たちの話に、耳を傾けた。縁談の話だった。時々、笑い声も入り混じっている。

大きな男と大きな女で、釣合いがとれている、とひとりが言っていた。それから、少し卑猥《ひわい》な話になり、また笑い声が起きた。

いずれ、新野《しんや》へ帰る。いや西城《せいじょう》に落ち着くつもりだ。そんな話になったので、張《ちょう》衛《えい》はさらに耳をそばだてた。張飛《ちょうひ》と董陵《とうりょう》の娘の縁談らしい、としばらくしてわかった。

それ以上は、噂《うわさ》の域を出ていなかった。

「張飛が、董陵の娘を妻にする。それだけは、確からしいな」

「つまり、張飛は董陵の家を継ぐということなのでしょうか？」

「わからん」

張飛が西城に居座るというのは、五斗米道《ごとべいどう》にとって歓迎できることではなかった。三千の軍も一緒となれば、なおさらだった。

「俺が見たかぎりでは、張飛は自分の兵を董陵の兵と離している」

居酒屋の主人が、肉を運んできた。野菜と一緒に煮られたもので、湯気とともにうまそうな匂《にお》いをたちのぼらせている。

「張飛将軍が、嫁を貰《もら》うというのは、ほんとうのことか？」

「ほんとうですよ。いまは、その噂でもちきりでしてね」

主人は、皿を囲んだ商人たちの方へ、ちょっと眼をくれて言った。

「馬が取り持つ縁だったそうで、みんな毎日同じ話をしています」

「馬か」

「董陵様のところに、大きな馬がいましてね。それを、張飛将軍が乗りこなしたんで、娘が惚《ほ》れちまったって話です。娘も、剣なんかぶらさげて馬を走らせるようなお転婆《てんば》で、張飛将軍でなけりゃ乗りこなせまい、とみんな言っております」

張飛が嫁を取るというのは、嘘《うそ》ではないらしい。戦はうまいが、案外に甘い男なのかもしれない、と張衛は思った。

二日後、張衛は西城を出た。

特に見るべきものはなかったし、張飛の軍は雪中の調練に出ていった。新野から、調練を見物し、その足で新野へむかえばいい、と張衛は考えていた。

曹操《そうそう》がいる許都《きょと》までは、それほど遠くない。

三百騎の騎馬が、雪の中を駈《か》けていた。歩兵と交錯する。騎馬と歩兵を、同時に調練しているのだ。見事な動きだった。ほとんど実戦に近い。騎馬と歩兵の位置が入れ替ると、次は歩兵が騎馬を押し包む。一カ所を破って、騎馬が包囲を抜け出す。

「すごいものですね。こんな調練では、歩兵は何人も死ぬでしょう」

「だから、みんな必死なのだ、高豹《こうほう》」

「騎馬の動きも、すごい。遅れるものが、一騎もありません。ああやってひとつにかたまっているのは、たやすそうで一番難しいと思います」

張飛《ちょうひ》がどこにいるかは、すぐにわかった。ひときわ大きな馬に乗っているのだ。戦の時も、あの馬に乗っていた。

不意に、三百騎がこちらへむかってきた。

張衛《ちょうえい》は馬首を回し、避《よ》けるために駈《か》けた。二里（約八百メートル）ほど全力で駈けた時、ようやく騎馬隊は反転していった。

二騎だけ、残っている。張飛《ちょうひ》についているのは、子供のように小柄な男だ。張飛が近づいてきた。小柄な方も、馬の扱いに隙《すき》はなかった。

「調練が、そんなに面白いのか？」

「いや。激しい調練をやるものだと、呆《あき》れながら見物していた」

「ふん。これぐらいの調練は、おまえのところでもやっているだろう、張衛」

言われ、全身に緊張が走るのを、張衛は感じた。すでに、張飛は自分のことを知っている。しかし、そんなことがあるのか。

「私の名は、徐済《じょさい》というのだが」

そばで、高豹が殺気を放ちはじめている。

「名など、どうでもいい。張衛と呼んでみただけのことだ。先日の戦で、逃げていく大将の手綱捌《たづなさば》きとそっくりだったのでな」

張衛の背に、冷たい汗が流れた。高豹が放つ殺気を、張飛は歯牙《しが》にもかけていないように見える。

「まあ、わざわざやる必要のない戦ではあった。その大将もそう考えていたらしくて、あっさりと山の方へ逃げてくれた」

確かに、やらなければならない戦ではなかった、といまは思う。しかし、やってよかったという思いもある。自分が、大した指揮官でないことが、いやというほどわかったのだ。

「張飛将軍か」

「だったら、どうする」

「嫁を貰うという噂を聞いた」

張飛が、大声で笑いはじめた。

「相手は、董陵《とうりょう》の娘で、似合いだという話だった」

「似合おうが似合うまいが、俺の子を産ませようと決めた。それだけのことだ」

「それで、西城《せいじょう》に居つくのか？」

「馬鹿を言え。俺は劉備玄徳《りゅうびげんとく》の部将だぞ。命令があれば、速《すみ》やかに新野《しんや》に戻る」

「新野では、いずれ大きな戦が起きるのではないのか。曹操《そうそう》が攻めてくる」

「その時まで俺が呼び戻されぬということは、あるまいよ。ここにいるのは、劉備軍の半分だからな」

「六千で曹操と闘うわけではあるまい？」

「先鋒《せんぽう》の鼻ぐらいは、挫《くじ》いてやれるさ。それから先は、成行《なりゆき》だろう」

「劉備将軍は、なぜ曹操に降伏しないのだろうな」

「徐済《じょさい》とか言ったな。男の志《こころざし》というものが、おまえにわかるか？」

志と言われて、張衛《ちょうえい》は戸惑《とまど》った。張飛《ちょうひ》の口から、そんな言葉が出てくるとは思えなかったからだ。名を呼ばれた時の緊張感は、消えている。高豹《こうほう》も、殺気を放ってはいなかった。

「志ゆえに、曹操には降伏できないと？」

「それも、言葉では言わん。俺が、代りに言ってみたがな。新野へ帰れば、俺はただ曹操と闘えばいいのだ」

「勝てる気でいるのか？」

「男には、勝敗より大事なこともある。俺は、そう教えられている。間違ったこととも思えないから、そのまま信じているのさ」

張飛が、どこまで本気で喋《しゃべ》っているのか、張衛にはよくわからなかった。張衛だと気づいても、殺そうという気はないようだ。

この男と一騎討ちをして勝てるだろうか、と張衛はふと思った。自信はある。この間の戦の時も、自信はあった。

「西城は、西城のままでいい」

見つめてくる張飛の眼が、強い光を放った。圧倒してくるような光に、張衛はなんとか耐えた。一騎討ちをして、勝てるか。また、考えた。

「荊《けい》州の隅の、小さな城郭《まち》だ。何事も起きはしない。この間は、なにを考えたのか、漢中《かんちゅう》から軍が攻めてきたがな。闘う意味など、なにもない。劉表《りゅうひょう》も、いずれ西城どころではなくなる」

「西城は、西城のままか」

「おまえ、腕は立つんだろうが、大事なことがなんなのか、あまり考えたことはないんだな」

「おまえは、あるのか？」

「俺には、代りに考えてくれる人がいる」

「それが、主君か」

自分にも、教祖の兄がいる、とは言えなかった。主君とは、はじめから違っている。無論、兄でもない。自分が利用できる力を持った存在。そういうことではないのか。

五斗米道《ごとべいどう》の信者かどうか自問すれば、張衛《ちょうえい》には違うという答しか出てこなかった。それでも、自分は益州《えき》を五斗米道の国にしたい、と夢見ている。夢は、自分のための夢なのだった。

「また、会うかな」

「戦場でか？」

張飛《ちょうひ》が、にやりと笑って言った。

雪原では、相変らず騎馬と歩兵が駈け回っている。

5

張飛が新野《しんや》に呼び戻されたのは、二月に入ってからだった。

具足《ぐそく》を付け、剣を佩《は》いた香《こう》が、自分の馬に跨《また》って一緒に来た。乳房が大きいので、具足は特別に作らせたものだ。

妻がそういう恰好《かっこう》をすることを、張飛はおかしいとは思わなかった。王安《おうあん》が気にして輿車《こしぐるま》を用意していたが、香はそんなものに見むきもしなかった。輿車には、董《とう》陵《りょう》が贈ってくれたものが載せてあるだけだ。

新野へ入ると、香を劉備《りゅうび》の館《やかた》に伴った。

関羽《かんう》、趙雲《ちょううん》、麋竺《びじく》、孫乾《そんけん》の四人が、劉備のそばに控えていた。挨拶《あいさつ》が済むと、すぐに酒が運ばれてきた。

「五斗米道が、一度攻めこんできたそうだな、張飛?」

関羽が言った。張飛は、いつ香を引き合わせるべきか、ということだけを考えていた。香は、王安と並んで張飛の後ろにいる。具足を付けたままだから、王安よりずっと偉丈夫《いじょうふ》に見えるだろう。着替えだけは、させてくるべきだった、と張飛は悔んでいた。

「劉表《りゅうひょう》殿が、いたく喜んでおられる。三千の兵だけで、五倍の軍勢を打ち払ったそうではないか。しかも、ほとんど兵を死なせていない」

劉備はくつろいだ着物姿で、具足を付けているのは趙雲だけだった。

「実は、大兄貴」

「どうしたのだ、張飛《ちょうひ》。酒にも手をのばしておらぬな」

「俺《おれ》は、妻《めと》を娶りました」

「なんだと。西城《せいじょう》で見つけたのか。なぜ、ここへ連れてこない」

「連れてきているのだ、小兄貴」

張飛はふりむき、香《こう》を呼んで自分のそばに座らせた。

「女子《おなご》の身で、このような身なりをして不調法とは存じましたが、夫に最も合った姿だとも思っております。張飛翼徳《よくとく》の妻、香でございます」

香が、深々と頭を下げた。

誰《だれ》も、なにも言わなかった。劉備《りゅうび》は、手に持った杯《さかずき》を干すのを忘れているようだった。関羽《かんう》は、眼《め》を見開いている。

「勝手に妻を娶って、申し訳ないと思っております。香は、董陵《とうりょう》殿の末娘で、女ながら剣を遣《つか》ったら王安《おうあん》と互角《ごかく》で」

それ以上、張飛はなにを言えばいいのか、わからなくなった。

「そうか、妻を娶ったか、張飛」

劉備が、ようやく口を開いた。

「劉備玄徳《げんとく》と申す。私と、そこにいる関羽は、張飛の兄に当たる。だから香、そなたは私と関羽の妹だな」

劉備の言い方がなにか変だと思ったが、張飛は黙っていた。

「ところで、妹。その身なりはなんとしたことだ？」

「女が、具足を付けております。夫が留守の間は、私がすべてを守るということでございます。夫の家も、子も、誇りも」

「そうか。見あげたことを聞くものだ。私はまた、張飛が従者《じゅうしゃ》を二人に増やしたのだとばかり思っていた。まさか、嫁を連れてきたとはな」

「大兄貴には、早くお知らせしなければ、と思っていたのですが、どうも照れくさくて。どうせ新野《しんや》で会っていただくことになるのですし」

「私にだけでも知らせるべきだ。馬鹿者が」

関羽が、身を乗り出して言った。

「そうすれば、兄上をこれだけ驚かさなくても済んだ」

関羽の顔は笑っていた。

劉備が、ひとりひとりを引き合わせはじめた。香は、きちんとした、女らしい挨《あい》拶《さつ》をした。それが、張飛にはなんとなく嬉《うれ》しかった。

「私と関羽《かんう》の三人は、兄弟と呼び合っている。涿《たく》県を出発した時から、一緒だったのでな。しかし、ここにいる者は、みな兄弟だと思ってよい。そなたの、兄であり弟だ。夫に言えずに思い悩むことがあったら、まず顔を思い浮かべるとよい」

「兄上様のお言葉、心に刻みこんでおきます。心のありようは兄弟でも、主従に間違いはないのだ、と夫から言われております。兵たちの前では、殿様と呼ばせていただきます」

「おい、張飛《ちょうひ》。言わなければならないことは、全部女房に言っているではないか。なかなかのものだ。感心したぞ。なにより、この女房を選んだおまえを、ほめてやる」

言って、関羽が杯を香《こう》の前に運ばせ、酒を注《つ》いだ。

酒宴になった。

香は、酒の飲み方も並みではなかった。しかも、いくら飲んでも酔ったようには見えないのだ。趙雲《ちょううん》が音《ね》をあげ、劉備《りゅうび》が横になり、関羽と三人で飲み続けた。王安《おうあん》など、とうに部屋の隅に倒れている。

「おまえが戻ってくるので、みんな思いきり飲もうと張り切っていたのだがな。香殿がすごすぎた。乱れぬところが、またすごい」

関羽も、言葉がいくらか怪しくなっている。

「あなた、そろそろ切りあげませんと」

香が言う。張飛は頷《うなず》いたが、立ちあがるとわずかに足を取られていた。

その夜は劉備の館《やかた》の一室に泊り、翌朝、劉備から小さな館をひとつ与えられた。

「父上の館と較《くら》べると、小さいものだが」

使用人が二人で、王安もこの館の一室に住む。香は、不満を洩《も》らさなかった。ひとつだけ、厩《うまや》が欲しいと言ったので、張飛は王安と二人で、二日かけて三頭の馬が入るものを作った。

劉備軍は、再び六千が同じ場所に集まった。二つに割ったのは、蔡瑁《さいぼう》の策だった。それで弱体化する、と読んだのだ。蔡瑁は、いずれ劉備軍を劉表《りゅうひょう》軍に吸収しようと考えている、というのが関羽や趙雲の意見だった。

張飛も、そう思っていた。ただ、そんな方法で劉備軍を吸収できると考えているところが、愚かだった。曹操《そうそう》軍にも、袁紹《えんしょう》軍にも、ついに吸収されることはなかったのだ。

蔡瑁は、軍を掌握《しょうあく》しながら、危険な場所には決して立とうとしない。荊《けい》州で危険なのは、揚《よう》州の孫権《そんけん》からの脅威《きょうい》を受ける江夏《こうか》と、いずれ曹操の最初の標的になるであろう新野《しんや》だった。江夏《こうか》は、江夏太守《たいしゅ》の黄祖《こうそ》に任せっきりである。新野の劉備《りゅうび》に対しては、当面の危険がないと見ると、分断を試みたりする。

張飛《ちょうひ》が新野に呼び戻されたのは、中原《ちゅうげん》での曹操《そうそう》の動きがいよいよ活発になってきたからである。まずは河北《かほく》四州にその力はむかうだろうが、いつ南に矛先《ほこさき》を転じるかわからない。

許都《きょと》と新野には、それほどの距離はないのだ。

蔡瑁《さいぼう》は、いわば外戚《がいせき》である。劉表《りゅうひょう》の後妻の蔡《さい》夫人の弟なのだ。それで蔡一族がのさばることになった。劉表の長男である劉琦《りゅうき》は、いつ弾《はじ》き出されるかわからない状態で、支える家臣も少ないのだという。蔡夫人の実子である幼い劉琮《りゅうそう》と、長男の劉琦との間には、当然暗闘がある。そして、劉備をそこに引きこもうとする動きもある。それは、麋竺《びじく》と孫乾《そんけん》がなんとか阻止しているようだ。

「一月に、曹操の軍が動いた。五万程度の規模だったがな。それだけで、蔡瑁は慌《あわ》てふためき、おまえを呼び戻すことを承知したのだ。胆《きも》の小さな男だ。あんな男が掌握している劉表軍は、もう駄目になっている。まともなのは、黄祖の軍ぐらいだろう。軍の掌握すらできない劉表は、ただの老いぼれだな」

「しかし、荆州《けいしゅう》の中の民政は落ち着いていて、叛乱《はんらん》など起きそうもないと俺は見ています、小兄貴」

「まさしく、劉表は民政の人だ。平和な時なら、有能な刺史《しし》（州の長官）であったろう。私は、劉表を討《う》って荊州を奪《と》るべきだ、と兄上に進言した」

「それで、なんと言われた、大兄貴は？」

「まだ早いと」

「そうか。いずれは、荊州を奪る気でおられるのだな」

「徐《じょ》州を奪るのに失敗して、兄上は慎重になられた。一時的に領地を持っても、維持する力がなければ意味はない、と思われている」

「領地を持たなければ、力のつけようもない、と俺は思うな」

「おまえの言う通りだ、張飛。しかし兄上は、荊州を奪ろうとされん」

「それが、大兄貴のやり方なのだろう。いま無理をして奪っても、蔡瑁の一派を根絶やしにはできない、と俺は思います。制圧するために、戦《いくさ》を重ねなければならない」

「そこを曹操に攻められたら、それで終りか。しかしそれを考えていては、なにもできん」

「趙雲《ちょううん》は、なんと言っています？」

「兄上に従うしかないと。それは当たり前のことだが、腰をあげぬ兄上を急《せ》かせるのも、われらの仕事ではないか」

新野《しんや》の西の野営地だった。調練《ちょうれん》は、欠かしていない。六千の劉備《りゅうび》軍は、さらに精強になっていくだろう。しかし、これ以上大きくなっていくことはない。そして、曹操《そうそう》は増々大きくなる。

「荊《けい》州内の豪族のところを、趙雲《ちょううん》は相変らず回っている。いざという時に、劉備軍につきそうな者は、二万から三万。周囲の情勢にもよるが、それぐらいだろうと趙雲は読んでいる」

「最大でも、三万六千。四万にも満たぬというわけか」

「私は、もう少しいるのではないかと思うが、たとえば黄祖《こうそ》などとは組めぬ。黄祖が六、七万の兵を擁《よう》しているということもあるが、組めば揚《よう》州の孫権《そんけん》を敵に回す」

「少しずつ、足もとが心もとなくなっている。そんな気がします、小兄貴」

「まあ、仕方があるまいな。兄上に、いま動くお気持はない」

「一月に曹操が動いたのは、なんのためだったのです？」

「自領を、固めたのだ。北へ全力をむけるために、小さなことも見過さない。曹操らしい、周到さだ」

動きがとれない。それは、張飛《ちょうひ》にもよくわかった。つまり、まだ耐えろということなのだ。

「何年、続くのだろう、小兄貴？」

「さあな。五年か、十年か」

「長いなあ」

五年耐えて、なにかが開けるという保証はなかった。さらに逼塞《ひっそく》を強《し》いられるかもしれないのだ。

「俺は、しっかりと軍をまとめる。おまえは、時々、耐えきれずに暴れるというのがいい。そういう荒っぽい男がひとりいれば、蔡瑁《さいぼう》もあまり無茶は言えないだろう」

「わかった」

「私が心配しているのは、おまえや趙雲のことではなく、自分のことでもない。実は、兄上が耐えられなくなるのではないか、と思っている。おまえも、兄上の気性はよくわかっているだろう」

「だから、わかった。乱暴なだけの将軍、と俺はもうしばらく言われていよう。もともと、俺たちは流れ者だ。大兄貴に出会わなかったら、賊徒《ぞくと》でもやっていたかもしれん。いま一番大事なのは、大兄貴の志《こころざし》だ。大兄貴が、それさえ失わないでいてくれたら」

劉備《りゅうび》が、耐えきれなくなって、たとえば蔡瑁《さいぼう》か、その一派の将軍を斬《き》ってしまう。それはありそうなことだった。その時は、自分が斬ったことにして、劉備を助けるしかないのか。

涿県《たく》を出た時は、五十人ほどだった。いまは六千である。ずいぶんと大きくなった。そう自分に言い聞かせていればいい。

「蔡瑁は、おまえをとてつもない乱暴者だと思っている。しかも、西城《せいじょう》での戦ぶりも、詳しく報告を受けている。あまり怒らせるような真似《まね》はしないと思うが、時々、蔡瑁の胆《きも》が冷えるような怒り方をしてやれ」

張飛《ちょうひ》は、黙って頷《うなず》いた。

劉備の志のために、自分はなにができるのか。それを考えるのは、涿県を出た時からの習慣のようなものだと言っていい。

「女房持ちになったのに、済まぬな、張飛」

関羽《かんう》は、うつむいた。

自分のことなら、香《こう》はどんなことでも理解してくれるだろう、と張飛は思った。

生者と死者

1

暖かくなって、起きられるようになった。

起きて動くと、動悸《どうき》が激しくなる。それに耐えて、袁紹《えんしょう》は時には館《やかた》の庭を歩いた。何日かそれをくり返すうちに、動悸は気にならなくなった。息も切れなくなってい
る。

病《やまい》は癒《い》えつつある。そう自分に言い聞かせた。

審配《しんはい》が報告に来る。それを受ける時も、袁紹は起きていた。

領内の小さな叛乱《はんらん》は、指さきで蟻《あり》を潰《つぶ》すように、ひとつずつ鎮圧させた。首魁《しゅかい》の首は刎《は》ねさせる。冀《き》州では、叛乱の気配はない。幽《ゆう》州や青《せい》州は、もとからいる賊徒《ぞくと》が、ほんのひと時、元気を出しただけだ。幷《へい》州も、心配した状態にはならなかった。

甥《おい》の高幹《こうかん》が全力で当たれば、黒山《こくざん》の賊徒張燕《ちょうえん》も動きがとれるはずはないのだ。

毎日、地図に見入った。

河北《かほく》四州の地図であり、曹操《そうそう》との境界を示す地図もあった。

曹操が、河水《かすい》（黄河《こうが》）沿いに展開した屯田《とんでん》は、かなりの成功を収めたようだ。兵《ひょう》糧《ろう》の苦しさからは、曹操は脱しただろう。

しかし、領地の底力は、まだこちらの方にある。どう考えても、曹操より兵糧は豊かなはずだった。おまけに曹操は、南に劉表《りゅうひょう》という敵を抱えている。劉表が戦《いくさ》に出てくることはまずないと考えなければならないが、それでも曹操は備えの兵を必要とするはずだ。揚《よう》州の孫権《そんけん》に対しても同じだった。

曹操軍三十万と号しているが、河北にむけられる兵は二十万もいない。それに較《くら》べて、自分は再び三十万を超える兵力を擁《よう》している。領内の叛乱の鎮圧が大きかった。

勝てると思った戦に、負けた。その心の傷は残っている。だから、ことさら慎重になろうとしてしまう。まともに曹操とぶつかれば、勝てる可能性の方が強いのだ。

黎陽《れいよう》。地図を見つめながら、袁紹《えんしょう》はしばしばそれを口にした。

攻める時も、攻められた時も、拠点になるのはそこだろう。曹操も、当然そこを狙《ねら》ってくる。

　軍議を開いた。

　病に倒れてから、はじめてのことだ。これまでは、病床から指示を出していた。青《せい》州から袁譚《えんたん》を、幽《ゆう》州から袁熙《えんき》を、幷《へい》州から高幹を呼んだ。これから、戦は総力戦である。領内の叛乱を鎮定するような、生やさしいものではない。

「自分が領している州を守ることなど、考えるな。河北四州のすべてを守るという気持になるのだ。防御の布陣が、そのまま攻撃の布陣にもなる。そういう構えをとる」

「青州からは、十万の兵を出せます、父上」

　袁譚が言った。袁紹はたちまち不機嫌になり、激しい動悸と息苦しさに襲《おそ》われた。長男のくせに、なにひとつわかっていない。そう思ったが、口には出さなかった。言葉と一緒に、血まで噴き出てきそうだ。

「どう闘うか、考え続けてきた。おまえたちが領内の平定に忙しい時に、わしは曹操とどう闘うかだけを考え続けた」

　袁譚がうつむいた。

「黎陽《れいよう》と鄴《ぎょう》の城を、さらに強化する。これで充分ということはないぞ。兵糧も、もつと運びこめ」

「黎陽《れいよう》を拠点に、河北《かほく》を守られるのですな。そして、機を見て攻める」

「そういうことだ、審配《しんはい》」

「昨年の秋の収穫で、曹操《そうそう》はかなりの兵糧を蓄《たくわ》えたでありましょう。そろそろ動いてきても、おかしくない時期です」

「こちらも、動いていい。黎陽に、五万の兵を入れる。指揮は袁譚《えんたん》。いいか、青州《せい》がどうのと言っている時ではないのだぞ、譚。河北四州の力を、すべてひとつにするのだ」

「わかっております」

「鄴《ぎょう》の兵は十万。これは、すぐに黎陽にむかえる兵だ。この二つを、防御と攻撃の拠点にする。さらに十万の兵が、いつでも動ける態勢をとるのだ」

「場所は、どこにいたしますか、殿」

「魏《ぎ》郡の中に、野営させよ」

審配が、頭を下げた。

武器や馬や、兵の調練《ちょうれん》の具合について、それぞれ報告させた。長年蓄えたものが、いま生きてきた。それが、袁紹《えんしょう》にははっきりとわかった。これこそが、底力というものなのだ。曹操には、蓄える余裕などなかったはずだ。せいぜい、昨年の秋の収穫から、兵糧を蓄えた程度だろう。

間者《かんじや》に探らせた、曹操の動きを報告させた。

領内を固めるために、五万ほどの兵を動かしただけだ。

「黎陽に入った時から、戦ははじまっている。そう思っていろよ、譚」

「必ず、御期待に沿う働きをいたします」

「袁《えん》家の命運がかかっている」

袁紹は、すでに疲労を感じはじめていた。

「気力を、ふりしぼれ。軽率なことはするな。耐える戦も、必要になってくる」

軍議を終えた。

両脇《りようわき》を支えられて居室へ行き、寝台に横たわった。

戦に出られる躰《からだ》ではない。そう思う。しかし、息子《むすこ》が三人と、息子同然に育ててきた甥《おい》がひとりいる。

ひとりでは頼りなくても、四人集まれば、それなりの力になるはずだ。

すぐに、眠った。

翌日は、疲労は回復しているように感じられた。

一番気に入っている側室のひとりを呼び、躰《からだ》を拭《ふ》かせた。それから、しばらく箏《そう》曲《きょく》を愉《たの》しんだ。すでに動きはじめているのか、重立《おもだ》った者たちの姿は、館にはない。

帝《みかど》を、捜していた。

帝さえ、自分の掌中《しょうちゅう》にすれば、と思った。宮廷内の宦官《かんがん》を斬《き》り、この国の政事《まつりごと》を根本から変えようと決心した時のことだ。曹操《そうそう》も、袁術《えんじゅつ》も、帝をなんとか見つけようとしていた。つまらないことだが、まだ幼い帝を掌中にすれば、この国の実権も握れるという状況だった。

十数年前の話だ。

結局、帝を掌中にしたのは、董卓《とうたく》だった。大将軍だった何進《かしん》が殺されたあと、宮廷内の宦官数千人を誅殺《ちゅうさつ》した。その行為も、董卓が出てきたことで、無駄になった。

あの時に帝を擁していれば、と袁紹《えんしょう》は思った。すべての実権が、自分のものだった。帝を、権威という衣《ころも》を着た人形に、祭りあげることはたやすかった。自分がそれをやっていれば、董卓ほどの反撥《はんぱつ》は受けなかったはずだ。この国は、自分のものになった。曹操など、顎《あご》で使える将軍に過ぎなかっただろう。

しかし、董卓が帝を掌中にした。あれが人の運というものなのか。

箏曲が流れている。

袁紹は眼《め》を閉じた。運だというのなら、いまさら悔んでも仕方がないことだった。曹操も、袁術も、あの時は不運だったのだ。しかし、運を摑《つか》んだ董卓は、専横をきわめたあと、死んだ。

人の運とはなんなのだ。それを考えずにはいられなかった。自分は、ほんとうは運に恵まれていたのではないのか。

「眠くなった」

袁紹が呟《つぶや》くと、箏曲は熄《や》んだ。

「そばへ来い」

気に入っている側室のひとりを呼んだ。ほかの側室たちは、退出していった。

「わしは、老いているか？」

「まさか。殿は、まだお若いままです」

「そうか、若いか」

「はい」

「よい。おまえは、いい乳房を持っていた。思い出したぞ。それを吸わせよ。吸うたびに、おまえは澄んだ声で鳴いた」

「私の胸でよろしければ、どのようにもなさりませ」

いいかたちの乳房が、袁紹《えんしょう》の顔の前に突き出されていた。ほとんど無意識に、袁紹は乳首に吸いついていた。澄んだ鳴き声が聞えた。

「殿、あまり無理はなされませぬように」

「無理なものか。男は、いつもこうしていたいのだ。母の乳房で育てられたのだからな。乳房を吸っていると、たまらなく懐しいような気分になる」

また、袁紹は側室の乳首を吸いはじめた。そうしながら、自分の心の底が少しずつ見えてきた。

こわがっている。はっきりと、曹操《そうそう》という男に、恐怖を抱いている。それを別のもので隠してはいるが、心の底にあるのは恐怖にほかならなかった。

「わしは、五歳の時から、軍学を学んだ。それを、あの宦官《かんがん》の家の子に、教えてやったものだ。望んでも、学べないことだろうと思ったのでな。いま、その男が、わしを殺そうとしている」

眼の前に、唾《つばき》で濡《ぬ》れた乳首があった。

「もういい。退《さ》がれ」

袁紹は、側室を見てはいなかった。

帝を捜しながら、背筋に汗を滲《にじ》ませている自分。見えているのは、それだけだった。あそこから、自分の運は動きはじめた。この十年、いい方に動いていると信じて、疑っていなかった。いまも、そう信じるべきなのだ。

毎日、夕刻になると、側室を呼んで乳房を吸った。昼の光から、夜の闇《やみ》。その間が、不安で耐え難くなってくるのだ。乳房を吸っていると、いくらかそれが和《なご》んだ。

情欲とは、まるで違ったものだった。乳房を吸われることで側室が反応を見せた時は、袁紹はたちまち不機嫌になった。完全に闇になり、灯《ひ》が入れられると、側室は退がらせ、袁紹はひとりで自分とむき合った。

自分は、袁紹本初《ほんしょ》である。言い聞かせる。この国きっての名門の当主で、河北《かほく》四州を制し、天下に手をかけている。

哄笑《こうしょう》が聞える。宦官の家系に生まれた、小狡《こずる》い眼をした小男。耳を塞《ふさ》ぎたくなる衝動にも、耐えた。

いずれ、戦場にも出られるはずだ。その時に、笑い返せばいい。曹操を生きながら捕えて、腐刑《ふけい》（男根を切り落とす刑。宦官を腐《くさ》れ者と称したのも、このためである）に処して笑ってやってもいい。

軍は、順調に動いていた。曹操も、河水《かすい》南岸に兵を集結させつつある。官渡《かんと》の戦の時と同じだが、今度は、曹操《そうそう》の方から攻めてくるしかない。それを、待ち受ける。黎陽《れいよう》の城が、たやすく落とされることなどない。そして、攻める方には必ず隙《すき》というものが出てくる。そこが、最初の勝負だ。

「兵の展開は、終了しております。兵糧も、後方から輸送するというかたちで、その道を断たれることなどありません」

「曹操が、いつ河水《かすい》を渡るかだな、審配《しんはい》」

「おかしな策を使うかもしれません。まったく別のところから渡渉《としょう》させて、それを牽制《けんせい》に使うとか。それに対処するための遊軍は、充分に用意してあります」

審配は、強硬論を述べることが多いが、今度はじっくりと腰を据《す》えるという構えだった。不用意な攻めは、破綻《はたん》を招く。

「鄴《ぎょう》の十万は、袁尚《えんしょう》様が指揮をしておられます。充分に、大将の力量をお持ちです。あとは、実戦の場数だけだろう、と私は思っております」

「そうだな、袁尚にもう少し時が与えてやれたら、わしに代る大将になったであろうな」

「大将は、鄴におられる殿です」

すぐに戦場に出ることはできない。しかし、鄴から戦況を見ていることはできる。

必要な指示も、そこから出せばいい。

「審配。鄴から黎陽への連絡を、もっと速やかにできるようにせよ」

「各所に、馬を配置してあります。伝令も、馬を替えながら駈《か》け通すことができます。ほかに狼煙台《のろしだい》もいくつか設けています」

「そうか」

「袁尚様の指示でございました」

頷《うなず》き、袁紹《えんしょう》は地図に見入った。

審配が退出してひとりになっても、袁紹は地図から眼をあげなかった。地図を見ていると、いくらか気が紛れるのだ。孤独の中で、呻《うめ》き声をあげることもない。

袁紹が見ていたのは、河水を中心とする地図で、官渡《かんと》や陽武《ようぶ》や烏巣《うそう》の位置も書きこまれている。いやでも官渡での戦を思い出すが、あの負けが不運だったのだということも、よくわかるのだった。烏巣の兵糧の集結点さえ曹操に摑まれなければ、戦は勝っていた。

地図は、袁紹の居室にだけでも、数十枚あった。白絹に描かれたものだったが、それを紙に描き直させている。紙の方が、絹よりずっと腰が強いのだ。

五月に入ると、暑いほどの日々が続いた。

曹操《そうそう》とは、河水《かすい》を挟んで睨《にら》み合ったままである。

曹操軍数万が渡渉中、という伝令が入った。誘いだ、ということが袁紹《えんしょう》にはすぐにわかった。位置が、黎陽《れいよう》のずっと上流なのだ。誘いの狙《ねら》いがなにかは、はっきりしなかった。曹操は、緒戦の勝敗にこだわる。どこかで、いまは勝利を得ようとしているのかもしれない。

どういう策があろうと、こちらが動かなければ、曹操にはどうしようもないのだ。

「黎陽に伝令。動くな。曹操がたとえ城を攻めてきたとしても、城壁から見物だけしていろ」

誘いをかけてくるということは、動きを作り出したいことでもある。つまり、曹操は焦《あせ》っている可能性がある。

翌日、また伝令が到着した。こちらからの指示はまだ届いていない。

袁譚《えんたん》が、五万の軍勢を出し、渡渉中の曹操軍を攻撃する、というものだった。

「馬鹿が。なにを考えている」

袁紹は、卓を拳《こぶし》で叩《たた》いた。うかうかと誘いに乗った。袁譚についている幕僚《ばくりょう》たちは、それを止めもしなかったのか。

うまく、負けずに城に戻ってくれるのを、祈るしかなかった。こちらからの指示も、もう届くころだ。

次の日の伝令で、袁紹は怒りにふるえた。伏兵に遭《あ》って、五万が敗走した、という報告だった。遊軍に動くように指示を出した。

五万が、それほど闘うこともなく敗走した。やはり将兵の心に、二度の負けがしみついているのか。それで、ちょっとした伏兵でも、恐怖に襲われて逃げることしか考えなかったのか。

「袁譚の、愚か者が」

言った瞬間、躰《からだ》の中でなにかが破れるのを袁紹は感じた。嘔吐《おうと》した。いや、口から噴き出したのは、血だった。二度、三度と、それは続いた。不思議に、苦しくはなかった。恐怖すらもない。

もしかすると、これで楽になれるのかもしれない。袁紹は、ぼんやりとそう考えていた。周囲が、騒々しかった。楽になれるということは、多分死ぬということなのだろう、と袁紹は思った。

自分が死ぬ時なのに、騒がしすぎる。

「みんな、落ち着け。静かにしろ」

言ったつもりだったが、声になったかどうかはわからなかった。

また、躰《からだ》の中でなにかが破れた。破れたのが、胸のあたりであることも、はっきりと感じられた。視界が、暗くなった。楽になるのだ、と袁紹《えんしょう》は思い続けた。

2

五万を打ち払うのは、難しくなかった。

張遼《ちょうりょう》の騎馬隊である。呂布《りょふ》の騎馬隊の伝統を受け継いでいる。それが、思うさま駈《か》け回ったのだ。五万はたちまち二つに断ち割られ、四つに分散し、別の隊の騎馬や歩兵に揉《も》みあげられた。

袁紹軍の腰は、だいぶ弱くなっている。

ただ、黎陽《れいよう》の城に追いこんでも、曹操《そうそう》はしばらく様子を見ていた。

袁紹が死んだ、という知らせをもたらしたのは、鄴《ぎょう》に放《はな》ってあった五錮《ごこ》の者だった。

確実な情報ではなかった。曹操はさらに手を尽し、三日目に袁紹が死んだことを確認した。

「張遼を、北岸から呼び戻せ。全軍を、陳留《ちんりゅう》まで退《さ》げる」

「袁紹が死んだいま、攻めこむ好機なのではないでしょうか」

夏侯淵《かこうえん》が言った。ほかの部将たちも、曹操の言葉に怪訝《けげん》な表情をしている。

「喪《も》ということを、方々は考えていただきたい」

荀彧《じゅんいく》が発言した。

「喪と言ったところで、袁紹は敵ではないか。いわば、殺し合う間柄だった」

「それでも丞相《じょうしょう》と袁紹殿は、若いころから御一緒で、同じ西園《せいえん》八校尉《こうい》であったたし、それ以後も長く同盟しておられたと言っていい」

「しかしな」

「いや、退がろう。生きている間は敵でも、死ねばそんなものは消える。そういうものではないのかな。私は、丞相のお気持に沿うべきだと考える」

夏侯惇《かこうとん》だった。夏侯惇が発言すると、なにか言いたそうな素《そ》ぶりをしていた部将たちも、黙りこんだ。

河水《かすい》沿いに五万だけ展開させ、あとは陳留まで退がることに決定した。

許褚《きょちょ》の率《ひき》いる曹操《そうそう》の旗本《はたもと》は、そのまま許都《きょと》に戻った。

「しばらく、締めつけを緩《ゆる》くすべきですな」

許都の丞相府で、一緒に戻った荀彧が言った。

「河水《かすい》沿いの五万も、屯田《とんでん》の準備をさせればよろしいかと思います」

「そうしよう」

曹操《そうそう》は、先のことを考えていた。袁紹《えんしょう》への矛先《ほこさき》を、南の劉表《りゅうひょう》にむけるべきなのか。しかしそうすれば、北の袁《えん》家の息子《むすこ》たちが、団結してむかってくる可能性がある。いまは、どこにも矛をむけずにいる方がいいのかもしれない。

かなりの準備もし、肚《はら》も決めた出兵だった。少なくとも、冀《き》州の中にしっかりした拠点は作るつもりだった。

二度打ち破ったが、さすがに袁紹は、領内のとりまとめはうまかった。各州に息子たちを配置していたことが、生きたと言ってもいいだろう。やはり、袁家の声望はまだ高いのである。

ここで打撃を与えておかなければ、というぎりぎりの時期だった。これ以上時をかければ、河北《かほく》四州のまとまりはさらに強くなる。

幸い、こちらにも余力が出ていた。特に兵糧《ひょうろう》は、昨年の秋の収穫が大きかった。

「いい時期だったのでございますが」

「まあ、もっといいことが起きるかもしれん。まともにぶつかるより、兵の損耗《そんもう》が少なくて済むなら、そちらを選ぶべきだろう」

袁紹の死を聞いて、曹操が最初に思い浮かべたのは、後継がはっきりしていない、ということだった。鄴《ぎょう》にいる袁尚《えんしょう》が、かたちの上では後継だろう。しかし、青《せい》州を領する、長男の袁譚《えんたん》がいた。

　後継を争って、内紛が起きる。

　それを呼びこむためには、外圧が強くてはならない、というのが曹操のとっさの判断だった。外圧が強ければ、ひとつにまとまっているしかない。外に脅威がなければ、お互いの主張をぶっつけ合う余裕も出てくる。

　曹操の狙《ねら》いがそれだと読んだのは、夏侯惇《かこうとん》や荀彧《じゅんいく》のほか、三、四人しかいなかっただろう。

　とにかく、ここは袁紹の喪に服して、河北に圧力はかけない。南を激しく攻めることもしない。河北の内紛を、ただじっと待っていればいい。

「丞相《じょうしょう》には、憂鬱《ゆううつ》なことでございますな」

「皮肉を言うな、荀彧。戦場よりも、私は許都《きょと》にいる方が好きなのだぞ」

「戦場では、持病から解放されておられます。それに朝廷にも、領内の民政にも、なんの問題もございませんし」

「つまり、私のやるべきことはなにもない、と言っているのかな」

「丞相《じょうしょう》は、すべて見通しておられましょう」

「で、どうしろと言うのだ、荀彧《じゅんいく》？」

「詩などを、お作りになりませんか」

「それが、頭痛を押しやる方法か？」

「奥向きのことも、丞相はきちんとしておられます。ものを作る苦しみでもあれば、お気持も紛れましょう」

戦《いくさ》と心に決めた。河北《かほく》に、制圧のための拠点を得るために、十数万の兵を動かした。半年ぐらいは、戦場を忙しく駈《か》け回るつもりだった。

急に、袁紹《えんしょう》が死んで、しばらくは許都《きょと》でただ模様眺めをしていることになった。

頭痛が起きる条件は、言われてみればすべて揃《そろ》っている。頭痛に襲《おそ》われている時、曹操《そうそう》がどれほど苦しむか、荀彧はよく知っていた。頭痛が続いている間は、眠ることができない。しばしば、嘔吐《おうと》する。

「華佗《かた》を、またそばに置かれませんか？」

「そのことか」

「よい機会だ、と思われませんか？」

「考えておこう」

苦笑して、曹操は言った。

華佗は、ものをはっきり言う。曹操の頭痛については、原因がないから気持を変えるしかない、と言い続けた。優秀な医師だったが、そのもの言いがいやで、曹操はこのところ遠ざけていた。

「屯田《とんでん》を、さらに充実させよ、荀彧。荊《けい》州、揚《よう》州の弱いところを探れ。やらなければならぬことは、いくらでもあろう」

「すべて、私やほかの者がいたします」

戦をしなければ、蓄えられていくものは多くなる。軍人は調練《ちょうれん》に精を出し、文官は内政を充実させる。

曹操は、それを見ているだけでいいのだ。

「それほど、長くはかかりますまい、丞相」

「そう思うか？」

一年、と曹操は読んでいた。

「秋には、また河水《かすい》をお渡りになります」

荀彧は、袁《えん》家の内部が乱れるのに、半年もかからない、と見ているようだった。

思い返しても、背筋が凍るような、きわどいところを歩き続けてきた。官渡《かんと》で袁紹軍を破るまでは、そういう日々の連続だった。譙《しょう》で兵を挙げてから、十数年のほとんどが、そういう日々だった。

耐えて、勝ち抜いてきた。負けても、立ちあがった。荀彧《じゅんいく》は心配しているのかもしれない。張りつめたものを、自分がなくしてしまうのを、荀彧は心配しているのかもしれない、と曹操《そうそう》は思った。そういう時に、取り返しようのない負けが訪れてきたりする。

荀彧が、退出した。

なにか、出さなければならない指示があるはずだ、と曹操は考えたが、なにも見つけられなかった。思いつくことのすべてを、幕僚《ばくりょう》たちがやっているのだ。

館《やかた》に戻って奥へ入っても、側室を抱こうという気も起きなかった。

河北《かほく》で、袁尚《えんしょう》と袁譚《えんたん》が対立しているという情報が入ったのは、それから十日も経《た》たないころだった。まだ、決定的な対立というわけではないらしい。曹操が兵を出せば、ひとつにまとまって立ちむかってくるだろう。

もっと内側から崩れるまで、ただ時を待てばよかった。

華佗《かた》を召し出したのは、許都《きょと》に戻ってひと月ほど経ったころだ。

ひと月の間、曹操はただ報告を聞くだけだった。それも、いい報告ばかりだ。袁尚と袁譚の兄弟の対立は、いまや決定的になりつつある。家臣団も、それに伴って二つに分かれはじめているようだ。揚《よう》州や荊《けい》州に、目立った動きはない。民政は、充実している。許都は、かつての洛陽《らくよう》や長安《ちようあん》以上に、栄えていた。

頭痛の兆《きざ》しが見えてきたのは、蒸暑さを感じるようになったころだ。

「悩みを持てる人の顔の色でございますな、曹操様」

会うなり、華佗はそう言った。

「鍼《はり》というものがある、と言っていたことがあったな、華佗?」

「ございます。しかしこれは、躰《からだ》に打つものであり、心に打つものではございません」

「頭痛が起きそうなのだ」

「起きてから呼んでいただければ、束《つか》の間《ま》の治療はいたします。起きていない頭痛は、私にとってはなにも起きていないのと同じことです」

「河が溢《あふ》れぬように、堤防を作ったりする。頭痛の堤防は作れぬのか?」

「雨が降る。山の雪が解ける。増水には、それなりの理由がございます」

「いつも、わかりきったことを申すのう、華佗は」

「わかりきっているから、治療もできるのでございます」

「もう、よい。退《さ》がれ」

いくらか腹を立てながら、曹操《そうそう》は言った。

ひどい頭痛が襲ってきたのは、翌日だった。再び、華佗《かた》を呼んだ。

「河が、溢れておるぞ、華佗」

「そのようでございますな」

華佗の掌《てのひら》が、曹操の首筋に当てられた。華佗の治療は、いつも掌を当てるところからはじまる。そうやって、なにかを探っているのだろう。

「耳の後ろを押させれば、いくらか楽になる」

「そういう気がするだけでございます」

「薬が効くことも、時々ある」

「いいことではございません。いずれ薬は効かなくなり、量を増やさなければならなくなります。すると、別のところが悪くなります。薬は、毒でもあるのですから」

「早く、治せ。頭が割れそうな気がする」

「天下を、わが手で統一しようという夢を、お捨てなさいませ。詩を作って暮されれば、頭痛とは縁がなくなりましょう」

言いながらも、華佗の掌は、曹操の躰《からだ》に当てられていた。

「鍼《はり》を御所望でございましたな」

「効くのならばだ」

「血の巡《めぐ》りの悪いところがございます。そこに鍼を打てば、いくらかは楽になります」

「やってみろ」

「大鍼というものでございますぞ。いささかの覚悟が必要です」

「構わぬ。打ってみるがいい」

寝台に、腹這《はらば》いにさせられた。

首筋を、華佗の指が触れながら動いている。それが、首の付け根で止まった。そこを押されただけでも、ひどい痛みが走り、嘔吐《おうと》しそうになった。

不意に、全身に衝撃が走った。足の指さきまでふるえている。曹操は、何度か大きく息をついた。なにをやったのだ、と言おうとした時、また衝撃が走った。全身から力が抜けていく。都合六度、曹操はその衝撃に襲われた。

「終りました」

言われた時、曹操は返事をすることもできなかった。脱力感が、全身を支配している。そのままの姿勢で、うとうとと眠った。

眼醒《めざ》めた時、頭痛は消えていた。

華佗《かた》の姿はない。

3

曹操《そうそう》が再び河水《かすい》（黄河《こうが》）沿いに兵を集結させたのは、九月に入ってからだった。五錮《ごこ》の者が、活発に動いた。袁尚《えんしょう》と袁譚《えんたん》の対立が、決定的なものになってきたのだ。どちらかが一方を滅ぼすと、また河北《かほく》の力はひとつになる。二つに割れている時に、攻撃すべきだった。

袁譚は、黎陽《れいよう》で五万の兵を擁《よう》している。いつの間にか、衣を一枚ずつ剝《は》ぐように、黎陽周辺の兵が袁尚に奪われ、いまは城ひとつを守っているという恰好《かっこう》だった。青《せい》州の本隊は動かそうとしていない。曹操の動きに応じて、盛んに鄴《ぎょう》に救援を求めていた。

鄴では、救援の兵を出さない、と軍議で決定していた。兄弟の対立は、やはり抜き差しならないところまで来ているようだ。それをなんとかしようという、家臣もいない。

試しに、曹操は二万の兵に河水を渡渉《としょう》させた。鄴から、三万の兵が出た。さすがに、曹操軍の渡渉は見過せなかったようだ。三万は、袁尚自身が率《ひき》いていた。

袁譚を自身で助けようとしているのか。それとも、援兵を送るだけなら、袁譚に兵を奪われることになると警戒したのか。

袁尚が黎陽に入るのを見届けてから、曹操は自ら指揮して十万を渡渉させた。さらに五万が、渡渉の構えをとっている。

十二万で、黎陽の城が見える場所に、布陣した。すぐに、城内から兵が出てきて、仕掛けてきた。張遼《ちようりよう》の率いる軽騎兵が、逆に駈《か》け回って翻弄《ほんろう》した。なんの成果もあげず、敵は城に戻っていった。

秋の収穫の時季だった。河水の南岸沿いの屯田《とんでん》では、刈入れがはじまっていた。これで、兵糧《ひようろう》はさらに潤沢《じゆんたく》なものになる。袁紹との対峙《たいじ》で、兵糧に苦しんでいたのが、嘘《うそ》のような状況だった。

城からは、しばしば兵が出て奇襲をかけてきたが、すべて追い返した。

城内では、攻撃を続けようという袁譚の意見と、籠城《ろうじよう》をしようという袁尚の意見が、激しく対立していると、五錮《ごこ》の者が報告してきた。それで、大規模な攻撃でなく、奇襲しかできないのだ。黎陽《れいよう》から鄴《ぎょう》にかけて展開している兵が動けば、曹操《そうそう》ものんびりと構えてはいられない。しかし、動く気配すらなかった。

曹操は、本陣を中央に、左右両翼《りょうよく》に二つ陣を組み、黎陽城とむき合った。無理に押そうという気はなかった。袁紹《えんしょう》の息子《むすこ》たちの手並みを、じっくりと見てみようという構えである。この城を抜くのは難しくなくても、背後には河北《かほく》四州が控えているのだ。はじめから激戦というのは、避けたかった。

その間にも、河北四州の情勢は探らせた。幽《ゆう》州が、意外にしっかりとまとまっている。袁紹の次男の袁熙《えんき》が統率していて、目立たないが、堅実な民政手腕は持っているようだ。并《へい》州の高幹《こうかん》は、袁紹の息子ではなく甥《おい》ということもあり、冀《き》州と連合して動くという姿勢を崩していない。狙《ねら》うならば、やはり袁尚と袁譚の分断である。

いやな話も、伝わってきた。

袁紹の妻であった劉《りゅう》夫人が、袁紹の側室の五人を、喪《も》が明ける前に殺したという。しかも死後に袁紹と会っても見分けがつかないように、顔には入れ墨を施し、乳房なども切り落として、城外に棄《す》てたのだという。

「ほう、匈奴《きょうど》の単于《ぜんう》（首長）に、おかしな動きがあるのか」

五錮《ごこ》の者の報告で、曹操が気になったのはそれだった。河水《かすい》の上流を拠点とする匈奴の一隊がいて、それはどこにも帰属していない。数千の騎馬で、時には袁紹につき、時には曹操につき、そして時には賊《ぞく》となって、戦乱の中をしぶとく生き延びてきた。

その匈奴が、平陽《へいよう》にむかっているというのだ。平陽が侵攻されるのは、眼《め》に見えていた。それは、大きな情勢の変化とは言えないが、幷州の勢力と結びついていると厄介である。傭兵《ようへい》のように生きてきた匈奴なら、劣勢の袁家と組むことは充分に考えられる。あるいは、袁家の方から手をのばしたのかもしれない。とすると、平陽に袁家の息のかかった軍勢が集まってくる、と考えていた方がいい。

曹操は軍議を招集し、部将のひとりを選び出した。鍾繇《しょうよう》である。戦上手《いくさじょうず》というより、洛陽《らくよう》、長安《ちょうあん》のあたりにまで散らばっている、独立勢力に顔が利《き》く。

鍾繇に二万の兵をつけて、出発させた。

平陽を囲むのが仕事のすべてではない。韓遂《かんすい》や馬《ば》騰《とう》という、涼州《りょう》から辺境にかけて力を持ち、その気になればそれぞれ五万単位で兵を動員できる独立勢力の大物たちを、この機にこちらへ付けることの方が、仕事としては大きかった。

「長安《ちょうあん》から西へは、なかなか眼が届かぬ。涼州《りょう》など、誰が力を持っているかという情報が入ってくる程度で、そこへ兵を出す余裕もない。まして、そのさきの西域《せいいき》に到《いた》っては、旅人の話が聞けるぐらいだ」

本営の幕舎《ばくしゃ》にいるのは、荀彧《じゅんいく》ひとりだった。

「それでも、あの地を甘く見るわけにはいかぬ」

「まこと、董卓《とうたく》が大勢力を擁《よう》したのも、都の眼の届かぬ、あの地を支配していたからでございます。第二の董卓が生まれることは、阻《はば》まねばなりますまい」

「涼州か」

董卓が洛陽《らくよう》に連れてきた涼州兵は、荒々しく、好き勝手に振舞っていた。ただひとり、執金吾《しつきんご》（警視総監）の配下にいた呂布《りょふ》を怖《おそ》れていただけである。

涼州から西域にかけての兵の動員力は、二十万とも三十万とも言われていた。

「鍾繇《しょうよう》だけでよかったかな、荀彧？」

「むしろ、あまり戦はせぬ鍾繇殿が適任だったと思います。独立勢力も、余計な警戒はしないでありましょうし。それに、鍾繇殿となら、馬騰《ばとう》は話をするでしょう」

曹操《そうそう》が考えて決める。ただ、あとで荀彧か荀攸《じゅんゆう》を相手に、その話をする。会話は、曹操の考えの過程をなぞるようなものになる。

そういう会話の相手ができるのは、荀彧か荀攸、それに程昱《ていいく》ぐらいのものだった。政事《まつりごと》に対する判断が必要になってくるので、夏侯惇《かこうとん》では無理だ。夏侯惇の頭は、軍事を中心に組みあがっている。

「いずれ、涼州にもむかわなければなるまいな。それから、漢中《かんちゅう》を突破口として、益《えき》州にも」

「気の遠くなるほど、広い国です」

「なんの。やらなければならないことがある間は、私は元気でいられる」

頭痛もない、という言葉を曹操は呑《の》みこんだ。戦が薬。そんな皮肉を、荀彧は返してきそうだった。荀彧も荀攸も、戦は必要悪だ、という考えを根底に持っている。

華佗《かた》の鍼《はり》は、不思議に頭痛を取った。ただ、一日か二日しか続かない。三日目に華佗を呼んでも、掌《てのひら》を当てるだけで鍼を打とうとはしない。十日か十五日に一度。華佗が鍼を打つのは、それぐらいの間隔でだった。

鍼を求めていることを、掌が感じない。そういう華佗のもの言いが、曹操はやはり好きになれなかった。

戦陣に出れば頭痛が消える。だから、躰《からだ》の不調でないことは、曹操にもよくわかった。それでも、頭痛に苦しんだ時は、鍼を求めてしまう。ほかの者に鍼を打たせてみたが、同じ場所でも華佗《かた》のようには効かなかった。

「鍾繇《しょうよう》は、どれぐらいで匈奴《きょうど》の始末をつけるかな？」

「まず三月《みつき》。その間は、黎陽《れいよう》からも活発に仕掛けてきましょう」

「油断はせぬことだな。あしらうという恰好《かっこう》になるが、ちょっとした負けも許されぬ。勢いをつかせることになる」

「時には、丞相《じょうしょう》自ら軍勢の指揮を執《と》られることです」

「その機は、夏侯惇《かこうとん》が読んで、私に勧めてくるだろう」

実際、黎陽からの攻撃は激しくなっていた。袁尚《えんしょう》と袁譚《えんたん》の連携も、一時的に緊密化しているようだった。

ひと月とちょっとで、平陽《へいよう》を落としたと鍾繇から知らせが入った。袁《えん》家に近い豪族も、何人か殺している。涼州《りょう》の馬騰《ばとう》が、説得に応じ、息子《むすこ》の馬超《ばちょう》に一万の兵をつけて、鍾繇の軍に参じさせたのが大きかった。

平陽が落ちると、黎陽の中もおかしくなりはじめたようだ。袁尚と袁譚の兄弟喧嘩《きょうだいげんか》の再燃である。かなりの対立があるらしいことは、五錮《ごこ》の者の報告でわかった。平陽を襲《おそ》い、そこから曹操《そうそう》軍の背後を脅《おびや》かすというのが、どちらの策だったかわからない。平陽の失敗が、再燃のきっかけになったことだけは確かだろう。

　城から出撃してくる兵の数が減り、士気も落ちていることは明らかだった。数カ月待ったが、ひと押しで落ちる状態になっている。

「そろそろ、本腰を入れるぞ、夏侯惇」

「五万を、まず鄴《ぎょう》にむけるところから、はじめたらいかがでしょう。鄴は袁家の本拠。いくら兄弟喧嘩をしていても、見過せることではありますまい」

「悪くないな。私も、それを考えていた」

「それでは、明日、五万を出発させます。残りは、陣を固めるという構えです」

「間者《かんじゃ》ぐらいは、入っていよう。黎陽には攻囲の兵を張りつけて、直接鄴を攻める部隊が進発すると、それとなく流せ。五万の指揮は、私自身が執る。城から大挙して出てきたら、すぐに引き返す。それで、挟撃のかたちも取れる」

「黎陽は、難しい戦ではなくなりましたが」

「勢いに乗って、鄴まで攻めこむ。うまく鄴を落とせれば、河北《かほく》四州は意外に早く私の手に入る」

　黎陽の守備は、さすがに強固だった。黎陽を守るところから、河北四州の防衛がはじまる、と袁紹《えんしょう》は考えていたのだろう。城壁や濠《ほり》も、何重にもなっていた。

　しかし、すでに内側から崩れはじめている。

翌早朝、曹操《そうそう》は許褚《きよちよ》の部隊を中心とした五万を率い、北にむかって進発した。城から全軍が出てきたという知らせは、進軍を追うようにして届いた。夏侯惇《かこうとん》は、すぐには迎え撃たず、出てきた軍をやりすごしている。

曹操は、素速く原野に陣を敷いた。魚鱗《ぎよりん》だが、中央に許褚の騎馬隊を置いた。袁尚《えんしよう》と袁譚《えんたん》の軍。押し包むようにして、攻撃してきた。防ぐだけで、曹操は攻勢には転じなかった。第一波の攻撃より、第二波は弱くなっている。

第三波の攻撃をかけてきた時、背後から夏侯惇の軍が襲った。じわりと攻める。そういう攻め方で、全軍を弱らせる。やがて、袁尚や袁譚は、逃げ出すだろう。そこを追う。

二人の兄弟のどちらかを討《う》ちたい、と曹操は思っていなかった。兄弟は、これからさらに離反していく。そうなれば、袁《えん》家の勢力そのものも二つに割れていく。

河北《かほく》は広く、制圧には時がかかる。できるかぎり、内部で争わせることだ。

夏侯惇の攻撃が、じわじわと強くなってきた。曹操も、歩兵にじわりと押させた。水の入った革袋が破れるように、挟撃《きようげき》の圧力に耐えかねた兵が、両側に流れ出していった。

袁尚と袁譚が、それぞれの旗本《はたもと》に守られて、戦線を離脱したという報告が入ってきた。

「張遼《ちょうりょう》、許褚。騎馬隊で追い撃ちをかけて、できるかぎり討ち取れ。ただし、袁尚と袁譚の兄弟は、そのまま逃がしてやれ」

騎馬隊が駈け出していった。

「黎陽《れいよう》は、すでに落としてあります」

夏侯惇が来て、報告した。

「兵糧《ひょうろう》、武具なども、かなり蓄えてあるようです」

「父親が遺《のこ》したものを、少しずつ息子《むすこ》どもが食い潰《つぶ》していくか。外に出て戦をして、なんになる。黎陽に籠《こも》って守ってさえいれば、私の河北進出は、たえず困難がつきまとうことになったものを」

「進軍なさいますか、鄴《ぎょう》へ？」

曹操は頷《うなず》いた。

しかし、その進軍には、困難が伴《ともな》った。方々で、冀《き》州の豪族の抵抗に遭《あ》ったのだ。それも、正面から戦を挑んでくるのではない。野営地への夜襲。地形が複雑な場所での奇襲。そして罠《わな》。先行している、張遼や許褚の騎馬隊も、同じ目に遭っているようだ。

「河北《かほく》四州に、袁《えん》家はしっかり根をおろしていたということか。こちらへ靡《なび》いてくる者より、抗《あらが》ってくる者の方が、ずっと多い」

「さすがと言うべきでありましょう。名門に付けという意識が、豪族たちの間では強いようです。袁術《えんじゅつ》が、どうにもならなくなり、血を吐いて死んだ時も、まだ五、六万の兵はいたようですからな。あれは、名門であるがゆえに、兵が離れなかったということでしょう」

「名門に、どんな意味がある、夏侯惇《かこうとん》？」

「さまざまな、意味が。丞相《じょうしょう》は、不本意に思われるでしょうが、名門だということは、選ぶ時の基準になります。事実、最初に兵を挙げられた時、丞相は五千に過ぎず、袁紹《えんしょう》は十万を超えていました」

「そうだったな」

冷静に言ったが、曹操《そうそう》の肚《はら》の底では、黒い怒りがわだかまったままだった。

「抗う者は、容赦《ようしゃ》はするな。斬《き》り尽せ。このまま、一気に鄴《ぎょう》を落とすぞ」

名門に人が集まるのなら、その名門は滅ぼしてやる。拭《ぬぐ》い難く、そういう気持があった。張遼《ちょうりょう》、許褚《きょちょ》の騎馬隊も合流させ、力で冀《き》州を押し進んだ。逆らう者がいた村など、火をかけて焼き尽した。

父が殺された時、徐《じょ》州を攻めた。阻《はば》む者を、殺し尽すような戦をした。あの時のことを、曹操は思い出した。

黎陽《れいよう》から二百里（約八十キロ）ほどの鄴に到達するまで、ひと月近くかかった。鄴の城を見て、曹操はようやく冷静になった。たやすく落とせる城ではない、ということがすぐにわかったのだ。攻囲すれば、奇襲を受けたりもするだろう。そして、落とすまでに一年はかかる。

「ここまで、曹操軍が来た。それだけでよい」

「どういうことですか、丞相？」

「鄴までの道筋はつけたということだ、夏侯惇。速《すみ》やかに、許都《きょと》に帰還するぞ」

「それは、惜しい」

惜しそうな表情を、夏侯惇はしていなかった。

これから先は、謀略《ぼうりゃく》がものを言う。夏侯惇も、そう思っているのだろう。

「いや、黎陽を落としていてよかった、と思います。河水《かすい》を越えたところに拠点を持っているかどうか。河北の制圧の過程で、ほんとうによかったと、丞相は思われるはずです」

「堂々と進軍して帰還する。それは忘れるなよ、夏侯惇。帰路は、焼き尽した村などに、余った兵糧を残していくのだ。曹操《そうそう》軍に付けば悪いことはない。豪族や民に、それを教えながら戻る」

「かしこまりました」

袁尚《えんしょう》は、鄴《ぎょう》の城から出てこなかった。鄴の近辺の麦は、すべて刈り取った。それも、途中の村々に与えていけばいい。

とにかく、黎陽《れいよう》は奪った。冀《き》州に足がかりは作ったのだ、と曹操は自分に言い聞かせた。

4

さすがに、天下に見るべき男の数は多かった。

旅をはじめて、八年になる。徐庶《じょしょ》は、荊《けい》州まで流れてきていた。各地の豪族の食《しょっ》客《かく》として、軍学を講じたり、剣を教えたりしながら、河北《かほく》から中原《ちゅうげん》、揚《よう》州、荊州と回ってきた。特に、仕官するべき相手を捜していたわけではない。主《あるじ》を持つということは、性に合っていなかった。心のままに流浪《るろう》することが、ただ愉《たの》しかった。だから、仕官を勧められると、その地を去った。

二十九歳だった。もう、無頼《ぶらい》という年齢ではない。二十歳《はたち》を超えたころは、よく喧嘩《けんか》をし、何度か人を斬《き》った。役人に追われたが、それもこの乱世でうやむやになった。

静かな生活をしようという気はなかった。楽をして生きられるなら、それが一番望ましい。そういう思いと同時に、すぐれた男に心惹《ひ》かれるというところもある。

河北では、袁紹《えんしょう》をしっかりと見た。鄴《ぎょう》の商人の食客となり、半年ばかりを過したのだ。その商人は、袁《えん》家の奥向きの着物などを扱っていたので、連れられてしばしば館《やかた》にも出入りした。

袁紹は、側室の着物を自分で選んだり、息子《むすこ》の着物を女たちが選ぶのを見たりするのが好きなようだった。だから、五度ばかりは会っている。

袁術《えんじゅつ》よりはずっとましだが、天下は取れないだろう、と思った。懐《ふところ》の深さのようなものが感じられないのだ。

これは駄目だろうと思ったのが、幽《ゆう》州の公孫瓚《こうそんさん》との戦《いくさ》だった。徐々に締めあげ、衣を剝《は》ぐように裸にし、大軍で押し潰《つぶ》した。つまり、誰《だれ》にでもできる戦だったのだ。

曹操《そうそう》との戦の帰趨《きすう》は、徐庶には見えていた。曹操の戦には兵として加わったことがあり、勝つための工夫をたえずこらしている武将だろう、と思っていた。官渡《かんと》で両雄《りょうゆう》がぶつかった時、袁紹《えんしょう》はまず緒戦で惑わされた。正面から、力押しに押す。同時に、許都《きょと》を衝《つ》くもう一面の作戦を立てる。兵力でははるかにまさっていた袁紹には、充分にそれができたはずだ。それなのに、徐々に大軍で締めあげ、それと並行して姑息《こそく》な策をいくつも弄《ろう》したという気配があった。その姑息な策が、大軍の動きを鈍らせたに違いないのだ。

曹操《そうそう》は、常識の通じない男だろう。勝つためには、なんでもやる。考え抜く男のようだが、一度動きはじめると、逡巡《しゅんじゅん》を知らない。それは見事としか言いようがなく、だから常人が与える安心感に欠けるのだ。

揚《よう》州の孫策《そんさく》が、どこか似ていた。孫策を殺したのは、多分曹操だろう、と徐庶《じょしょ》は思っていた。自分と似ているというだけで、曹操は異常な警戒感を持っただろう。

揚州には、いま周瑜《しゅうゆ》という男がいる。遠くから見たことがあるが、はっとするような美男だった。おそらくこの国で最も精強と思える水軍は、ほとんど周瑜がひとりで作りあげたようなものだ。穏やかな人格だというが、どこかに激しさもあり、曹操にはない人を安心させるような魅力を持った男のようだった。

宛《えん》県から新野《しんや》を通り、襄陽《じょうよう》の城郭《まち》に入った。

友人がひとりいる。しばらくは、そこで厄介になればいい、と徐庶は思っていた。

伊籍《いせき》という。なかなかの男だが、昔、小さな恩を受けたというだけの理由で、劉《りゅう》表《ひょう》などというつまらぬ男の幕客《ばっかく》になっていた。

伊籍の館《やかた》は、粗末なものだった。使用人も、二人か三人しかいないようだ。それでも、伊籍は再会を喜び、歓迎してくれた。

「君には、袁紹が負けるということが、わかっていたというのか？」

毎夜のように、伊籍は徐庶と語りたがった。襄陽には、伊籍が語り合うほどの人間はいないらしい。城郭も、どこか気の抜けたような、面白味のない空気しかなかった。鄴《ぎょう》の豪奢《ごうしゃ》さや、許都《きょと》の活気と較《くら》べられるものはなにもない。荊州《けい》は、大きな戦乱がまだ起きていないので、いい城郭を作ろうと思えばできたはずだ。劉表は、商人の力をどうやって生かせばいいかも、考えられないらしい。税を取り立てられればいい、と考えているのだろう。

「天下は、曹操のものになりつつある。そのもとは、袁紹の無能だ。いまは、袁紹の息子《むすこ》同士がいがみ合い、このままでは戦にもなりかねないだろう。曹操も、それを待つ気になっている」

「一歩間違えれば、官渡《かんと》の戦は袁紹が勝っただろう、と私は思っているのだが」

「その一歩は、運でもなんでもない。それまでになにを培《つちか》ってきたかの差なのだ。

どこから見ても、袁紹《えんしょう》はその一歩が曹操《そうそう》に劣っていた」

「八年も放浪をして、なにを見たというのだ、徐庶《じょしょ》？」

「この国を、誰がどう動かしていくか、ということを見てきた。もっとも、見物するのは私の趣味で、実際にはどうでもいいと思っているのだが」

「君の欠点だな、それが。なぜ、自分の力をこの国のために役立てようとしないのだ」

「それは、君も同じではないか、伊籍《いせき》。劉表《りゅうひょう》などという半分死んだ男のもとにいないで、曹操のところにでも行った方が、ずっと君の能力は生きる。私が見るかぎり、曹操は人の能力を引き出すことにかけては、天才だな」

「劉表様の敵に、臣従などできない。男には、生き方というものがあるだろう」

「流浪しているのが、私の生き方だよ、伊籍。お互いの生き方があるのだから、それは尊重しようではないか」

「そうだな。しかし、せっかく訪ねてくれているのに、大したことがしてやれない。それは残念だよ」

「君がいる。それが、私にとっては一番の歓迎だよ。贅沢《ぜいたく》な暮しがしたかったら、君を訪ねたりはしない」

徐庶が言うと、伊籍は苦笑しながら頷《うなず》いた。

好きな男。数えあげても、わずかしかいない。伊籍は、その中のひとりだった。決して裏切らない。それは、徐庶が考えている男の美徳だった。

「放浪の間に、いろいろな男を見ただろう。いま、君が挙げる男の名は、どんなものだ？」

「まず、曹操。私は、好きになれないが。それから、揚《よう》州の周瑜《しゅうゆ》。孫権《そんけん》については、今度揚州へ行った時に、じっくり見てこようと思っている。好きだったのが、孫策《そんさく》。あと三年、袁術《えんじゅつ》のもとで辛酸《しんさん》を舐《な》めていれば、もっと用心深い男になっただろうにな。面白いと思ったのが、呂布《りょふ》だった。曹操は、袁紹などより呂布の方がはるかにこわかったはずだ。面白いと言えば、漢中《かんちゅう》の張衛《ちょうえい》もそうだ。五斗米道《ごとべいどう》の教祖の弟という立場を利用して、これからなにかやりそうな気がする」

「張衛か。寡兵《かへい》をもって、たやすく張衛を打ち破った男が、荊《けい》州にいるぞ。いずれ、会う機会もあるだろう」

「劉備《りゅうび》の部将の、張飛《ちょうひ》か」

「さすがに、小さな戦までよく知っているな。それでは、劉備という男については、どう思っている？」

「それが、実はよくわからん。徳の将軍などと呼ばれているが、それだけではないという気もする。群雄の中で揉《も》まれながら、ここまで生き延びているのだからな」

「会ってみるか？」

「ほう。劉表《りゆうひよう》の幕客《ばつかく》が、劉備《りゆうび》と親しくしているのか」

「親しいというほどではないが」

伊籍《いせき》は、たやすく人に会えと言うような男ではなかった。自分がどんな反応を示すか興味を持っているのだろう、と徐庶《じよしよ》は思った。

群雄と呼ばれている人間だけでなく、その下にいる部将も、ずいぶんと見てきた。袁紹《えんしよう》軍にいた文醜《ぶんしゆう》や顔良《がんりよう》は、主人の尊大さをそのまま受け継いだような武将たちで、確かに威圧するような戦には強かったが、曹操《そうそう》軍との駈《か》け引きでは、あっさり負けて命を落としている。いま、河北《かほく》にはこれといった武将は見当たらない。

曹操軍では、まず呂布《りよふ》の騎馬隊の伝統を受け継いだ張遼《ちようりよう》、そして夏侯惇《かこうとん》、曹仁《そうじん》あたりが徐庶の気持をくすぐった。許褚《きよちよ》は、曹操の親衛隊を率《ひき》いているが、徐庶はその戦ぶりを見る機会はなかった。武将だけでなく、曹操の陣営には謀臣や文官も多い。

孫権《そんけん》の陣営では、なんといっても周瑜《しゆうゆ》である。太史慈《たいしじ》などもいるが、その力量は遠く周瑜には及ばない。ほかに、武将、豪傑《ごうけつ》という類《たぐ》いの人間は多く見たが、劉表の下にだけはそういう人材がいなかった。

「劉表が死んだら、どうする気なのだ、伊籍？」

「さあな。決めているのは、劉表様が生きておられる間は、劉表様にお尽しするということだけだ」

「もう、それほど長いとも思えんがな」

「考えないことにしている」

「考えろよ。君の力を引き出してくれる人物としては、曹操以外にいない。そんな気がする。私に言えるのは、それだけだが」

「言われたことは、憶《おぼ》えておこう」

「ところで、何日か城郭《まち》を歩き回ったが、兵が大きな顔をしすぎているな。それも、決まって蔡瑁《さいぼう》とかいう男の兵だ。蔡《さい》夫人の弟かなにかに当たるそうだが、劉表軍はあんな男に牛耳《ぎゅうじ》られているのか？」

「あんな男とは？」

「考えるのは、自分のことだけだろう。荊《けい》州の中で、自分が一番でなければ許せない。したがって、自分より優れた男は難癖《なんくせ》をつけて排除する。自分が劣っているという自覚もなしにだ。ああいう男が、国に害をなす。自分のためなら、平然と劉《りゅう》表《ひょう》も裏切るだろう」

「まさか、そこまでは」

「君が劉表のそばにいて、蔡瑁《さいぼう》の槍玉《やりだま》にあげられないのは、君に邪心もなく野心もない、ということがわかっているからだ。それは、蔡瑁から見ると、無能に近いと思えるのだよ」

「真剣に私がなにか言った時、劉表様はそれに耳を傾けてくださる。私は、それでいい。劉備《りゅうび》様を新野《しんや》に迎えようと言った時、蔡瑁殿は反対したが、結局私の言うことを聞いてくだされた」

「君のような幕客《ばっかく》がいる。劉表はもって瞑《めい》すべしだな」

「私は、男として生き方を誤った、と思いたくないだけだよ、徐庶《じょしょ》。人には、縁というものがある。私は、劉表様との縁には逆らわないと決めたのだ」

「蔡瑁が、君を邪魔にして殺そうとしたら？」

「黙って、死のう。それでいい」

徐庶が以前からもの足りなさを感じていたのは、伊籍《いせき》のこの諦《あきら》めのよさだった。その気になれば、蔡瑁などという鼠《ねずみ》は追い出し、劉表の側近として力を振《ふる》える男だつた。そうなれば、曹操《そうそう》も安心してはいられない。蔡瑁がのさばっているかぎり、曹操はそれほど荊《けい》州を警戒せず、暇な時に掃討《そうとう》すればいいとでも思っているはずだ。その暇な時が、意外に早く曹操に訪れたようだった。

「どうも、曹操軍が、南下しているようなんだ」

伊籍が、劉表のもとから戻ってきて言った。

曹操は鄴《ぎょう》まで攻めこみながら、あっさりと撤退した。ただし、黎陽《れいよう》は拠点として確保している。その状態で、袁《えん》家の決定的な分裂を待とうという気なのだ、というふうに徐庶には見えた。

官渡《かんと》の戦のあと、曹操は兵を休ませた。力を蓄える時だ、と思ったのだろう。それから、戦の季節に入った。袁紹《えんしょう》が死んでしばらくすると、冀《き》州に攻めこんだのだ。戦の季節に入れば、休むことを知らない。それが曹操という男なのだ。袁尚《えんしょう》と袁《えん》譚《たん》の兄弟喧嘩《きょうだいげんか》は、しばらく静観した方が得策だ、と判断したのだろう。だが、兵は休ませない。南の、軽い相手である劉表を叩《たた》いておこう、と考えてすぐに動いてくる。

思えば、曹操ほど、いつも敵に囲まれながら、自分の足で立ち続けていたという武将は、ほかにはいない。一度やると決めると、果敢《かかん》である。常人の思いつかないことを、思いついたりもする。

「どうするのだ、伊籍《いせき》？」

「蔡瑁《さいぼう》殿は慌《あわ》てて、まず襄陽《じょうよう》の守りを固め、兵糧《ひょうろう》も充分に運びこむところからはじめている。予《よ》州との境界には、四万の兵を送るそうだ」

「はじめから負けているのか、蔡瑁という鼠《ねずみ》は。それで、劉表《りゅうひょう》はなんと言っている？」

「劉表様も、老いられた」

「つまりは、籠城《ろうじょう》か」

「新野《しんや》に劉備《りゅうび》様がいる。そこに兵を貸そうとは言われたのだが」

「蔡瑁が反対したか、劉備が裏切るかもしれないと主張して」

「まさに、その通りだった」

「蔡瑁に気をつけることだな。理由もなく人の裏切りを疑うような男は、実は自分の心の中に裏切りの思いがあるからだ。籠城して最初に裏切るのが、そういう男さ」

「それは、私が許さん」

「刺し違えるか。命のやり取りをするには、あまりにお粗末な男だぞ」

「蔡瑁殿がどうのというのではない。私は、劉表様のためにそうするのだ」

「君は、まったく度《ど》し難いほどの男だ。私が好きなのは、その点なのだが」

「君がせっかく来てくれたのに、相手ができなくなってしまった。申し訳ない」

「はじめから、籠城と決めるなよ」

徐庶《じょしょ》は苦笑しながら言った。

「籠城の準備を整えているところへ、大軍を送りこんで攻囲するほど、曹操《そうそう》の戦は無器用ではない。周到に、小さな城を落としていくだろう。同時に、襄陽の中から寝返りが出るように工作する。まあ、標的として適当なのは、蔡瑁だと私は思うがね」

本格的に荊《けい》州を攻めるつもりなら、江夏《こうか》の黄祖《こうそ》をなんとかするはずだ。今回は、荊州に動揺を与えておくつもりなのだろう。黄祖は、老齢だが、長年揚《よう》州と正対して江夏の地を守り続けている。荊州ではもっとも骨のある将軍だった。

「劉表に願い出て、州境の様子を見に行くのだ。それは、劉表も知りたがっているだろうから、許すはずだ。蔡瑁が寝返りを疑っても相手にしなくていい。本気で寝返る気なら、襄陽に留《とど》まり、城の様子でも手土産《てみやげ》にすると言ってやれよ。蔡瑁のような男は、毅《き》然《ぜん》とした態度には圧倒されるはずだ。君は、州境の様子を、逐一劉表に知らせてやればいい」

「それは、幕客《ばっかく》である私に似合った仕事であると思う。しかし、心配なのだ」

「やはり、蔡瑁《さいぼう》が国を売りかねない、と思っているのだな。いまのところ、その心配はないと思う。曹操《そうそう》が襄陽《じょうよう》を攻めるのは、ずっと先のことだろうし。私と二人で、州境のあたりを見物してみようではないか」

「君も、一緒に行ってくれるのか？」

「ここにいて、蔡瑁の愚劣さを見ているより、州境の方がいまの荊州《けい》はずっとよく見える」

「そうか。劉表《りゅうひょう》様に、それを願い出てみよう。お許しはいただけると思う」

伊籍《いせき》が劉表と会っている間、徐庶《じょしょ》は城郭《まち》の中をざっと見て回った。商人の動き。こんな時は、それが一番早くなにかを示す。

商人は、店を閉めている者が多かった。中には、小さな荷だが、城から外に持ち出そうとしている者もいる。なにがしかの礼を受け取ったら、守兵もそれを許しているようだ。

兵糧が、輜重《しちょう》で運びこまれていた。その列は、十里（約四キロ）も続いているという。較《くら》べれば商人たちの荷はあまりに少ないが、荷車一台で輜重の列五里分の兵糧に相当する値のものかもしれないのだ。

「劉表様は、喜んで許してくださった。新野《しんや》をもっとうまく使いたい、というのが真意であった。

「劉備《りゅうび》をか。新野がどの程度か、曹操には測る気持もあるだろう。とにかく、実戦では蔡瑁など役に立たん。それが見抜けぬ劉表は、いずれ滅びるしかない」

伊籍に言っても、仕方のないことだった。伊籍が劉表に尽すのは、ただ自分の生き方を曲げたくないからだ。それは徐庶にはできない。だから、批判しようとも思わなかった。

「君と、旅をするのは久しぶりだ」

伊籍は馬を二頭用意していて、嬉《うれ》しそうに言った。一緒に旅をしたのは、四年ほど前、襄陽に立ち寄った時で、袁紹《えんしょう》への使者として冀州《きしゅう》にむかおうとしていた伊籍と、洛陽《らくよう》の近くまで一緒に行ったのだ。袁紹と曹操が、河水《かすい》（黄河《こうが》）を挟んで対峙《たいじ》したのは、あの年だった。

あの二人の結着がつくまで、一年以上の歳月がかかった。そして昨年、袁紹は死んだ。

「暑い日になりそうだ」

伊籍《いせき》が、空を見あげて言った。

5

曹操《そうそう》軍の進撃は速かった。

州境の城を一日で三つ抜くのを、徐庶《じょしょ》は啞然《あぜん》として眺めていた。研《と》ぎ澄まされている。軍勢全体が、研ぎあげた剣のように、すさまじい斬《き》れ味を持っている。特に、騎馬隊の動きがいい。呂布《りょふ》との戦《いくさ》で、曹操の騎馬隊は変ったのだろう。

ただ、強兵とは当たっていない。劉表《りゅうひょう》の軍は、想像した以上に弱兵である。戦場で闘い抜いた兵と、満足な調練《ちょうれん》もしていない兵では、勝負にならないとも言える。南陽《なんよう》郡の城が、ほとんど曹操軍に抜かれたという恰好《かっこう》になった。新野《しんや》より南の城が、無事なだけである。

それでも曹操は新野を攻めず、汝南《じょなん》郡に戻ると西平《せいへい》に本陣を置いた。新野との距離は、三百里（約百二十キロ）ほどである。

増援の劉表軍は次々に城に入ったが、兵糧《ひょうろう》までは運びこまれていないようだった。軍の移動に伴って輜重《しちょう》隊が動く、という訓練すらもなされていない。いや、命令が届いていないということなのか。

「蔡瑁《さいぼう》などが、軍を握っているからだ。将軍として大きな顔をしている蔡瑁の兄弟たちのひとりとして、ここには来ていないではないか」

「それより、兵糧をなんとかするように、劉表様に知らせなければならん」

伊籍は、全体に眼《め》をむける。そして一度眼をつぶる。再び開いた眼には、当面なにが必要かということしか映っていないのだ。苦しくても、伊籍はそれをやる。自分にできることではない、と徐庶は思った。

伊籍は、毎日竹簡《ちくかん》(竹に書いた手紙)を認《したた》めて、劉表に報告を送っているようだった。

敗走した劉表軍の一部を、劉備《りゅうび》が新野に収容しはじめた。日に日にその数が増え、やがて一万にも達した。新野に、兵糧は蓄《たくわ》えてあるようだった。

劉備軍が、新野を出た。六千の全軍である。騎馬隊は多く、千二百ほどはいる。

「どういう気なのだ、劉備は?」

「あれが、劉備という人なのだ、徐庶。曹操軍と対峙《たいじ》するつもりなのだろう」

「五万の曹操軍に、六千でか?」

「無論、正面からぶつかり合ったりはしないだろう。だが、曹操軍が再び荊《けい》州に入ろうとすると、劉備《りゅうび》軍に悩まされることになる」

「押し潰《つぶ》されるような気がするがな、劉備軍は」

「どうすれば押し潰されないで済むか、当然考えておられよう。劉備様は、これまで何度も曹操《そうそう》と闘っておられる」

「そして、負けている」

「ほんとうに負けていたら、劉備軍など存在していない」

伊籍《いせき》の言う通りだった。負けても負けても、しぶとく生き延びている。劉備の息の根を止められない曹操は、ほんとうに勝ったとは言えないのだ。もしかすると、曹操自身がそれを一番よく知っているのかもしれない。

新野《しんや》を出た劉備軍は、一直線に州境にむかった。百里を、二日で進んでいる。輜《し》重《ちょう》も、一日遅れただけだ。

劉備軍は、どこかの城に拠《よ》るということはしなかった。歩兵二隊、騎馬二隊に分かれ、州境沿いに展開した。野戦の構えである。

「ただでさえ少ない軍勢を四つに分けた。籠城戦《ろうじょうせん》をするというなら話はわかるが、野戦を選んでいる。ほとんど捨身で、死ぬ覚悟でもしているように、私には見えるぞ、伊籍」

「死ぬ覚悟などであるものか」

「どうしてわかるのだ、それが？」

「劉備様は、曹操を生涯の敵とされている。いずれもっと大きくなり、曹操と対等に闘えるようになるまで、死ぬ覚悟などされるものか」

ならば、劉備軍の展開は奇策なのか。地の利のある荊《けい》州に引きこみ、曹操軍をかき回そうというのか。曹操が、そんな奇策にたやすく乗るのか。

さすがに劉表《りゅうひょう》軍も動きはじめ、劉備軍の背後十里（約四キロ）ほどのところに三万で陣を組んだ。

「及び腰の陣だな。指揮する者がいないのだろう。劉備軍の側面掩護《えんご》の陣を組めばいいものを、後ろに隠れる恰好《かっこう》だ」

「それでも、輜重も到着しはじめた。この勝負を、どんなふうに見る、徐庶《じょしょ》？」

「曹操が圧倒的だと思えるのだが、よく見えぬ。狸《たぬき》と狐《きつね》がばかし合いをやっているような気もする」

「劉備様の本陣に、行ってみるか？」

「それもいいな。劉備玄徳《げんとく》という男にも、一度会いたいと思っていた」

「まったく、仕官するならともかく、君は人に会いたがるだけだからな。劉備様には、そのように申しあげる。この男は、仕官などせぬとな」

「そうしてくれ」

馬を進めた。

劉備《りゅうび》の本陣の二里（約八百メートル）ほど手前で、誰何《すいか》された。

伊籍《いせき》が名乗っている。陣に隙《すき》はなかった。すぐに迎えの者が来て、陣営に案内された。

「これは、伊籍殿。どうされたのだ。ここは危険だぞ。西平《せいへい》とむかい合った州境で、いつ曹操《そうそう》軍の攻撃を受けるかも知れぬのだ」

劉備は、穏やかそうな表情をしていた。特徴といえば、常人より耳が大きいということぐらいか。猛将《もうしょう》という印象からは、ほど遠い。ただ眼の奥に、測り難いような激しさがある。それが、表面に出てくることもあるのだろう、と徐庶《じょしょ》は思った。

劉備の眼が、徐庶にむいた。やはり表面は穏やかそうな眼である。

「私の友人で、徐庶という者です。諸国を流浪《るろう》して八年。さまざまな武将とも知り合っているのですが、決して仕官をしたがらない変り者です」

「ほう」

劉備が眼を細めた。徐庶が名乗って頭を下げると、劉備はにこりと笑った。その笑顔が、なぜか徐庶を戸惑《とまど》わせた。

「徐庶殿か。私も流浪を夢見ることが時々ある。羨《うらやま》しい話だ」

「なにもかも放《ほう》り出す。その決心さえできれば、難しいことではありません」

「なにもかも、放り出せる。たったひとつのことを除けば」

「なんです、そのひとつのこととは？」

「志《こころざし》」

意外な答とも、思わなかった。それでも徐庶は、劉備が抱いている志がなんなのか、訊《き》くことはできなかった。気軽に触れてはならないもの。そんな気がしたのだ。

「曹操は、手強《てごわ》いのでしょう、劉備殿？」

「手強いなどというものではない。私は、名を耳にしただけで、恐怖を感じる。こうやって対峙《たいじ》すれば、全身がおののく。それほどの武将です、曹操殿は」

「それにしては、余裕のある陣を敷いておられます」

「なんの。私の軍は六千に過ぎないが、五万と想定して、曹操殿とむき合っている。兵を四つに分けているように見えるだろうが、五万の兵なら、実は繋《つな》がるのです。堅陣を敷いたつもりなのだがな」

遊んでいるのか、という言葉が出かかったが、徐庶はなんとかそれを呑《の》みこんだ。

六千を五万と想定して、なんの意味があるのか。

「そろそろ、戦がはじまりますね」

「そろそろではない。すぐにでも、曹仁《そうじん》が三万の兵でこちらへむかってくる、という報告が入っている」

「陣は、このままですか？」

「とりあえずは」

「余計なことかもしれませんが、敵の主力はこの本陣に集中してきます。わずか三千の歩兵で、踏ん張ることができるのですか？」

「三千ではない。三万と思っている」

「しかし、三千は三千でしょう」

「そうだな。しかし、むこうも三千と思っている。そこが、つけ目でもある。二度とは使えない方法だが」

とにかく見てみよう、という気持に徐庶はなった。三千なのに、三万の動きをする。そんなまやかしが、ほんとうに通じるのかどうか、見てみたかった。

「不安なら、ここを離れた方がよいぞ、徐庶《じょしょ》殿。三千と三万では、大違いだ」

「いや、私も三万と思うことにしましょう」

「そうか」

劉備《りゆうび》が笑った。笑顔が、また徐庶を戸惑わせた。

注進が入ってきた。敵が五里のところまで迫ってきたという。聞いても、劉備に焦《あせ》った様子はなかった。

「さて、騎馬隊が思ったように動いてくれるかどうかだ。張飛《ちようひ》が四百騎、趙雲《ちよううん》が八百騎。うまく相手を止めてくれないことには、見物の徐庶殿に笑われるな」

劉備は、前方に眼をやった。平坦な土地だが、わずかに起伏があるのか、前方二里は見通せた。意外に巧妙な陣を、劉備は敷いているのかもしれない。

やがて、前方に土煙《つちけむり》が見えてきた。

騎馬が先頭で突っこんでくる。劉備は動かなかった。兵は戦闘態勢をとっているが、本陣が最初にぶつかるわけではない。まず、騎馬隊で両側から攻める気か、と徐庶は読んだ。それで、騎馬の動きは止められる。すると後続の歩兵も止まる。多少の混乱が起きるだろう。しかしそこで五千の歩兵が打ちかかっても、混戦になり、やがては兵力差で押される。混戦に持ちこまれるのを、どこで防ぐのか。

敵の先頭が拡《ひろ》がった。後続の歩兵も拡がっているようだ。四カ所の陣を、同時に攻める。そのためには、拡がらずにはいられないだろう。

不意に、八百の騎馬隊が駈《か》け出した。『趙』の旗。敵の騎馬隊の真中を、縦列できれいに断ち割っていく。そこへ、二千の歩兵が突っこんだ。

「行くぞ」

劉備《りゅうび》が言う。まわりには、三十騎ばかり。あとは三千の歩兵である。徐庶《じょしょ》は乗馬し、伊籍《いせき》も慌《あわ》てて馬に跨《また》がった。

「私のそばを離れるな、伊籍。劉備軍に、噂《うわさ》されている通り精強な騎馬隊があるのなら、面白いことになる」

駈け出した。二千の歩兵の後方。すでに、騎馬隊は断ち割られ、歩兵の中にも間隙《かんげき》ができている。趙雲《ちょううん》の八百騎が、不意に圧力の方向を左右に変えた。歩兵は、突っこんでいかない。反転してくる敵の騎馬隊に、槍《やり》を突き出している。断ち割られ、前方に相手を見失って反転しようとする騎馬隊は、すでに勢いを失っていた。槍で阻止され、左右に押される。馬蹄《ばてい》が響いた。『張』の旗。間隙を衝《つ》いて駈け抜け、敵中深くへ突っこんでいく。見事な動きだ。まったく無駄がなかった。一頭の巨大なけものとも見える。

敵陣の中で、『曹』の旗が揺れた。張飛《ちょうひ》の騎馬隊が、曹仁《そうじん》の本陣に届いたようだ。不意に、張飛を後ろから押すように、趙雲が突っこんだ。『曹』の旗が、後退している。やがてそれは、はっきりとわかるほど乱れ、散らばっていった。張飛が、曹仁を追い回しているようだ。

軍は、本陣が潰《つぶ》されると、頭のない蛇《へび》のようになる。潰走《かいそう》するのに、それほどの時はかからなかった。

追撃は、一切なかった。

むしろ劉備は、三里（約一・二キロ）ほど全軍を後退させた。伝令を出している。すぐに、後方の劉表《りゅうひょう》軍が、真後ろまで進んできた。三万の軍を背後にして、劉備軍が攻撃の構えをとっている。

潰走した敵を追わなかったのは、なかなかのものだ、と徐庶は思った。首を取ったところで、部将の曹仁である。

曹仁の軍は、陣を組み直して、また進んできた。両軍とも、兵の消耗《しょうもう》が激しいわけではない。曹仁が、張飛の騎馬隊に追い回された、というだけのことだ。

「なんだ、これは」

二里（約八百メートル）前方の曹仁の陣を見て、関羽《かんう》が声をあげた。

「隙だらけの陣ではないか。曹仁も、一度張飛に追い回されて、頭に血が昇ったのか」

「いや、関羽《かんう》。うかつに攻められぬぞ。いやな感じがする。負けたあとは、普通なら堅陣を組むはずだ」

「こちらは、劉表《りゅうひょう》軍の三万も加えています。弱兵ですが、われらが曹仁《そうじん》を突き崩したのを目の当《ま》たりにしております。つまり、勝ちに乗ることができるのです、殿。弱兵でも、勢いはつきます」

「うむ」

束《つか》の間《ま》、劉備《りゅうび》は迷ったようだった。

「突っこませてください、殿。穴だらけの陣ではありませんか」

「待て。待つのだ、趙雲《ちょううん》」

「これを逃すと、曹操《そうそう》の本隊が出てきかねません」

劉備は、本能的になにかを感じ取っているようだが、それを言葉で説明できないでいる。行け、と言いそうにも見えた。

「これは、八門金鎖《はちもんきんさ》の陣」

「なに」

徐庶《じょしょ》が言うと、劉備が眼をむけてきた。

「うかつに攻めこむと、全滅します。しかし、曹操軍がこの陣を使えるとは」

「どういうことなのだ、徐庶殿？」

「穴だらけに見えるのは、八門と呼ばれ、敵を呼びこむ入口です。たとえば正面の休門から攻めこめば、あそこの景門、開門から閉じられ、安全な出口を失い、危険な出口にむかうことになります」

指さして、徐庶は説明した。どこがどう閉じてくるかも、ひとつひとつ示した。

「なるほど、こんな陣があるのか」

「一見して、穴だらけの陣に見えます。開門から入り、生門へ抜けるのが、唯一崩す方法だと私は思います」

「どこなのだ、その開門は？」

「それを見きわめるのが、この陣に対する時のすべてなのです。見きわめれば、すなわち勝ち、見誤れば、すなわち負けます」

「攻めずに、放《ほう》っておいた方がよいか。そういう陣だということか？」

「しかし、敵はこのまま少しずつ移動できます。人の歩く速さぐらいでは」

「では、荆州《けい》に深く入られるな」

「あれを押し包むほどの大軍があれば別ですが、あと五万は必要でしょう」

徐庶は、じっと陣形に眼をやった。心を空白にする。そして、なにかが見えてくるのを待った。見えてくる。ほんとうに、見えているのか。

「劉備殿《りゆうびどの》。私に賭《か》けてみることがおできになりますか？」

「徐庶《じよしよ》殿に、賭ける？」

「劉備様、徐庶は軍学に長じております。それも頭の中だけでなく、さまざまな戦場に、時には兵卒として、時には隊長として立っております」

「八門金鎖《はちもんきんさ》の陣か」

「張飛《ちようひ》殿と趙雲《ちよううん》殿の騎馬隊だけでよいのです。千二百で、あの陣は崩せるかもしれません」

「崩れない時は？」

「恐《おそ》らく、千二百は全滅。こちらから助ける暇《いとま》もありますまい」

劉備が、眼を閉じた。張飛と趙雲が、それぞれに自分が先に行くと言った。

眼を開いた劉備が、じっと徐庶を見つめてきた。その顔が、かすかにほほえんだ。なぜか、徐庶はまた戸惑いを覚えた。

「やってみよう。ここでやらなければ、これからの曹操《そうそう》軍との戦では、いつも八門金鎖の陣を取られる」

「勝てると思います。しかし、保証はできません。私の見切りが誤っていれば、この首を刎《は》ねていただくしかない」

「その時は、私に運がなかったということだ。徐庶殿と伊籍《いせき》殿は、速やかにここを去られるとよい」

「それはできませんね、私も伊籍も。性格がそうなのです。まあ、ここは逡巡《しゅんじゅん》は禁物です。張飛殿と趙雲殿は、私が言う通りに陣の中を駈け回ってください。お二人が陣から駈け抜けてこられたら、関羽《かんう》殿が歩兵で打ちかかればよい。中身のない殻《から》のようなもので、すぐに破れます」

徐庶は、土の上に八門金鎖の陣を描いた。

「ここから入り、ここへ出る。進路は、この通り、単純なものです」

徐庶が木の枝で進路を示すと、張飛も趙雲も大きく頷《うなず》いた。

「多少、敵を打ち払わなければなりませんが、留《とど》まらないことです。千二百騎が駈け抜ければ、背骨を抜いたようなものなのですから」

「よし、行け。関羽は、歩兵を小さく固めよ」

三人が、駈け去った。

すぐに騎馬隊が動きはじめる。徐庶は、腕を組んだ。なぜ、こんな建策をしたのか。ただ、見物に来ただけではなかったのか。

深くは考えなかった。騎馬隊が、矢のように陣の中に吸いこまれていくのが見えた。土煙。喊声《かんせい》。陣の外郭《がいかく》は崩れない。待った。出てくるはずだ。徐庶《じょしょ》は、自分にそう言い聞かせた。待ち続ける。長い。長すぎる、と思う。駄目なのか。土煙が、視界を遮《さえぎ》る。

不意に、二騎が陣から駈け出してきた。張飛《ちょうひ》と趙雲《ちょううん》。ひと呼吸置いて、騎馬隊が駈け出してくる。

「よし、関羽《かんう》殿、攻められよ」

徐庶が叫び、関羽の歩兵が一丸となって打ちかかっていった。脆《もろ》い、土の壁でも崩すようなものだった。劉表《りゅうひょう》軍の三万は、ただ呆然《ぼうぜん》と眺めている。

劉備《りゅうび》が、鉦《かね》を打たせた。敵を追い撃っていた劉備軍が、整然と駈け戻ってくる。

「お互いに、力を測る戦は終りだな。やがて、曹操《そうそう》殿も、北の戦線へ戻られる。曹操殿が目論《もくろ》んでおられたことが、ようやく河北《かほく》で起きたようだ」

劉備のそばに、小肥《こぶと》りで眼の細い男が立っていた。

「応累《おうるい》か」

「これは、徐庶様。わが殿の陣におられるのを見て、いかにも徐庶様らしいと思っていたところです」

間諜《かんちょう》の腕を売っていた男だった。応累の末の弟の面倒を、一度みてやったことがある。その時、礼に現われたのが応累だったのだ。間諜の腕を売っているとは、自分から言った。

「弟は、どうした？」

「死にました」

「そうか。ひと時助けても、無駄かもしれぬと思っていた」

「ひと時でも、助けていただいたということが、私の救いになっております」

応累が笑った。

「ところで、ここに応累がいるということは、河北で袁尚《えんしょう》と袁譚《えんたん》がぶつかったな」

「はい、喧嘩《けんか》というより、戦をはじめてしまいました。冀《き》州の支配権をかけた戦でしたが、袁尚の方が優勢で、袁譚は平原《へいげん》まで逃げ、袁尚がそれを追って囲んでいます。袁譚はついに、曹操に降伏し、助力を求めてきたというわけで。そのための使者が、三、四日後には西平《せいへい》に到着いたします」

曹操が南へ兵力をむけてきたのは、兄弟に共通の敵がいなくなることで、安心して争いができる状況を作ろうとしたのか。そして劉備は、曹操の荊《けい》州攻めが一時的に過ぎないことを読んでいたのか。

それを肚《はら》の底に持ちながら、二人は力を測り合ったということなのか。

「新野《しんや》に戻るが、よかったら徐庶《じょしょ》殿も、伊籍《いせき》殿とともに来られるがよい」

劉備《りゅうび》が言って、笑顔を見せた。この男の笑顔には困ったものだ、と徐庶は思った。また、動揺してしまったのだ。

劉備軍は、陣払いをはじめている。背後にいた劉表《りゅうひょう》軍は、まだ呆然として陣を組んだままだ。追い払われた曹仁《そうじん》の軍は、そのまま西平《せいへい》へ戻ったのか、もう姿は見せない。

「ところで、応累《おうるい》は徐庶殿と知り合いであったのか？」

「末の弟が、賊徒《ぞくと》でございました。つまらぬ盗賊《とうぞく》で、幷《へい》州の山中で徐庶様に捕えられました。徐庶様は、常人技《わざ》ではない剣を遣《つか》われます。斬《き》られて当然だった弟を、徐庶様は半年も連れて旅をしてくださいました。それで、弟は賊徒から足を洗いました」

「しかし、死んだのか？」

「はい、私のもとで、間諜《かんちょう》ができる技を身につけようとしておりましたが、かつての仲間の賊徒に殺されました。裏切者に見えたのでしょう。私も、私の部下もおらず、防ぐことができませんでした。幷州の山中の、私の家です」

「そうか。応累は幷州の出であったか」

「弟とは、母が違いました。その母もすでに亡く、父はなぜか弟を疎《うと》んじて育てました。ほかの兄弟のように、間諜の技を身につけることもできなかったのです」

劉備が頷《うなず》いた。

悲しげな眼をした少年だった。だから徐庶は助け、しばらく供《とも》にした。剣の技をしきりに習いたがったので、教えた。賊徒としてその技を遣《つか》うかもしれないという危惧《きぐ》はあったが、上達はしなかった。そんなことにむいている男ではなかったのだ。

応累が迎えにきたのは、半年経《た》ってからで、その時はじめて兄と知った。以前に現われた時は、ゆかりの者としか言わなかったのだ。

「間諜の腕を売っていると申しましたが、もっぱら劉備様にだけ買っていただいております」

「なぜだ？」

間諜は、金で情報を売る。買ってくれるなら、誰でもいいはずだ。

「おひとりのために働かなければ、駄目になっていくような性格の男です。別のわけも、ないわけではないのですが」

「志か、劉備殿の」

「御想像にお任せいたします。私はこれで」

応累《おうるい》が、頭を下げて立ち去った。雑兵《ぞうひょう》の姿であることに、徐庶《じょしょ》ははじめて気づいた。

「八門金鎖《はちもんきんさ》の陣か。長く戦陣の中で生きてきたが、私はまだなにも知らぬ」

「曹操《そうそう》の与えた策だったのでしょう。軍学にかけては、並ぶ者がいないと言ってもいい」

「しかし、それを破ってしまった。曹操殿は、私についての評価を変えたであろうな。いや、違うか。私が、すぐれた軍師を得たと思ったかもしれん。三人もの猛将《もうしょう》を抱えている、と昔から羨《うらやま》しがられていた。軍師を得たとなれば、ひどく警戒されよう」

「軍学など、それほど大袈裟《おおげさ》なものではありません。実戦の経験の方が、大事なのかもしれない」

「曹操殿には、その両方がある。どうだろう、徐庶殿。新野《しんや》にしばらく留《とど》まって、私の軍師をやってくれないか?」

「それはいい」

伊籍《いせき》が言った。

「ただ、この男は、いつふらりといなくなるか知れたものではありませんが」

「どうだろう、徐庶殿？」

「幕客《ばっかく》に加えていただいたとしても、それほどのことができるとは思えません。ただ、伊籍とは、いつも会えるところにいたい、と思っています」

「ならば、新野にいてくれ」

伊籍とは、別れてもまたいつか会う。徐庶は、劉備《りゅうび》という男に興味を持ちはじめたのだった。悪い癖《くせ》だ。そんな気もした。しかし、理由もなく笑顔が徐庶を惹《ひ》きつけた。

劉表《りゅうひょう》の軍が、引き揚げはじめている。劉備軍が陣を払いはじめたから、そうしているという感じだった。

「戻ろうか、新野へ」

劉備が言った。曹操はすぐに北へむかう。劉備はそう判断している。

決断は意外に早いのかもしれない、と徐庶は思った。つまり、見かけとはまた違う。

馬を並べた。

騎馬隊を指揮する、趙雲《ちょううん》の大きな声がした。

制圧の道

1

月が、揺れ動いていた。

水面《みなも》に映った月である。

周瑜《しゅうゆ》は、軍船の舳先《へさき》にひとりで立っていた。月は満月に近いが、水面では千切《ちぎ》れ、またひとつになることをくり返していた。かたちをはっきりと見きわめることもできない。

水軍の大部分を、皖口《かんこう》に集結させた。建業《けんぎょう》の会議で、江夏《こうか》を攻めることが決定したのである。孫権《そんけん》も、やはり江夏の黄祖《こうそ》の存在を、その血が許さないようだった。

揚《よう》州以外に攻めるとなると、まず江夏である。

周瑜は、江夏攻めに反対はしなかった。孫《そん》家の水軍は、そろそろ実戦を必要としている。これまで実戦をしてきたといっても、ほとんどが叛乱《はんらん》を起こした豪族の鎮定で、外敵とは闘っていないのだ。

その叛乱も、少なくとも建業から予章郡《よしょう》巴丘《はきゅう》までの川沿いでは、皆無になった。孫策《そんさく》が死んで、すでに三年余が過ぎた。揚州内の鎮撫《ちんぶ》と、水軍の育成と、孫権の補佐。周瑜にとっては、寝る間も惜しむほどの忙しさの連続だった。本拠としていた巴丘にも、二度しか戻らず、しかもひと月足らずの滞在だった。

細かく見れば、揚州内に叛乱の芽はまだいくつかあった。川沿いは周瑜が、そして陸は孫権が、分担して鎮撫した。それで、孫家の力はさらに大きくなり、叛乱の芽もいずれ消えるだろうと思えた。

すると、孫権の心の底にあった、外征《がいせい》という言葉が出てきたのだ。孫策ほど、大規模な外征をしようというのではない。江夏を攻め、黄祖を討つというのである。

それは必要なことだった。やがて、曹操《そうそう》が南下してくるのは眼《め》に見えていた。数年後かもしれず、来年かもしれない。いまのところ、曹操は河北《かほく》の制圧に没頭しているが、つい二カ月ほど前は、荆州《けい》に軍を出したのだ。八月に進攻し、九月には引き揚げていた。

曹操が南下してきた時、江夏に黄祖がいることは、揚州にとっては脇腹《わきばら》に刃物を突きつけられたようなものだった。それは、孫権《そんけん》も考えたことだろう。

江夏《こうか》攻めに当たっては、総大将は孫権だったが、実際の指揮は周瑜《しゅうゆ》が任されているといってよかった。特に、今回は水軍の戦《いくさ》ということになるのだ。

皖口《かんこう》まで来て、集結中の軍船を見た時、周瑜はこれを指揮できるのかという、ほとんど恐怖に似た感情に襲《おそ》われた。考えてみれば、自分が経験した大きな戦には、ずっと孫策《そんさく》という指揮官がいたのだ。それを補佐するのが、周瑜の仕事だった。

孫策の死後、揚《よう》州内で鎮撫《ちんぶ》のための戦の指揮はしたが、どれも小さな戦だった。

五万の兵力と軍船を指揮し、揚州の外で戦をするのだと思うと、不安は強くなった。それを他人には見せられないと思う分だけ、不安は内に籠《こも》り、恐怖に近い感情になったのだった。

戦など、はじめてしまえば夢中で闘うだけではないか。自分にそう言い聞かせた。なんとか、不安を押しのけようとした。孫権軍の実質的には筆頭の将軍なのだ。歴戦の老将たちに、不安を覚《さと》られたくなかった。だから昼間は、地図を見て作戦を練ることに没頭《ぼっとう》した。あらゆる事態を想定して、作戦を練っている。想定しない事態が戦では起こることもある、ということも頭ではわかっていて、その覚悟もしている。

不安など、入りこんでくるわけがないのだ。

それでも、深夜ひとりになると、忘れかけていた友だちが訪ねてきたように、不安に包みこまれているのだった。

眠れない時、周瑜はいつも軍船の舳先《へさき》にひとりで立った。

俺《おれ》は、意気地のない男だ。月明りを照り返す川面《かわも》を見ながら、何度もそう思った。孫策がいてこその、周瑜だった。そうも思う。ひとりになると、ふるえることしか知らない、臆病《おくびょう》な男に過ぎない。

昼間は戦の準備や、ほかの仕事に忙殺され、夜は眠れず、数日の間に周瑜の頬《ほお》はげっそりと削《そ》げた。戦を愉《たの》しみにしている太史慈《たいしじ》などを見ると、腹が立つことさえあった。

孫策から受け継いだ夢。それは、心の中にある。江夏を攻めるぐらいの戦で、なぜ不安に襲われたりするのだ。夢は、天下だったのではないのか。

「出撃は、いつなのだ、周瑜？」

孫権がこれを訊《き》くのは、二度目だった。最初に訊かれた時から、出撃の準備など万端整っていた。

「昨夜も、いい月が出ておりました」

「月が、なんだというのだ？」

孫権《そんけん》は、冷静な男だった。兄の孫策《そんさく》と較《くら》べると、判断力は完成されている。その分、圧倒してくるような迫力はなかった。

「この時季、西の強い風が吹くことがあります。その時は、黄祖《こうそ》の水軍は追い風を受けることになります」

「なるほど。月でそれを測るわけか」

「西風は、昨夜の月では大丈夫でしょう。放《はな》ってあった者たちからの報告も、ほぼ出揃《でそろ》っております。明日出撃と、殿にお伝えしに行こうと思っていたところでした」

「明日か」

「今夜も、月を観《み》てみます。それによって、明日出撃します」

「陸の戦とは、だいぶ違う。風のむきひとつで、まるで水軍の戦力は変ってしまうのだな。こればかりは、周瑜《しゅうゆ》に判断して貰《もら》うしかないようだ」

「多分、明日の早朝、出撃の太鼓《たいこ》を打たせることになるでしょう。兵はしっかりと調練《ちょうれん》をしておりますし、陸戦のための馬も、充分に走りこませております」

「はじめての、外征になる。兄上が言い遺《のこ》された。内を固めよと。しかるのちに、外にむかえと。その時は、周瑜と二人で、ひとりだと思えと。内を固める時も、私は周瑜と二人でひとりだと、いつも言い聞かせていた」

「殿は、しっかりとひとりで立っておられます」

「そんなことは、言わないでくれ、周瑜。江夏《こうか》攻めを決定したものの、はじめて外征の総大将をやるのだ。不安でどうにもならぬ。頼れるのは、周瑜だけだ」

「そのようなことで、揚《よう》州の総帥《そうすい》がつとまりますか。いずれは、南下してくる曹操《そうそう》とも闘わなければならないのですぞ」

「周瑜に言えば、叱《しか》られると思っていた。しかし、叱られると、なぜか安心する」

「とにかく、今夜の月を観て、明日の出撃を決定いたします。私は、殿とともに旗《き》艦《かん》に乗ります。黄祖の水軍も、だいぶ東へ突出してきているようで、明日はぶつからないものの、明後日はぶつかります」

　軍船には、大型のものから小型のものまで、何種類もあった。最大のものは三隻あり、三層になっていて、その上に櫓《やぐら》を組んで見張りが登っている。楼船《ろうせん》と呼ばれるものだが、監獄《かんごく》の建物に似ているので、艦と呼ぶことが多かった。大型の軍船には、敵の船に斬《き》りこんだり、陸戦になった時のために、五百の兵が乗る。それは、陣形の後方である。前方には、艨衝《もうしょう》といって、舳先《へさき》に尖《とが》った鉄を付けた丸太を突き出した、突撃船が配置してあった。それでぶつかって、敵船の腹に穴をあけるのである。ほかにも、用途に応じて数種類の船があった。

周瑜《しゅうゆ》が考え出したのは、帆《ほ》をあげて船速を出す方法である。追い風でそれを使い、むかい風の時は畳む。艪《ろ》の推力と風と流れの力。この三つが揃った時は、大型の軍船でも信じられないほどの速さになる。操船の調練を重ねて、充分に帆も使いこなせるようになっていた。底が平らではなく尖っていて、水をよく切る先艨衝《せんもうしょう》は、戦場で相手の意表を衝《つ》き、胆《きも》を潰《つぶ》させるのに充分な速さがあった。

これだけのものを、揃えたのだ。調練に調練を重ねたのだ。黄祖の六万の水軍にも、負けるはずなどない。

夜になると、周瑜は軍船を見回り、旗艦の櫓《やぐら》に登ると、ひとりでじっとしていた。軍船の進退のすべては、自分の指揮である。戦場に出るという恐怖などより、指揮を間違って取り返しのつかないことになるのではないか、という恐怖が強かった。眼を閉じる。孫策《そんさく》は、戦のたびにこの孤独と恐怖に耐えていたのだろうか。戦の前日は、よく眠れる、と孫策は言っていた。自分は、眠れぬまま夜明けを迎えることが多かった。大将の資格というものが、自分には欠けているのではないのか。

叫び声をあげたい。それに、周瑜は躰《からだ》を固くして耐えた。負ければ、死がある。

しかし、死ぬのがこわいわけではない。艨衝に乗って敵船に突撃していけたら、どれほど楽だろうと思う。

　ここが、正念場かもしれぬ。周瑜は、自分にそう言い聞かせた。大将たる者は、一度は乗り越えなければならないものがあり、自分はいまそれとむかい合っているのではないか。

　時々垣間見《かいまみ》せた、孫策の暗い翳《かげ》を思い出す。あれは、やはりひとりで耐えていた姿だったのだろうか。

　夜が明けた。

「太鼓を打て。出撃の旗を掲《かか》げよ」

　櫓の上から、周瑜は大声をあげた。恐怖に似たものは、まだ心でわだかまっている。しかし、戦がはじまるのだ。殺し合いなのだ。心の中がどうという前に、ひとりでも多くの敵を殺すことだ。

　小型の軍船が動きはじめていた。伝令船も行き交っている。やがて、二十五艘《そう》ずつ一団となった艨衝が、次々に出ていった。十八団の艨衝があり、その中の三団は船底が平らではない先艨衝だった。

　周瑜は、櫓から降りた。旗艦が動きはじめる。

「騎馬や歩兵の移動とは、また違うな」

孫権《そんけん》がそばに立って言った。

「これほどの水軍があれば、曹操《そうそう》も恐るるに足らぬ」

「まだ戦をしておりません、殿。そういうことは、戦をして勝ってから言うことです」

「そうだな。しかし、周瑜《しゅうゆ》がいるので、すでに勝ったような気持になる」

「いけませんぞ。戦では、なにが起きるかわからないのです。孫《そん》家は、いやというほどその苦渋を舐《な》めてきたではありませんか」

「まことに、そうだな。父上がそうであった。兄上も、同じようなものだ」

「水軍の戦とはこういうものだと、よく御覧になられることです。これからは、殿御自身で水軍を率《ひき》いて闘われることも、必ずあるのですから」

孫権は、二十二歳になっていた。周瑜は二十九歳である。もう、若い将軍と言ってはいられなかった。

一日、溯上《そじょう》した。

黄祖《こうそ》の水軍が待ち構えているところまで、まだ五十里（約二十キロ）はある。軍船の数では、こちらが多い。しかし陸上の兵まで含めると、劉表《りゅうひょう》の増援を仰いだ黄祖の方が多い。とにかく、水の上で勝つことだ。

その夜、束《つか》の間《ま》だが、周瑜は不思議に深い眠りに落ちた。

翌朝は、夜が明けると出発した。旗艦の動きに合わせて進むので、小型の軍船や艨衝《もうしょう》など、楽なものだろう。

「十里上流に敵」

偵察に出ていた小船が戻ってきて、次々に報告を入れてくる。

「戦闘準備」

周瑜は言い、旗を掲げさせた。

艨衝が、二十五艘ずつ、錐《きり》のような隊形を組む。三団の、七十五艘だけ、太鼓の合図で右翼《うよく》へ迂回《うかい》させた。

艨衝は、敵船に突っこむと、そのまま毀《こわ》れるか、一緒に沈む場合が多い。艨衝の後方には小型の軍船がいて、艨衝に乗っている兵を収容する。さらに、船尾に長い縄を流し、収容に失敗して水に浮いている艨衝の兵を拾いあげる。

小型の軍船の動きも、調練通りだった。

西寄りの風が吹いている。黄祖は、追い風を受け、しかも流れに乗ることになる。見えてきた。はじめは点のようだった船影が、見る見る大きくなってきた。しかし、二里（約八百メートル）の間隔で、速度を落とした。風と流れに乗り、いつでも突っこめると思っているのだろう。周瑜《しゅうゆ》は、艨衝《もうしょう》以外の船を、両翼に寄せ、中央を空けた。

突っこむと、艨衝も両脇《りょうわき》によける。黄祖《こうそ》はそう読んでいるだろう。中央を突き抜けると、下流で風下ということになるので、それを警戒しているはずだ。中三団の先艨衝《せんもうしょう》が、右へ大きく迂回して進みはじめた。それには、型の軍船を遮《さえぎ》るようにむかわせている。三団の先艨衝は、遠くへ、そして上流へ、押しやられるようにして消えていった。

孫権《そんけん》が、そばに立っていた。息を呑《の》んで見ている。自分が、恐怖すらも忘れていることに、周瑜は気づいた。

「殿、御覧になるがいい。これが、揚《よう》州孫《そん》家水軍の戦です」

言って、周瑜は片手を挙げた。赤い旗が挙げられた。艨衝が、一斉に動きはじめる。

敵の艨衝も出てきた。艨衝同士がぶつかり合い、兵が水に放《ほう》り出されている。小型の軍船が素速く近づき、敵兵は水面に出ている頭を叩《たた》き割り、味方は拾いあげる。上流にいて風に乗っているだけに、黄祖軍の艨衝の方が動きがよかった。巧みに間を縫って、旗艦の前衛の軍船に近づいてくるものもいる。

「かなりの調練を積んだようですな、黄祖の水軍も」

「手強《てごわ》い、という感じがする。艨衝に、だいぶ攻めこまれてはいないか？」

「当然、あちらが上流で、しかも追い風を受けています。戦場の選び方もいい。浅くて流れが強くなっているところです」

「私なら」

「どうされます？」

「全軍を、横に回す」

「それは、敵に船腹を見せる恰好《かっこう》になります。艨衝のいい餌食《えじき》ですな」

「いくらかの犠牲は、仕方がないと思う。こちらの方が、船の数は多いのだ」

「多ければ、犠牲を払ってもいい。そう考えていると、いずれ負けます。多ければ多いほど、犠牲も少なく済まさなければならないのです」

「しかし」

「御覧なされい。あれが、黄祖の旗艦です。押し気味と判断して、全軍を前へ出そうとしています。わかりますか、殿？」

「私も、押されているように見える」

「流れも風も、いつも味方とはかぎらないのです。それが、水上のこわいところです。旗艦は、それほど速く動けません」

「それは、わかるが」

「あれを」

周瑜《しゅうゆ》は、黄祖《こうそ》軍の背後の方を指さした。

「いま、黄祖の旗艦の後ろは手薄になっております。あそこに小さく見えるのは、迂回したわが軍の艨衝《もうしょう》七十五艘《そう》です。これは、先艨衝《せんもうしょう》と言って、特別に速い。しかも、帆を出します。風の力は、敵の十倍も利用します。いま、帆をあげました」

「敵も、気づいておる」

「なんの。船を反転させ、流れに逆らい、風上にむかわなければ、旗艦の背後は守れないのですぞ。その前に、先艨衝は、黄祖の旗艦に突っこみます」

「まことにか？」

「あの速さを、よく御覧ください。あれが、孫《そん》家の水軍の精鋭です」

孫権《そんけん》が、息を呑んでいるのがわかった。敵も同じだろう。それほどの速さで、先艨衝は突っこんでくる。

周瑜は、旗艦を川の中央にむけた。すでに、大型の軍船は前へ出ようとしている。

黄祖の旗艦に、先艨衝が吸いこまれるようにぶつかっていった。一艘や二艘ではない。二十艘以上は、ぶつかっている。すぐに、黄祖の旗艦は傾きはじめた。火も出ている。

「ここで、はじめて側面に回るのです、殿。黄祖は、すでに小船で逃げているでしょう。水上の敵船は殲滅《せんめつ》し、大型の軍船は着岸して兵を降ろします。輸送船の馬も、降ろさせます。もう、頭は陸戦に切り替えてください。風のように襲《おそ》い、敵を揉《も》みに揉みあげる、孫家の戦をいたしますぞ」

太史慈《たいしじ》が率いる旗本《はたもと》の二千騎。それに歩兵が一万。それが、第一軍だった。第二軍、第三軍まで続くが、第一軍だけで追撃を開始した。黄祖は小船で上陸し、すでに騎馬隊に守られて江夏《こうか》の城へむかっている。

途中で遮《さえぎ》る敵は蹴《け》散《ち》らし、追いに追った。

騎馬隊三千と、歩兵が五千。そのうちの二千騎と歩兵が反転してきた。かなり精強な軍だ。周瑜は、躊躇《ちゆうちよ》しなかった。先頭で、ぶつかった。孫権がいる。その横には太史慈がいる。押し勝った。あとは相手にせず、一千騎を追った。後方二里（約八百メートル）まで迫ったが、江夏城外の防衛線の中に飛《と》びこんでいった。塹壕《ざんごう》と柵《さく》。ものともせず、突き破り、跳び越えた。かつて孫策《そんさく》が攻めた場所とは違う、新しい江夏《こうか》城である。

黄祖《こうそ》は、そこへ入っていった。守兵は、それほどいるとは思えない。しかし、堅城だった。第二軍が到着し、第三軍が姿を見せた時は、すでに攻囲の態勢は整っていた。

第三軍が、城外の残敵を掃討していく。

「今度こそ、黄祖の首を揚《よう》州に持ち帰る」

本営の幕舎《ばくしや》の中で、孫権《そんけん》が言った。

「それにしても、周瑜《しゆうゆ》の水戦は見事なものだった。いろいろと、学ばせて貰《もら》った」

「荊《けい》州の水軍も、馬鹿にはできません。江陵《こうりよう》に大兵站基地《だいへいたんきち》と造船所を作っているようですし。江夏には、船も兵糧《ひようろう》もすぐに補給できます。江夏を奪《と》り、いずれ江陵を攻める。そこまでの展望を、殿はお持ちくださいますように」

「わかっている、周瑜。いずれ曹操《そうそう》が南下してくることまで、私は視野に入れている」

まだどこか甘いところがあるが、孫権の判断力は完成されたものだった。特に民政に関しては、失敗はひとつもない。

「江夏は、奪れる。江夏を奪れば、揚州は飛躍できる。かつて父上が拠《よ》って立たれた、長沙郡《ちょうさ》にもたやすく手をのばせる」

「荊州の兵は、弱兵です」

太史慈《たいしじ》が言った。

「実戦を重ね、調練も積んでいるのは、黄祖の兵だけです。劉表《りゅうひょう》からの援兵は、士気も低く、まとまりもありません。どうも襄陽《じょうよう》で軍を掌握《しょうあく》している、蔡瑁《さいぼう》という者が、無能なのですな。兵を見て、それがわかります」

江夏城は、すでに落としたような雰囲気だった。

周瑜は、かすかに高揚する気持を抑えていた。はじめて、総指揮を執《と》った、大きな戦だった。見事に勝つことができたのだ。戦の前の、自分を苛《さい》んだ恐怖に似たあの感情はなんだったのだ、といまは思い返せる。

酒宴になった。

兵糧から、酒や武具まで、輜重《しちょう》で運ぶ必要はない。大型の輸送船が数艘あれば、それで足りてしまう。

孫権は、自ら周瑜に酒を注《つ》いだ。

建業《けんぎょう》から注進が届いたのは、攻囲をはじめて十日ほど経《た》った時だった。

孫権が、顔色を変えた。

丹陽《たんよう》郡の南の山岳地帯で、山越《さんえつ》族が叛乱《はんらん》を起こしたというのだ。注進に間違いはなかった。一万という数字もわかった。その一万が、それぞれに分かれて、叛乱に同心する者を募《つの》りながら進んでいるというのだ。

「山越の者ども、帰順を誓いながら、よくも裏切ってくれた。皆殺しにしてくれる」

めずらしく、孫権《そんけん》は感情をむき出しにした。山岳部の鎮撫《ちんぶ》は、孫権自身でやった。だからなおさら、叛乱には腹を立てているのだろう。

周瑜《しゅうゆ》は、劉表《りゅうひょう》の策謀《さくぼう》の匂《にお》いを嗅《か》いだ。少なくとも、武器の援助の約束ぐらいはしているだろう。しかし、口には出さなかった。

戦全体を見渡してみれば、実戦で勝ち、謀略戦で負けたということなのか。

「一度、兵を退《ひ》きましょう、殿。山越族は、建業《けんぎょう》の南で動いています。つまり、曹《そう》操《そう》に対した時は、背後を脅《おびや》かされるということです。中途半端な鎮撫では、また、こういうことが起きます」

「皆殺しだ。根絶《ねだや》しにしてくれる」

「落ち着いてください、殿。いかに少数民族とはいえ、揚《よう》州に三十万の山越族はいるはずです。たやすく根絶しになどできません」

「しかし、周瑜」

「山越族を、孫権軍の中に組みこむ。そういう鎮撫を、たとえ時をかけてもやるべきです。とりあえず、叛乱を押さえる。それは速《すみ》やかにやりましょう。この軍を、建業まで戻さず、そのまま鎮圧に当てればいいと思います。あとは、時をかけて」

「しかし、江夏《こうか》を眼前にして」

「戦では、なにが起きるかわからぬ、と申しあげました。それを実際に学んだだけで、よしといたしましょう。黄祖《こうそ》はだいぶいためつけましたし、わが軍の犠牲はわずかで済んでおります」

「そうだな。確かにそうだ」

孫権が、肩を落とした。

「済まぬ、周瑜。私の鎮撫が甘かったために、せっかくの勝ち戦で、江夏を奪れなかった」

「殿が、そんな謝り方をなさってはなりません。山越族を完全に味方につけ、わが軍に組みこんだ時、思い返してみればいいという程度のものです」

周瑜は、陣払《じんばら》いを命じた。

幕舎《ばくしや》の周辺がにわかに騒々しくなったが、孫権はまだ肩を落としたままだった。

2

黎陽《れいよう》に、五万の兵を入れた。

河北《かほく》制圧の拠点が、これほど早く役に立つとは、曹操《そうそう》も考えていなかった。袁《えん》紹《しょう》の息子《むすこ》たちの、自制心のなさは、曹操の想像以上だった。

南に、兵を動かした。つまり、河北への圧力を緩《ゆる》めてやった。袁尚《えんしょう》と袁譚《えんたん》の暗闘が激しくなり、袁《えん》家の力が衰弱していくだろうと読んだのだが、袁紹の長男と三男は、あろうことか武力で争いはじめたのである。結果、袁譚が負け、平原《へいげん》郡まで敗走した。

兄弟の配下とは、それぞれ程昱《ていいく》や荀攸《じゅんゆう》が接触を試みていた。負けた袁譚の配下が、程昱の誘いに乗った。

袁譚は曹操に降伏し、同時に救援を求めてきたのである。

「事がうまく運びすぎている、という気がいたします」

黎陽の城内の館《やかた》で、夏侯惇《かこうとん》が言った。袁譚の降伏が、その場を凌《しの》ぐための偽装ではないか、と疑っているのだ。曹操は、疑うのではなく、はじめから偽装と見ていた。

「これから袁尚を鄴《ぎょう》へ追い返す。すると袁譚はおかしな動きをはじめるだろう。それは放《ほう》っておけ」

「なるほど」

「河北の制圧は、まず鄴を奪《と》ること。次には、冀《き》州を中心とする豪族たちの懐柔《かいじゅう》。袁紹の倅《せがれ》どもの始末は、最後でよい」

いま、平原の袁譚は、冀州から来た袁尚軍に囲まれて、虫の息というところだ。曹操が進攻する姿勢を見せれば、袁尚軍は立ちむかってくるか。それで、袁尚の肚《はら》の据《す》え具合もわかる。あっさりと逃げ出すようだと、袁尚という男も知れたものだった。激しく抵抗するなら、河北の豪族の中にはまだ袁家を選ぶ者が多いだろう。

しかし、袁紹はなぜ、息子《むすこ》たちをもっとしっかりと育てておかなかったのか。後継を決めなかったのが、やはり大きいと思える。河北四州の中心である冀州を領しているので、なんとなく袁尚が後継という扱いをする豪族が多いだけだ。

自分にも、息子がいる。曹丕《そうひ》と曹植《そうしょく》である。十七歳と十二歳になった。嫡男《ちゃくなん》の曹《そう》昂《こう》は、淯水《いくすい》のほとりで張繡《ちょうしゅう》に襲《おそ》われた時、甥《おい》の曹安民《そうあんみん》や典韋《てんい》とともに死んだ。

曹丕には、十五歳になった時から、女も与えてあった。三十を過ぎた寡婦《かふ》で、閨《けい》房《ぼう》の技にはたけている女を選んだ。次に、十五歳の娘を与えた。ひと時は女体に溺《おぼ》れたようだが、半年ほどでそれはやんだ。二人の女を取りあげ、それぞれ相手を見つけて嫁《とつ》がせた。

それで、幼いなりに、曹丕《そうひ》には、女がなにかということがわかったようだ。好色であってもいい。溺れなければいいのだ。

曹丕と曹植《そうしょく》のどちらを自分の後継にするか、曹操《そうそう》はまだ本気で考えたことがなかった。

嫡男《ちゃくなん》の曹昂《そうこう》を死なせてしまった、というこだわりがどこかにあるのかもしれない。しかも、曹操が曹昂の馬で逃げたから、死ぬことになったのだ。曹昂には、天下を取る器量はなかった。あの時もいまも、自分にそう言い聞かせている。だから、自分が助かるべきだったのだ。

勝手な思いこみであることは、わかっていた。張繡《ちょうしゅう》の襲撃も、自分の油断と軽率さが招いたことだったのだ。

「いつ、黎陽《れいよう》を出られますか？」

「二、三日のうちだ、夏侯惇《かこうとん》。戦《いくさ》の心構えだけはしておけ」

「それは、もう」

「兵数は、六万。黎陽には、二万を残しておけばよいであろう」

「そのように、準備いたします」

「曹丕も、平原《へいげん》に伴うぞ」

夏侯惇が、眼帯に手をやった。考える時の、癖《くせ》である。

「負けた家の倅がどういうものか、よく見せてやる」

「なるほど。そばには、誰《だれ》を置きましょうか？」

「張郃《ちょうこう》を付けよ」

「しかし、それは」

「もともと、袁紹《えんしょう》の部将であった。それもまた、よく見るがいいのだ」

「かしこまりました」

夏侯惇が退出する。

黎陽の館は、ずいぶんと居心地がよくなっていた。火も、二カ所に入れられるようになっている。河北《かほく》は、これからは寒い季節になる。

二日後に、黎陽を進発《しんぱつ》した。

それを知った袁尚《えんしょう》が、鄴《ぎょう》に撤退《てったい》しつつある、と袁譚《えんたん》の伝令が知らせてきた。このまま鄴を衝《つ》くべきだという意見が幕僚《ばくりょう》の中にあったが、それはやめておいた。鄴を攻めるには、兵力が足りない。次に鄴《ぎょう》を攻める時は、必ず落とそうと曹操《そうそう》は思っていた。

平原《へいげん》まで、抵抗らしい抵抗は受けなかった。

迎えた袁譚《えんたん》は、何度も拝伏した。いささか卑屈すぎる、と感じられるほどだった。

張郃《ちょうこう》は横をむいて、苦しそうな表情をしている。

「袁紹《えんしょう》殿の喪《も》もあるだろうと思って、私は兵を退《ひ》いた。二年は、河北《かほく》を攻めないつもりでもいた。それをいいことに兄弟喧嘩《きょうだいげんか》とは、なんという浅ましさだ。なぜまた、こんなことになった、袁譚殿？」

「私は、袁紹本初《ほんしょ》の嫡男です。嫡男として袁《えん》家をまとめようとしても、弟に反対されてしまうのです」

「三男の袁尚《えんしょう》殿とは、そのように身勝手なのか？」

「黎陽《れいよう》を攻められた時に、おわかりになったはずです。鄴に十数万の大軍を擁《よう》していながら、黎陽を守るために送った兵は三万。しかも自分で指揮をしてきて、あまり働かせようともいたしませんでした」

「困ったものだな。それで、袁譚殿は、なにを望む」

「いまはただ、わが領土と領民を守りたい、という思いがあるだけでございます」

「青州《せい》を望むというのだな。わかった。青州刺史《しし》のままでいられるよう、私から朝廷に奏上しておく。今後、袁尚殿が再び攻め寄せてくることがあれば、私が打ち払おう。だから、袁譚殿も、決して鄴を攻めてはならぬ。それが、袁紹殿に対する弔いだと思え」

「決して、鄴を攻めはいたしません。しかし、弟はまた攻めてくると思います」

曹丕《そうひ》は、眼《め》を細め、不快そうな表情で袁譚を見ていた。張郃は、やはり袁譚の方を見ていない。張郃の大きな手が握りしめられ、ぶるぶるとふるえていた。

「よい。袁尚殿が青州を攻めることがあれば、私が許さぬ。安心して、青州の治政に励め」

袁譚が、また拝伏した。

その間に、曹操は腰をあげた。袁紹は、愚かな息子《むすこ》を持った。その思いが、かすかな切なさを伴ってこみあげてきた。

幕舎《ばくしゃ》に、曹丕を呼んだ。

張郃が、そばに付いている。かつて、袁譚に付いていたこともあったはずだ。張郃の拳《こぶし》は、まだ握られたままだった。

「父上、私には袁譚の降伏が、まことのようには思えません」

「父上は、袁紹《えんしょう》殿の仇《かたき》ではありませんか。本来ならば、たとえ殺されても、斬《き》りかかるのが当然。それは、袁譚《えんたん》にもわかっているはずです。ああやって膝《ひざ》を屈しているのは、いずれ隙《すき》を見て、と考えているに違いありません」

「ほう、なぜだ？」

「張部《ちょうこう》は、どう思うのだ。袁譚については、よく知っているのであろう」

「無念です」

「なにがだ？」

「袁譚様が丞相《じょうしょう》に斬りかかったら、私が首を打とうと思っておりました。そうやって死なせるのが、かつて臣従した者のつとめだと、思い定めておりました」

「首を打ってくれ、という素ぶりはなかったな」

「そこが、無念なのです」

「おまえは、主《あるじ》を間違えたと悟って、袁紹殿のもとを離れたのであろう。それでも、やはり無念なのか？」

「男子たる者、死を選ぶべき時がございましょう。それすら、袁譚様は忘れておられます」

「わかった。もうよい」

「父上、袁譚をこのままにしておかれるおつもりですか？」

曹丕《そうひ》が、身を乗り出すようにして言った。

「なにか、やります。必ず、なにかやると思います」

「やればよい。それで、袁譚を討《う》つ名分も立つというものだ」

「丞相、その時は、私に先陣を」

「無理をするな、張郃。今日、おまえを立ち会わせたのさえ、残酷なことだったと、いまは後悔しているのだ。この上、袁譚を討たせようなどとは思わぬ」

張郃がうつむいた。

三日平原《へいげん》にいただけで、曹操《そうそう》は黎陽《れいよう》に戻った。

荀彧《じゅんいく》を、許都《きょと》から呼んだ。

「長征になる。十五万の軍で、どれほどの長征が可能か？」

「まず一年」

「短すぎる」

「そうおっしゃられても、兵站《へいたん》は続きません。ただし、この黎陽を拠点にしていたら、ということでございますが」

「鄴《ぎょう》を拠点にし、冀《き》州を速やかに平定する」

「ならば、二年」

「三年にしろ、荀彧《じゅんいく》。河北《かほく》の豪族たちは、思いのほか頑固《がんこ》だぞ」

「実際には、最低で二年です。領地は日々増えていくのでありましょうし。いつまでも、その気になれば遠征は可能かもしれません」

いま蓄《たくわ》えてある兵糧《ひょうろう》を鄴に運びこんで、二年は保《も》つと荀彧は言っているのだろう。つまり、冀《き》州を制してしまえば、兵站《へいたん》の心配はないということだ。

「荀彧、おまえは黎陽《れいよう》にいろ。許都《きょと》のことは、荀攸《じゅんゆう》や程昱《ていいく》らに任せておけばいい。鄴を落としたら、鄴に移れ」

「つまりは、冀州の民政を、私が担当するのでございますか？」

「すでに荒れている。これから、もっと荒れる。それを、速やかに立て直して貰《もら》いたい。一年で税があがるようにしてくれ」

「また、無理を私に押しつけられますか、丞相《じょうしょう》は？」

「私とおまえは、どうもそういう縁《えん》のようだ」

曹操《そうそう》が言うと、荀彧は苦笑した。

荀彧はそのまま黎陽に留《とど》まり、長征の準備にかかった。まずは兵糧の移送である。今回だけは、兵は最後でいいと思っているようだ。

　曹操は、夏侯惇《かこうとん》と長征軍の編成を決めた。

　南にも西にも備えは必要で、十五万はいくらか無理があった。鄴を落としたら、あとは十万の軍勢での長征が限界だった。

「ところで、夏侯惇。ちょっと気になることがある。河北ではなく、荊《けい》州のことだ」

「揚《よう》州ではなく、荊州でございますか」

「曹仁《そうじん》に、八門金鎖《はちもんきんさ》の陣をとらせた」

「つまり、劉備《りゅうび》のことですな」

「あの男のことだ。要心して、陣に攻めこむことはしまいと思っていた。ところが、攻めこんできて、見事に陣を破った。私は、ちょっと驚いたぞ。絵に描《か》いたように、陣を破ったのだからな。もしかすると、軍師を得たのかもしれん。そうなると、厄介だ」

「調べてみます」

「頼む。気になってならなかったことだ」

　夏侯惇が頷《うなず》いた。

3

平原《へいげん》の袁譚《えんたん》を、また袁尚《えんしょう》が攻めた。

当然のことのように、袁譚は救援を依頼してきた。

曹操《そうそう》は、十五万の軍勢を黎陽《れいよう》に集結させた。しかし、平原にはむかわず、直接、鄴《ぎょう》にむかった。はじめから、決めていたことだった。鄴を攻めるので、やがて袁尚は平原から退《ひ》くだろう、と袁譚には知らせてやった。いまのところ、袁譚は曹操に降伏して、こちら側に立った人間なのだ。

黎陽から、鄴への道。わずか四百里（約百六十キロ）にも満たないが、曹操は緊張していた。鄴を落とすための戦《いくさ》ではない。冀《き》州を制圧するための戦なのだ。点ではなく、線でもない。面を制しなければならないのである。そのためには、沿道の豪族をこちらに帰順させたい。そうやって、面を拡《ひろ》げていきたい。

まずは、この道だった。昨年進軍した時の、豪族たちのさまざまな抵抗を思い出す。

昨年ほどの、抵抗はなかった。しかし、帰順してくる者も、まだ多くない。

鄴城《ぎょうじょう》内には、手をのばしてあった。劣勢になると、必ず裏切る。そういう人間がひとりか二人はいるものだ。

守将のひとりが、投降したい意志を持っていた。しかし、総大将の審配《しんぱい》の監視は厳しいらしい。やがて投降が発覚しそうになり、鄴城内で交戦して脱出してきた。これは、いい兆《きざ》しである。ほかにも、内応者が二人か三人は出るだろう。

鄴の近郊に到着した。

徐々に、曹操は攻囲の構えをとっていった。本営は、鄴城に十里（約四キロ）の位置。高台で、自軍の布陣と鄴城の城壁がよく見える。

一万ほどの軍勢が、出てきた。

正面の先鋒《せんぽう》には、張遼《ちょうりょう》、張郃《ちょうこう》を中心とした騎馬隊を置いていて、その中には曹丕《そうひ》もいる。息子《むすこ》だから本営でのうのうとさせておく、ということはしなかった。前線にいて、兵と同じ苦しみを味わう。まず曹丕がやらなければならないのは、それだ。

「審配が率《ひき》いている軍勢です。さかんにこちらを挑発しているのですが、殲滅《せんめつ》の許可をいただけませんか？」

「やってみろ。ただ、犠牲はあまり出すな。敵を勢いづかせる」

伝令が戻っていった。

しばらくして、張遼《ちようりよう》、張部《ちようこう》の騎馬隊が、二方向から正面の敵にむかっていった。およそ一万五千。審配《しんはい》は、小さくかたまってそれを受けた。敵が拡がっていないので、なかなか騎馬隊で突き崩せないでいる。見ているかぎり、審配という男の指揮は見事なものだ。下手《へた》をすると、一万五千を押してきかねない。

しかし、押した先になにがあるというものでもなかった。城内の士気を高めるために出てきたのだろう、と曹操《そうそう》は思った。騎馬のあげる土煙《つちけむり》で、鄴城《ぎようじよう》は霞《かすみ》の中にあるように見える。

やがて、一万が後退しはじめた。張遼と張部が、交互にぶつかっては、圧力をかけている。曹操は、旗をあげさせる準備をした。押し続けると、危険である。

さらに、敵が退《さ》がった。張遼と張部が、一緒になって押しはじめる。押す勢いが強くなった。曹丕《そうひ》はどこにいるのか。見きわめられないのはわかっていても、曹操は束《つか》の間眼《まめ》を凝《こ》らした。

城門まで、敵が退がっていく。

「旗を」

言いかけた時、張遼と張部の騎馬隊は反転して戻ってきた。城壁には、多分万を超《こ》える兵がひそんでいるだろう。そして下まで来た時、一斉に矢を浴びせる気だ。そうなれば、犠牲が大きすぎる。張遼も、すぐにそれを覚《さと》ったようだ。曹操があげさせようとした旗は、退却の鉦《かね》を打つための合図だった。

審配の兵が、城門で鯨波《とき》をあげ、城内に消えていった。

「審配は、意気盛んであります」

しばらくして、張郃が曹丕を伴って報告に来た。

「もともと、気力は充実している男です」

「しかし、軽率に攻めこまずに、よく退《ひ》いた」

「それは、曹丕様のお指図でした。これ以上近づくと、矢を浴びると」

「そうか」

曹操が喜ぶと思って、張郃は言ったようだった。小賢《こざか》しいことを、とだけ曹操は思った。あの場にいて矢のことが気になったのなら、周囲の者に守られて、直接敵とぶつかってはいなかったのだろう。

「審配という男、なかなかに胆《きも》が据《すわ》っていると見たが」

「審配をひと言で表現すれば、忠烈《ちゅうれつ》ということでございましょう」

「家が隆盛の時は忠烈と呼べる者も多いが、傾いた時になお忠烈であるというのは、まことの武将だな」

「考え方は、固いと思います。奇策をもってこちらを攻めてくるということは、まずありません。ただ、守りに徹すれば、死ぬまで守りきる。そういう男です」

「こちらに、引きこめぬか、張郃《ちょうこう》？」

「城を落とすより、難しいと私は思います」

「そうか、無理か。いや、訊《き》いてみただけだ。おまえは、審配《しんはい》をよく知っているであろうし」

「私は顔良《がんりょう》の下にいて、そちらはよく知っておりました。審配には、ただ命令を受けただけです。そのかぎりで言えば、さまざまな策をめぐらすというより、剛直であり、文官でありながら、顔良や文醜《ぶんしゅう》よりむしろ軍人らしかった、と思います」

つまり、籠城戦《ろうじょうせん》などでは、なかなか頑強だということだろう。袁紹《えんしょう》の遺臣の支持も集めているのかもしれない。

曹丕《そうひ》は、なにも言わず、じっと張郃のそばに立っている。

「よし、張郃は退がれ。張遼《ちょうりょう》とともに正面の守備は続けよ。明日には、攻囲の構えができあがる。それまで、もう正面から敵を外に出すな」

「心得ました」

張部が退出すると、曹操《そうそう》はようやく曹丕に眼をむけた。

「長い滞陣になるかもしれぬぞ、丕《ひ》」

「覚悟はしております、父上。ただ、私にはこれからもずっと、張部が付いているのでしょうか？」

「不満か、張部では？」

「戦をさせてくれません。私を安全なところにしか置こうとしないのです。張部の気持が、わからないわけではありませんが」

その言い方も、小賢しいことのように曹操には聞えた。しかし、叱《しか》るようなことではなかった。

「張部は付けておく。前線へ出たいというのは、おまえの希望として張部に言うがいい。私に許可を求めてくるだろうが、私はそれを禁じぬ」

「鄴《ぎょう》への一番乗りを、目指したいのです」

「おまえは、部将ではない。功名のために命を賭《か》けることもない。それより大事なことが、多分あるはずだぞ」

「一人の部将、いや兵卒として、戦を経験することも、必要だろうと思っています。これほどの戦は、私にとってははじめてですから」

「この制圧戦には、ずっとお前を伴う。いずれ私のそばに置くつもりだが、それまでは張郃《ちょうこう》のもとにいて、好きにやるがいい」

「わかりました。父上のそばに置いていただいても、邪魔にならぬような男になろうと思います」

十八歳になったばかりだ。やはり小賢しい言い方だ、と曹操《そうそう》は思った。それでも、袁紹《えんしょう》の息子《むすこ》たちよりは、ずっとましなのか。

曹丕《そうひ》も退出すると、曹操は幕舎《ばくしゃ》の中でひとりになった。戦陣では、ひとりになることを好んだ。途中で人と喋《しゃべ》ると、考えがまとまらなくなる時がある。だから、本気で考えこんでいる時は、許褚《きょちょ》に人の出入りを制限させていた。

三日ばかりひとりの夜を過ごしたが、四日目の夜に、荀彧《じゅんいく》を呼んだ。

すでに、攻囲の態勢はできあがり、いまは幕舎に代る曹操の営舎が建てられはじめていた。荀彧がいるだけで、曹操は事務的な煩雑《はんざつ》さからは解放されている。

「あと三日ばかりで、営舎が完成いたします。幕舎の御不自由も、いましばし耐えていただければ」

「それはよい。今夜は、鄴城《ぎょうじょう》を落とす方法を、おまえと話し合いたかった。どうせ、なにか考えているのであろう？」

「まず、城内の誰《だれ》を引きこむか。審配《しんはい》の甥《おい》で、審栄《しんえい》と申す者がおります」

「転びそうか？」

「時はかかります。ただ、叔父《おじ》と違ってどこか気の弱いところがあるようです。むこうから連絡できる方法を作っておこう、と思っておりますが」

「ほかには？」

「平原《へいげん》で袁譚《えんたん》を囲んでいる袁尚《えんしょう》を、先に討《う》つことですな。それで、籠城《ろうじょう》の意味はなくなるのですから」

「難しい。ここは冀《き》州だ。地の利はまだ袁尚にある。袁尚が現われたら、手を貸そうという豪族も出てくるだろう。打ち破るだけならたやすいことだが、首を取るのは難しい。打ち払うより、袁尚が戻ってくるのを、ここで待とうと思う」

「鄴が落ちれば、袁尚は困りますからな。鄴が危ういということになれば、戻って参りましょう。いまの袁尚は、審配が鄴をしっかり守ると信じていると思われます」

「だから、鄴を締めあげる方法だ」

「鄴をよく知る者」

「張部がいる。高覧《こうらん》も」

二人とも、袁紹《えんしょう》の部将だったが、官渡《かんと》で降伏してきたのだ。しかし、心の底のどこかには、まだ袁《えん》家に対する思いが残っているだろう。闘えと命ずれば闘うだろうが、自ら鄴《ぎょう》を落とす方法を献策して手柄とするのは、潔しとしない男たちだった。また、そういう男でなければ、曹操《そうそう》も降伏した者をそのまま部将として使ったりはしない。

「軍人ですか、二人とも」

「無理なことをやらせれば、使いものにならなくなる。戦の無理ではなく、心を引き裂くような無理だ」

「ならば、鄴が落ちて喜ぶ者。冀《き》州を欲しがっている者」

「やはり、あの男かな」

許攸《きょゆう》。官渡の戦で、袁紹軍の兵糧《ひょうろう》が烏巣《うそう》にあるという情報を土産《みやげ》に、寝返ってきた男。その報酬が、冀州一州と約束してある。その冀州が、いま自分のものになろうとしているのだ。

「もともと強欲な上に、いまは陣中でも傲慢《ごうまん》な態度が目立ちます。嫌っている者も多いのですが」

ここで許攸に手柄を立てさせる。それは幕僚《ばくりょう》たちに、いやな思いをさせることになるとはわかっていた。ただ、いずれ許褚《きょちょ》が斬《き》り殺すはずだ。その許可は、官渡の戦の時に、すでに与えてある。

「丞相《じょうしょう》は、許攸の不人気を御承知の上で、鄴の攻撃軍に伴われたのではないのですか？」

荀彧《じゅんいく》は、さすがに鋭かった。

「よし、許攸を軍議に連れてこい」

「鄴が落ち、少しでも許攸の手柄があったとしたら、その日から冀州の主のような顔をいたしますぞ」

「許攸も、冀州を辞退するぐらいなら、長生きができるのにな」

荀彧が頷《うなず》く。曹操がここで許攸を処断する気でいることは、遠征軍の幕僚に加えた時から、察していたのだろう。

「荀彧、私はここ数日、ずっと鄴の城を眺めてきたが、弱点らしい弱点を、見つけられなかった。このままでは、兵糧が尽きるまで、一年以上も囲まなければならなくなる」

「さすがに、袁紹が本拠としたところです。許都《きょと》と較《くら》べると、だいぶ違います」

「許都の防備は、甘いか？」

「いや、丞相《じょうしょう》と袁紹《えんしょう》の、武将としてのありようの違いが端的に出ているということです。丞相は、いつも攻めることを考えておられる。だから、許都《きょと》の防備に腐心してはおられません。袁紹は、所詮《しょせん》は守りの人でありました」

「そうだな。それが名門の生まれということであろう」

荀彧《じゅんいく》の読みは、いつも深い。

この男が、もし袁紹の下にいたら、と曹操《そうそう》はしばしば考えた。もともとは、袁紹に仕官を勧められていたのだ。

袁紹よりも、自分を買った。つまりは、荀彧に選ばれたのだ。主君が臣下を選ぶ。これは当たり前だが、仕える者が主君を選ぶこともあると、荀彧を見ているとしみじみと思う。自分が主君に値しない人間であったとしても、一度仕官すれば、荀彧のような男は決して裏切らない。主《あるじ》を選ぶ眼を誤った自分を、ただ恥じるだけだろう。

だから、荀彧は曹操がなんと言おうと、最後の最後のところでは、決して自分を曲げはしないはずだ。

「おまえには、苦労のかけ続けだ。いまも、よく思い出すことがある」

「なんでございますか？」

「兗《えん》州で、青《せい》州百万の黄巾《こうきん》軍と対峙《たいじ》した時のことだ。あの時、おまえが話し合いに行った。三月《みつき》ほどはかかったかな。戻ってきたおまえの髪に、白いものが驚くほど増えていた。私のために苦労している、と心が痛んだものだった」

「丞相のためというより、天下のためにやったことです。丞相に尽すことが、天下に尽すことだと、いまも私は信じています」

それだけ言い、荀彧は退出していった。

人情に訴えても、なかなか揺さぶることができない。それが荀彧という男だと思い、曹操は苦笑した。お互いに、心に抱いている志《こころざし》は違う。それは、わかっていた。ただ、それが表面に出てくるとしても、ずっと先のことだ。

荀彧ほどの者なら、多分自分と同じことを考えているはずだ、と曹操は思った。

4

許攸《きょゆう》の献策は、水攻めだった。

居並ぶ部将の全員が、それには怪訝《けげん》な表情をした。鄴《ぎょう》に対して、一時的な水攻めは可能でも、継続することは難しい、と思われていたのだ。

「あとの策は、丞相《じょうしょう》おひとりに申しあげようと思います」

勝ちほこったような表情で、許攸《きょゆう》は軍議の席を見回した。秘策というわけだ。曹操《そう》はそれを許し、あとで営舎に来るように言った。夏侯淵《かこうえん》など、露骨に唾《つば》でも吐《は》きそうな表情をしていた。

軍議が終ったあと営舎に現われた許攸は、満面に笑みを湛《たた》えていた。

「まず、城のまわりに濠《ほり》を掘ることです。深い濠ではなく、人の背丈ほどで構いません。それならば、審配《しんはい》もあまり気にしないと思います。城からの奇襲を防ぐ目的の濠と見るでありましょうから」

黙って、曹操は許攸の顔を見ていた。ここで役立たせるために、この男を連れてきた。殺さずにおいた。そんな気さえしてきた。

「冀《き》州城には、弱点がひとつあります」

許攸は、鄴城《ぎょうじょう》を冀州城と呼んだ。曹操は、黙っていた。

「いずれ、私はその弱点を改めるつもりでおりますが」

冀州は自分のものだ。そう約束したことを、よもや忘れてはいまいな。許攸はそれを曹操に伝えようとしている。曹操は、やはり言葉を発せず、ただ頷《うなず》いて見せた。

「冀州城内の約半分は、漳水《しょうすい》の水面より低いのです」

「意外に思われましょうが、漳水の流れが変りかけた時に、袁紹《えんしょう》殿が丘と丘の間に土を積ませたことがありました。それで、わかったことです」

「なんと」

漳水は、幷《へい》州の山から集まった水が作った流れで、最後は河水《かすい》（黄河《こうが》）に注《そそ》いでいる。水量は、少なくない。

「私がなぜそれを知ったかというと、丘と丘の間を土で塞《ふさ》ぐ仕事を命じられたのが、私だったからです。理由は教えられませんでしたが、調べようという気にはなります」

「しかしなぜ、そんな場所に城を築いたのだろう？」

「昔は、漳水がもっと離れたところを流れていたようです。水は土を運び、その土の一部は徐々に川底に積もります。次第に、川底が高くなるのです。二百年も三百年もかけての話ですが。高くなった時、大雨がきて溢《あふ》れ、流れが低い方へ移る。そのくり返しなのでございましょう」

「漳水の川面が低い時に、鄴城は築かれたということだな」

「いま、漳水まで丘ふたつが隔てております。その一番低いところに、土を積む必要があったのかどうか、わかりません。ただ、袁紹殿は用心深い性格でした。丞相も、それはよく御存知《ごぞんじ》でしょう」

「土を積んだ丘のところを切り開き、水路を掘れば」

「冀州《き》城は、半分水没いたします。兵糧倉《ひょうろうぐら》なども、かなりやられることになりましょう」

「審配《しんはい》は、知っているのか？」

「知っていたのは、多分、顔良《がんりょう》と文醜《ぶんしゅう》ぐらいのものでありましたろう。私とて、教えられたわけではありません」

「袁尚《えんしょう》も、知らんな」

「鄴《ぎょう》を奪《と》れば、漳水《しょうすい》の流れを変える工事をするか、鄴全体を人の高さほど高くするかですな」

許攸《きょゆう》は、嬉《うれ》しくて仕方がない、という表情をしている。

もしほんとうなら、この男の情報に、二度も助けられたことになる、と曹操《そうそう》は思った。これ以上、なにか情報が出てくるのか。出てくるとして、どれほどのものなのか。

「これは、冀州ひとつでは足りないほどだな」

曹操が言うと、許攸はまた喜びを嚙《か》み殺したような表情をした。

「しかしな、冀州になにかを足《た》すというわけにもいかぬ。冀州ひとつで我慢して貰《もら》うしかないぞ、許攸。もっとも、その冀州もまだ奪ったわけではない」

「必ず、奪れます。水没させれば、守備力は半減どころか、極端に落ちましょう。あとは、時をかければ」

「助かった、許攸。平原《へいげん》では袁尚が袁譚《えんたん》を囲んでおるし、私は時が惜しかった。いたずらに時をかければ、袁尚が大きくなりかねん」

「これは、張郃《ちょうこう》や高覧《こうらん》という、袁紹《えんしょう》殿の部将だった者にも、できない建策です。なに、私も冀州を頂戴《ちょうだい》するのですから、これぐらいの建策は当たり前のことです」

笑いながら、許攸が退出していった。

しばらくして、曹操は許褚《きょちょ》を呼んだ。入ってくる時も、許褚は茫洋《ぼうよう》としている。虎《とら》のように凶暴ではあるが、どこか抜けた表情なので、虎痴《こち》などと兵に呼ばれたりしていることを、曹操は最近知った。虎痴の眼《め》の色が変ると、兵たちはふるえるという。

「私が以前に許しておいたことを、憶《おぼ》えているか、許褚？」

「そろそろ、我慢できなくなっても、よろしいですか、丞相《じょうしょう》？」

「よいぞ、許褚。このところ、目に余る振舞いもあるようだ」

「機会を見て、斬《き》り捨てます」

曹操《そうそう》は、頷《うなず》いた。

それから、鄴《ぎょう》付近の地図に見入った。

漳水《しょうすい》。確かに、微妙な位置にある。丘を二つ貫く水路を掘るのに、十日。同時に城のまわりの濠《ほり》も掘らせる。こちらは、五日でできあがるだろう。

鄴が水につかる。袁紹《えんしょう》は、鄴の守備を相当に固くしていたが、水を防ぐところまで手が回らなかったのか。

翌日から、曹操は五万の兵を動員して、濠と水路を掘らせた。許攸《きょゆう》が、そっくり返るようにして、陣中を歩いている。これで鄴の城に水が入れば、誰彼《だれかれ》なく自分の手柄を言い立てるだろう。

「やはり、鄴にも隙《すき》はあったようですな」

工事を検分しているところへ、荀彧《じゅんいく》が現われて言った。

「許攸は、もう要《い》りませんな」

「くどいな、荀彧。そんなことを確かめに来たのか」

「いまのところ、私が心を砕いているのは、黎陽《れいよう》から鄴までの街道の確保ですが、これがほとんど問題がありません。手持ち無沙汰《ぶさた》というところですか」

「鄴を奪《と》ったら、冀《き》州の民政に手をつけなければならん」

「実はそれについては、昨年の夏から方々に人を放《はな》って調べあげております。秋の収穫がどれほどあがったか、ということもほぼ摑《つか》んでおります。戦乱さえなければ、冀州は豊かな土地です」

「人も多い」

「さすがに、袁紹は戸籍を役所できちんと整えさせたようです。その役所を押さえれば、人についてもわかりはじめます」

「相変らず、周到だな」

「この戦《いくさ》、長くなりますか？」

「また訊《き》くのか。鄴は、多分数カ月で落とせると思う。難しいのは、各地の鎮撫《ちんぶ》だ。まわりはすべて敵。そう思ってかからねばならん。たとえば、私が飲もうとした井戸の水に、毒が入っているかもしれん。そんなことが、いつ起こるかもしれんのだ。そういう土地を、鎮撫していく。これは、戦よりも難しいことだという気もする」

「長くなる覚悟だけは、やはりしておいた方がよいのですね」

「なにを考えている、荀彧？」

「冀州の民の、今年の税を、免除できないものかと思いまして。そう布告を出しても、豪族たちは領地から税を取ろうとするでしょう。各郡に文官と軍勢を駐留させ、豪族たちの取締りをいたします」

「うむ」

曹操《そうそう》は、腕を組んだ。

「今年のみ、という条件です」

「荒療治だな」

鎮撫《ちんぶ》を、まともに考えたら、まず豪族たちの協力である。それがあれば、多分叛《はん》乱《らん》はない。その豪族たちに税を取るなというのだから、やることは逆だった。

ただ、民はそれで疲弊《ひへい》から立ち直る。結局はその方が賢明だ、と判断できる豪族がどれほどいるのか。こちらの命に従わず、豪族同士で連合しようという動きも出てくるか。

微妙な選択だった。豪族が動けば、叩《たた》き潰《つぶ》せばいい。そうすることで、袁紹《えんしょう》以来の豪族は少なくなってくる。冀《き》州の統治は楽になるのだ。ただ、豪族の叛乱に勢いがつけば、冀州平定は予定よりずっと時がかかり、兵力も使わなければならないことになる。

「自信があるのか、荀彧《じゅんいく》?」

「戦と同じで、やってみなければわかりません。袁《えん》家の息子《むすこ》を冀州から追い出した時に布告を出せば、散発的な反抗で終るという気もいたします。つまり、叛乱の中心がなくなるのですから」

「考えさせてくれ」

「私が調べたかぎりでは、冀州の豪族たちの間だけには、袁紹が営々として築いた地盤があります。青《せい》州、幽《ゆう》州は、曹《そう》家の力が袁家に代るだけで済むという感じがあります。幷《へい》州は、統治する者が代るというぐらいでしょう」

幷州は、袁紹の甥《おい》の高幹《こうかん》が守っているが、州内に黒山《こくざん》があり、張燕《ちょうえん》を主魁《しゅかい》とする黒山賊がかなりの力を持っていた。

河北《かほく》四州を見渡すと、やはり冀州をどれだけ制するかで、ほかの州のありようも決まるのだ。

荒療治も必要か、と曹操は思った。しかし、荀彧にはなにも言わなかった。まだ、鄴《ぎょう》すら落としてはいないのである。

濠《ほり》が完成し、水路もできあがった。

「鄴の危機ということになります。平原《へいげん》で袁譚《えんたん》を囲んでいる袁尚《えんしょう》が、救援に戻ってくるのは必定です。それを、どこで迎え撃たれますか？」

軍議で、部将のひとりが言った。

「ここで、迎え撃とう」

「しかしそれでは、城内の守兵と呼応します。かえって敵に勢いをつけてしまうのではないでしょうか」

「それでよい」

「わざわざ、勢いをつけさせる、と言われるのですか？」

「攻囲の軍を二つに割り、遠方で迎え撃つより、ひとつにまとまっていたい」

平原《へいげん》から、袁尚《えんしょう》が戻ってくる。息をひそめていた豪族で、曹操《そうそう》に反感を持っている者のかなりの部分が、その時に出てくる可能性がある。そのためには、袁尚を鄴《ぎょう》のそばまで進軍させることだ。

できるだけ、冀《き》州内の反曹操勢力は、いぶり出してしまいたかった。そうしておけば、以後の冀州の鎮撫《ちんぶ》は楽なものになる。

「とにかく、漳水《しょうすい》を決潰《けっかい》させて、早く城に水を入れようではありませんか。まさか、城に水が入るなどと、城内の兵は思っていないでありましょうからな。それで、降伏する者も出るかもしれない」

言ったのは、許攸《きょゆう》だった。

部将たちは、不快そうな表情をしている。特に、張部《ちょうこう》と高覧《こうらん》は、いまにも剣の柄《つか》に手をかけそうだった。それにも、許攸は気づかず、上機嫌で喋《しゃべ》り続けた。

「合図を出せばいいようになっている。みんなで、見物しようではないか」

言って、曹操は腰をあげ、営舎を出た。

丘の頂《いただき》に、胡床《こしょう》（折り畳みの椅子《いす》）が並べられている。曹操を中心にして、幕僚《ばくりょう》たちが腰を降ろした。

攻囲の兵は、少し高いところに退《さ》がっていた。合図を出せ、と曹操は従者《じゅうしゃ》に命じた。

旗の合図が、丘を越えて、漳水の方へ伝えられていく。しばらくして、漳水の方から返事が返ってきた。

「漳水は決潰させた。さて、思う通りに城に水が入ってくれるかどうかだ」

許攸が立ちあがっている。さすがに、心配になっているのだろう。丘の間の低地に掘られた水路に、まだ水は見えていない。

兵もしんとして、みんな丘の一点を見つめていた。水だ、と誰かが叫んだ。水路に、確かに光を照り返す水が見えた。想像したように、すごい勢いで流れてくる、というのではなかった。ただ、水路はすぐに水に満ち、少しずつ濠《ほり》に流れこみはじめた。

漳水《しょうすい》の決潰《けっかい》地点からは、それほどの水量を出してはいない。すべてが水浸しになると、曹操《そうそう》軍も困るのである。いつでも止められるし、溢《あふ》れる水量を減らすこともできるようにしてある。

かなりの時が経《た》って、濠《ほり》に水が満ちた。水はさらに増え、濠から溢れ、城の方に流れていっている。はじめて、城内の動きが慌《あわただ》しくなる気配が伝わってきた。

城壁のところどころが、水で隠れはじめている。城の周囲は、湖のようになった。さらに水は増えている。それが、こちらの陣営にまで近づいてきた時に、曹操は漳水の決潰地点を閉じさせた。

「見よ、城の半分は水没した。いや半分以上だ。水から出ているところは、わずかしかないはずだ」

許攸《きょゆう》が、興奮して叫んでいる。

城壁の上の兵も、動きが慌しかった。

5

袁尚《えんしょう》が、平原《へいげん》で袁譚《えんたん》を囲んでいた兵を撤収させたのは、鄴《ぎょう》の城を水没させてふた月も経《た》ったころだった。

多分、守将の審配《しんはい》としては、袁尚が袁譚をまず討《う》つことを考えていたのだろう。ただ、袁家《えんけ》の息子《むすこ》同士の争いで、冀《き》州の豪族はどちらにつこうともしなかった。平原の城を落とすには、袁尚は明らかに兵力が不足していたのだ。

審配としては、耐えられるだけ耐えて、ようやく袁尚に救援の依頼をしたというところだろう。鄴に帰還し、曹操軍と闘おうという袁尚には、さすがに冀州の豪族も従う者が出はじめて、鄴に近づくころには、袁尚軍は七万近くにふくれあがっていた。

袁尚軍は、鄴から二十里（約八キロ）の地点に展開し、攻囲軍の背後を衝《つ》く構えを見せていた。同時に、盛んに狼煙《のろし》をあげ、救援が到着したことを城内に知らせている。

曹操は、迷うことなく、夏侯惇《かこうとん》を筆頭として夏侯淵《かこうえん》、曹洪《そうこう》らの精鋭を選び出し、自ら許褚《きょちょ》の軍を率《ひき》いて中軍となった。攻囲は、張遼《ちょうりょう》と張郃《ちょうこう》、それに于禁《うきん》らがしっかりと固めた。城中から、何度か軍勢が出てきたが、すべて攻囲の軍と濠に満ちた水に遮《さえぎ》られている。

袁尚《えんしょう》は、草原に方陣を三つ組んでいた。中央の方陣の両翼《りようよく》に騎馬隊がいて、陣形を組んだまま前進できる構えである。

「袁紹《えんしょう》の陣が、ああであった。しかし、親父《おやじ》には遠く及ばぬな。真似《まね》をしているだけだ」

張郃《ちょうこう》の陣からひとりだけ来させた曹丕《そうひ》に、曹操《そうそう》は言った。曹丕は、曹操とともに許褚《きょちょ》の親衛隊に守られている、という恰好《かっこう》である。

「これと、どうぶつかる、丕《ひ》？」

「わが軍は六万ですが、精鋭です。まず、騎馬を出して、中央に突っこませます。敵も、騎馬隊が出てくるでしょう。歩兵も押して、とにかく中央を崩します。袁尚の旗は、中央に見えますので」

「それは、次善の策だな。中央は、袁尚の精鋭だ。たとえ勝てたとしても、犠牲が大きくなる。わかるか。袁尚の軍は、城へ帰りたくて必死なのだ。そういう軍は、できるだけ裸にして叩《たた》くのだ」

「それでは、両翼から？」

「両翼は、途中から加わってきた、豪族たちの兵だろう。あれを、まず蹴散《けち》らす。左右同時に攻めかかる」

「崩せると思いますが、中央の袁尚軍は逃げるのではありますまいか？」

「逃げるだろう。すぐに討つ必要はない。多勢を擁《よう》して、いまは士気も高いはずだ。少しずつ衣を剝《は》ぎ取り、丸裸にしてからもう一度むかい合えばいい」

「わかりました」

「よし、太鼓《たいこ》を打て」

太鼓。右から夏侯淵《かこうえん》を先頭にした部隊が、整然と進みはじめる。左からは曹洪《そうこう》である。中央の軍を、于禁《うきん》が牽制《けんせい》しはじめた。

「夏侯惇《かこうとん》。両翼を崩したら、すぐに退《ひ》かせろ。全軍で、中央にぶつかる構えを取れ」

両翼が、ぶつかりはじめた。

袁尚は、軍議も調練《ちょうれん》もせずに、ただ駈《か》け通してきたのだろう。だから、両翼にまで袁尚の指揮は徹底していないようで、動きに乱れがあった。主力になって闘うはずの袁尚軍が動かず、自分たちが攻撃されるという戸惑《とまど》いもあるはずだ。夏侯淵と曹洪が、弾《はじ》けるように突撃をはじめた。方陣が乱れた。両翼とも、畳みかけるように押している。中央の軍は、于禁がかなり前進してきているので、動けないでいた。

夏侯惇《かこうとん》が、五十騎ほどで于禁《うきん》のすぐ後ろについた。両翼は、押し続けている。揉《も》みあげてくる敵に対して小さく固まれないのは、指揮がしっかりしていないということだった。左が先に崩れた。すぐに、右も崩れる。

「鉦《かね》」

曹操《そうそう》は短く言った。鉦と同時に、夏侯淵《かこうえん》と曹洪《そうこう》が素速く軍を戻してくる。夏侯惇の背後に、二人の軍が揃《そろ》った。于禁の軍が二つに割れ、夏侯惇を先頭とする騎馬隊が突っこんでいった。敵の中央とぶつかる。揉み合ったのは、束《つか》の間《ま》だった。袁尚《えんしょう》の旗が、まず後退した。それで、またたく間に全軍が崩れた。

しばらく草原を追い回し、夏侯惇は兵をまとめて戻ってきた。

草原には、敵の屍体《したい》がいくつか散らばっているのが見えるだけだ。ぶつかり合いはしたが、それほど激しくは闘わなかったということだ。

曹操は、全軍を鄴《ぎょう》の攻囲に回した。曹丕も、張郃《ちょうこう》のもとに戻す。

営舎にいると、従者《じゅうしゃ》が飛びこんできた。

許褚《きょちょ》が、許攸《きょゆう》を斬《き》り捨てたのだという。なぜ袁尚を斬ってこなかったのか、虎痴《こち》。

許攸はそう言い、次の瞬間には首を飛ばされていたらしい。

「許攸の暴言です。自分は幕舎《ばくしゃ》でのんびりしていたくせに、あんなことを言うとは。

許褚を虎痴と呼んだのは、ここにいる者はみんな聞いていていました」

夏侯淵が言った。

「屍体《したい》を始末しておけ」

曹操は、それだけ言い、営舎に戻った。面倒なことが、ひとつずつ片づいていく。今日の戦《いくさ》では、どういう豪族が袁尚に味方したかも、よくわかった。鄴を落としたあとなら、その豪族たちになにも言わせないことができる。つまり、荀彧《じゅんいく》の税の免除という鎮撫《ちんぶ》が、いくらかやりやすくなったと言っていい。

翌日、袁尚の軍が漳水《しょうすい》のほとりに砦《とりで》を築きはじめた、という報告が入った。まだ二万ほどはいるようだ。その砦に拠《よ》り、攻囲軍に奇襲でもかけようと考えているのだろう。

「あっちも、押し包んでやれ、夏侯惇。できれば、袁尚の首を取れ」

夏侯惇が動かしたのは、三万ほどだった。すぐに、伝令が来た。袁尚が、降伏を申し入れてきたというのだ。

「意地というものがないのか。袁紹《えんしょう》の息子《むすこ》なら、降伏すれば許されるとでも思っているのか」

曹操は、断じて許すな、と伝令に言った。

しかし、許す許さないより前に、部将のひとりが寝返り、袁尚《えんしょう》は北へ逃亡したという。築きかけの砦に残されたものを持って、夏侯惇《かこうとん》が戻ってきた。

「これを、城壁から見える場所に出しておきます。袁紹《えんしょう》殿の、大将軍の証《あかし》の衣服どもありますので、城中の兵にはこたえましょう。もう、決して援軍はこないのですから」

鄴城《ぎょうじょう》だけが、頑強だった。無理な力攻めは、犠牲を多くする。降伏すれば受け入れる、と前線の兵に叫ばせても、返ってくるのは矢だけだった。

曹操《そうそう》は、次第に苛立《いらだ》ちはじめた。審配《しんはい》という男は、死んでも城を守り続けようというのか。すでに、守る意味さえ失われている城なのだ。

絶望の中でも、審配になお闘いを続けさせているのは、袁《えん》家に対する忠誠なのか。忠誠が、これほど人を強くすることがあるのか。

攻め方を、誤ったのかもしれない。城を攻めるのではなく、審配の心を攻めることはできなかったのか。

「ようやく、私の工作が生きてきたようです。審配の甥《おい》の審栄《しんえい》から、連絡が入りました」

荀彧《じゅんいく》がやってきて言った。

審配は、まだ屈していない。屈しないまま、死んでいこうというのか。

「城門を、開けるそうです」

「張遼《ちょうりょう》、張郃《ちょうこう》の隊から、突っこませる。それで結着がつくだろう」

「わかりました。早速ですが、明日ということでよろしいでしょうか。審配に知れると、また面倒になります」

審配の忠誠とはなんなのか、荀彧に訊《き》いてみたい気がした。しかし曹操は、黙って頷《うなず》いただけだった。人の心の中にあるもの。それを、外からわかろうとする方が無理なのだ。

自分にとっては、人は服従する者と敵対する者の、二種類しかいない。そう思い定めて生きてきたのだ。いまさら、人の心の中を覗《のぞ》いて、どうなるというのだ。

その夜、曹操は頭痛のかすかな予兆に怯《おび》えた。いくらか頭が重いというだけで、なんとか朝を迎えた。

寝室の外で、すでに荀彧が待っていた。

「はじめます」

「よし、やれ」

曹操は、従者を呼んで具足《ぐそく》を付けた。ようやく鄴を落とせるという思いより、頭痛が起きるかもしれない、という怯《おび》えの方が強かった。具足を付けている時、頭痛に襲《おそ》われたことはないのだ。

営舎の外では許褚《きょちょ》が控え、馬も用意してあった。

正面の門が開いたようだ。

張遼《ちょうりょう》と張郃《ちょうこう》の軍が、突っこんでいくのが見えた。これで終りだ、と曹操《そうそう》は思った。

馬に乗る。本陣を、城のそばまで移動させた。開いた門は制圧したようだが、戦の気配はやんでいない。

「なにをしている」

不機嫌に言い、曹操は馬を進めた。横には、ぴったりと許褚がついている。

意外な激戦が展開されていた。三千ほどの軍が、頑強に抵抗を続けているのだ。

張遼と張郃の軍が、押しきれないでいる。

「あの鬼が、審配《しんはい》か？」

三千の指揮をしているのは、痩《や》せた貧相な男だった。ただ、鬼の眼《め》をしている。

一歩たりと退《さ》がらないとでもいうように、剣を両手に持って、こちらを睨《にら》み据《す》えていた。

三千が二千に減っても、抵抗はやまなかった。審配は、退がるどころか前に出てきていた。すでに全身傷だらけだが、動きが衰えているようには見えない。二人ばかりが、斬り倒された。

「許褚」

言うと、許褚は大薙刀《おおなぎなた》を脇《わき》で構え、馬を進めた。

「殺すな、許褚」

許褚が、馬の腹を蹴《け》る。叫び声をあげる。敵兵の動きが、一瞬停止したように見えた。駈《か》ける。敵の中を、許褚が駈け抜ける。その時、先頭にいた審配の手からは、二本とも剣が叩き落とされていた。

時が、静止した。それから、五、六人の兵が審配につかみかかった。二千の兵は、もう誰も闘おうとしていない。

縛《しば》りあげられた審配が、曹操の前に引き出されてきた。

曹操を見つめてくる眼には、まだ不屈な光が湛《たた》えられていた。曹操も、審配を見据えた。なぜ、という言葉を呑《の》みこみ、睨み合った。

「ひとつだけ訊《き》く、審配。私に仕えようという気はないか？」

「ありませんな。私の主君は、亡き袁紹《えんしょう》様です」

「首を刎《は》ねよ」

審配《しんはい》の表情は、まったく動かなかった。引き立てられていく時も、審配は胸を張っていた。

「低い方へ水路をのばし、城内の水を出してしまえ」

曹操《そうそう》が言うと、夏侯惇《かこうとん》が指示を出した。于禁《うきん》の軍が動いたようだ。

「城内を鎮撫《ちんぶ》せよ。袁紹《えんしょう》の館《やかた》であったところを、本営とする。袁《えん》家にゆかりの者は、とりあえず捕えよ」

袁紹の館に入った曹操を追うように、曹丕《そうひ》が入ってきた。

「父上、私は張郃《ちょうこう》の軍とともに、鄴《ぎょう》に一番乗りを果しました。袁紹の次男、袁煕《えんき》の妻は、私が頂戴《ちょうだい》することにいたします」

「好きにするがいい」

「ありがとうございます。河北《かほく》一の美女と謳《うた》われた女です。噂《うわさ》にたがわず」

「そうか、甄氏《しんし》のことか。連れてこい」

甄氏のことは、曹操も耳にしていた。

連れてこられた女は、汚れた着物を着ていたが、はっとするような美形だった。肌も白そうだ。惜しいことをした、という強い思いが襲《おそ》ってきた。

一度、曹丕にやると言ったのだ。いまさら、自分に寄越《よこ》せとも言えなかった。

　曹操は、手を振って追い払った。それから、苦笑する。自分もまだ若い。息子《むすこ》から女を取りあげようと、一瞬思ったのだ。

　もう五十に手が届く。しかしまだ、枯れてなどはいない。そう思うと、愉快にもなってきた。

「五百単位の兵を十隊、警備のために巡回させます。城内に残っているかもしれぬ敵に備えて、夏侯淵《かこうえん》の軍が待機しています」

　夏侯惇が報告に来た。

　頭痛のことを、曹操は忘れていた。

　翌日から、曹操の眼の前には、厖大《ぼうだい》な量の仕事が積みあげられた。

　鄴を整えること。戦で荒れた田畠に、農民を呼び戻すこと。税の免除の布告を出すこと。それに不満な豪族の叛乱《はんらん》に備えること。

　ひと月ほど、曹操はそんなことに忙殺されていた。荀彧《じゅんいく》は、すでに戸籍の整理に着手している。夏侯惇は、敵兵の処分を終え、曹操軍に組み入れることができる者はそうし、新しい鄴の守備軍を編成しつつあった。

　少なくとも、鄴の近辺に戦の匂いはなかった。ただ、平原《へいげん》にいる袁譚《えんたん》が、冀《き》州に領地を拡《ひろ》げていた。青州《せい》との境あたりを、貪欲《どんよく》に侵食しはじめたのだ。

それだけではなく、中山《ちゅうざん》に逃げた袁尚《えんしょう》を攻め、その兵を併《あわ》せて、かなりの軍勢を擁《よう》するようになっていた。もともとの領地であった青州から冀《き》州の数郡まで、曹操《そうそう》の眼を盗むようにして、かなり肥えふとった感じになっている。それも、弟のものを奪ってだ。

曹操は、書簡《しょかん》を送って、袁譚《えんたん》をなじった。降伏の条件にそむき続けているからである。次には、すべての関係を断ち、討伐すると通告した。

「情けない男だ」

討伐すると言われても、平原《へいげん》を死守するという構えを見せたら、曹操も少しは認めただろう。

袁譚は平原を放棄し、北の勃海《ぼっかい》郡の南皮《なんぴ》に拠《よ》って、ひたすら防備を固めた。

曹操は、三万の軍を率いて袁譚討伐に出た。従う部将は、張遼《ちょうりょう》、張郃《ちょうこう》、曹洪《そうこう》である。曹丕《そうひ》も、伴った。

まず平原に入り、袁譚に従った豪族の討伐をした。

それから、南皮にむかう準備をした。

袁譚軍、五万である。曹操が三万と知ったからか、袁譚は南皮から出て陣を組み、

のか」

迎撃の態勢を作っていた。

「愚か者が。戦は数だけではないということを、親父《おやじ》の敗戦から学びもしなかったのか」

年が明けると、曹操は南皮にむかった。

ここで自分を討てば、袁譚は河北《かほく》を支配できると考えているのかもしれない、と曹操は思った。しかも、わずか三万の軍勢できたのだ。鄴《ぎょう》を落とし、ほっとして気が抜けている、と袁譚が考えても、不思議はなかった。表面だけにしか、眼をむけることができない男だ。

「袁譚は五万だ。幽《ゆう》州へ逃げた袁尚の兵を併せている。どうする、丕《ひ》？」

「五万でも、まとまりはありますまい。三万で正面からぶつかっても、充分に勝てると思います」

「教えておこう。戦の流儀が、ひとつであってはならん。これは、やり方という意味だがな。その大将が持っている、戦の形と言ってもいい」

「戦法は、変幻の中にある、ということですか？」

小賢《こざか》しい言い方だったが、まさしくそうだった。いままでそれができたのは、劉《りゅう》備《び》だけではなかったか。逆に、呂布《りょふ》は形を持っている戦法だった。そしてそれが、極端なほど強かった。

「戦法も変幻だが、指揮をする大将の心もまた変幻。気を変えるという意味ではないぞ。どんな敵であろうと、どう状況が変ろうと、自分の戦を見失っていない。たとえ敗走する時でもだ。それは、変幻の中にあってこそできることだ」

曹丕《そうひ》が、頷《うなず》いている。ほんとうには、わかるはずがない。曹操《そうそう》自身も、言葉にしてしまうと、いくらか違うような気がしてくる。ただ、曹丕に伝えたいと思うなにかが、心の中でわだかまっているのである。

老いたということか。そう思って、曹操は苦笑した。息子《むすこ》に、こんなことを言っても、意味はないのかもしれないのだ。自分は自分の戦をし、曹丕は曹丕の戦をする。それだけのことではないか。

袁譚《えんたん》軍を目前にすると、曹操は陣を三段に構えた。先鋒《せんぽう》は張郃《ちょうこう》である。かつて袁《えん》家の部将であったということを、このあたりで完全にふっ切らせてしまいたい。第二段の先頭にいる張遼《ちょうりょう》は、かつては呂布《りょふ》の部将だった。呂布の、あの騎馬隊の伝統こそ受け継いでいるものの、心は曹操の部将になりきっている。

「張郃を呼べ」

伝令が駈けた。すぐに張郃が、凍った土を蹴立《けた》ててそばへ来た。

「丕《ひ》を連れていけ。先鋒《せんぽう》一万で、正午まで闘ってみろ。総指揮は丕。張郃、おまえはそれを助けるために、そばにいるのだ。いいか、正午だ。それまで持ちこたえれば、全軍で袁譚を押し包む」

「曹丕様も、実戦にお出になるのですか？」

「先鋒の指揮を執《と》る。当然ではないか。おまえと丕は、鄴《ぎょう》の一番乗りも果している。しかし、あれは城内の内応もあった。ここで、五万を相手に、正午まで互角《ごかく》に闘えたら、私はおまえたちの力を認めよう。太鼓《たいこ》まであまり時はやれぬ。どう闘うか、丕と話し合え」

「わかりました。決して、若殿は死なせません。見事に、正午まで闘って御覧に入れます。では」

張郃が頭を下げ、駈け去っていく。曹丕も、それに続いた。

第二段の張遼と曹洪《そうこう》を、小さく固まらせた。第三段の許褚《きょちょ》を連れ、曹操は背後のやや高いところに陣取った。

「太鼓だ」

曹操は言った。

曹丕、張郃の一万が、ゆっくりと前進しはじめる。騎馬二千、歩兵八千である。

騎馬隊は、二つに分けていた。それぞれを、曹丕《そうひ》と張郃《ちょうこう》が率《ひき》いている。張郃は曹丕のそばにいることを主張しただろうから、これは曹丕の作戦だろう。

袁譚《えんたん》の先鋒も前へ出てきた。二万ほどである。数で圧倒しようというやり方は、親父とあまり変りはない。

曹丕が、まず突っこんだ。正面から、敵の騎馬隊にぶつかる、というやり方である。二千騎以上いた。ぶつかった曹丕の勢いはすぐに止まり、押されはじめる。一度押されると、数の力が二倍にも三倍にも感じられるはずだ。ほとんどなすすべもなく、曹丕は押されはじめた。そこへ、素速く横に回りこんだ張郃が、猛然と突っこんだ。一千騎が一丸《いちがん》で、火の玉にでもなったような感じだった。

袁譚の騎馬隊が乱れる。曹丕は、そこで押し返しはしなかった。身をかわすように反対側に抜け、歩兵が出て騎馬の前進を止めた。敵の騎馬を挟み撃つように、曹丕が突っこむ。それで、先鋒の敵は崩れていった。歩兵と騎馬が混乱している。

そこを一万で衝《つ》くのが定石《じょうせき》だが、敵には後続がいて、曹丕と張郃は一万で闘わなければならない。

どうするのかと見ていたが、曹丕と張郃の騎馬隊は二つに分かれたまま、敵の第二段に突っかかっていった。乱れていた敵の先鋒がようやく態勢を立て直し、騎馬を挟撃するように駈け戻っていく。それに、歩兵が追い撃ちをかけた。曹丕と張郃の騎馬隊は、挟撃される前に、きれいに二つに分かれて、歩兵の横に回った。

「味をやるではないか」

曹操《そうそう》は呟《つぶや》いた。後続の二万がそのまま畳みかけて攻撃していれば、それであっさり勝負はついた戦だった。

先鋒を引き戻した敵が、また少しずつ押してきた。今度は、第二段も一緒だった。曹丕が、歩兵を退《ひ》かせていた。張郃が、盛んに側面から攻撃をかけている。うるさいと見たのか、敵はまた退《さ》がり、小さくまとまった。

曹丕と張郃は、一万で闘ってはいるが、ほんとうは一万ではなかった。背後に、さらに二万がいる。敵は、その二万がいつ動くのかと、たえず気を配っているだろう。

張郃には、おそらくそのことがわかっているはずだ。十九歳の曹丕は、一万と思いこんで、悲壮になっているだけだろう。

見かねたのか、張郃の騎馬隊が曹丕の方へ駈けた。二千が一緒になる。

何度か、小さなぶつかり合いをくり返した。正午近くになっている。

騎馬隊が、いきなり正面から突っかけた。それも横に拡《ひろ》がらず、槍《やり》の穂先のようなかたちになってだ。敵の先鋒が、二つに割れる。そこに、歩兵が突っこんでいく。第二段まで突き破りそうになった時、曹操《そうそう》は太鼓《たいこ》を打たせた。

張遼《ちょうりょう》の騎馬隊と、曹洪《そうこう》の重装備の歩兵である。あっという間に、敵を蹴散《けち》らしていく。曹丕《そうひ》と張郃《ちょうこう》の軍にも、さらに勢いがつく。張遼の騎馬隊の動きが素速いので、敵は横に拡がって数を生かすということもできない。横に突出した敵は、張遼の騎馬隊に蹴散らされるのだ。袁譚《えんたん》としては、退がるしかないはずだった。そして、退がりはじめた時に、全軍は潰走《かいそう》する。

曹操は、そばにいた許褚《きょちょ》に、眼で合図を送った。

一千騎ほどを率いて、許褚が駈け出していく。

袁譚は、必死に踏ん張っていたが、やがて退がり、潰走しはじめた。張遼の軽騎兵が、急追していく。その後ろに、曹丕と張郃が続く。

曹操は、重装備の曹洪の歩兵とともに、ゆっくりと進んだ。大楯《おおたて》に長柄《ながえ》の槍、さらに馬止めのための柵《さく》なども運んでいる。速い移動は無理だが、騎馬とぶつかっても、犠牲は少ない。

南皮《なんぴ》の城は、すでに落ちていた。

開かれた城門を最初に駈け抜けたのは、逃げてきた袁譚ではなく、許褚だった。

城に駈けこむと同時に、袁譚は捕えられたのである。妻子も、南皮の城にいた。

「袁譚が、釈明をしたいと申しておりますが」

「連れてこい。縄はかけておけ。妻子もだ、曹洪」

部将たちを呼び、曹操はそばに曹丕を座らせた。すぐに、袁譚とその家族が引き立てられてきた。

「話を聞いていただきたい、曹操殿」

「袁譚殿の話は、一度聞いた。そして、話になんの意味もないことが、今度のことでよくわかった」

「私は」

「見苦しい。家族の前であろう」

さらになにか言おうとした袁譚の口に、兵のひとりが枚《ばい》(木片)をくわえさせた。

「さて、どういう処分にするか、丕《ひ》と張郃の意見を聞こう」

「すぐに、首を刎《は》ねていただきたい。袁《えん》家の嫡男《ちやくなん》に、これ以上見苦しい姿をさせぬためにも、私からお願いいたします」

張郃が言った。袁譚が首を振る。

「斬刑《ざんけい》に。最初から最後まで、背信を続けてきた男です」

曹丕《そうひ》が言った。

「聞いたな、袁譚《えんたん》殿。ところで、丕《ひ》。妻や子らはどうする」

「斬るべきでしょう」

ほとんど考えもせずに、曹丕《そうひ》は言った。

正しい判断だが、迷いもしないところが十九歳らしくない、と曹操《そうそう》は思った。どこか、曹丕にはそういうところがある。

「聞いた通りだ。連れていけ。首は城内に晒《さら》せ」

これで、冀《き》州と青《せい》州は、一応手に入った。并《へい》州の高幹《こうかん》も、降伏を申し出ている。鎮撫《ちんぶ》のための戦は、粘《ねば》り強く続けていけばいい。

あとは幽《ゆう》州にいる袁尚《えんしょう》と袁煕《えんき》である。

河北《かほく》四州で、袁紹《えんしょう》はさすがに袁《えん》家の力を隅々まで浸透させていた。袁紹の息子《むすこ》たちが生きているということは、禍根《かこん》を残すことになりかねない。

しかし、思ったほどの時はかからなかった、と曹操は心の中で呟《つぶや》いた。これも、袁家の兄弟、特に袁尚と袁譚に、状況を見通すだけの力がなかったからだろう。兄弟が力を合わせていれば、冀州の制圧だけでも、二年か三年は要したかもしれない。

「南皮《なんぴ》には、張部《ちょうこう》に二万の兵をつけて残す」

「私が、ですか？」

張部は、怪訝《けげん》な表情をしていた。官渡《かんと》の戦での降将である。かつての袁紹の本拠地の、東の要《かなめ》を任されるとは思っていなかったのだろう。

「青州は、領主が死んだとはいえ、まだなにがあるかわからぬ。幽州はこれからだ。その間に位置する南皮を軽い城だとは思うな」

「はい」

張部の顔がひきしまった。

鄴《ぎょう》を、奪《と》った。本拠を、許都《きょと》から鄴へ移そう、と曹操は考えていた。

6

こちらか、と張衛《ちょうえい》は呟《つぶや》き、馬を進めた。

幷州上党《じょうとう》郡の山中である。黒山《こくざん》といっても、平野に山がひとつあるわけではない。中原《ちゅうげん》の西にある連山のひとつである。幷州全域が山と考えてよかった。九原《きゅうげん》や晋陽《しんよう》は、山間《やまあい》の平地の城郭《まち》である。

黒山《こくざん》の周辺は、黒山賊《ぞく》と呼ばれる張燕《ちょうえん》の領分だった。

張燕は、黄巾《こうきん》の乱と呼ばれた太平道《たいへいどう》の蜂起《ほうき》の時に、呼応して立ち、漢《かん》王室に叛旗《はんき》を翻《ひるがえ》した。やがて黄巾賊は武力で平定されることになるが、張燕は黒山に拠《よ》って生き延びた。生き延びたどころか、盗賊《とうぞく》として蟠踞《ばんきょ》し、漢王朝は討伐を諦《あきら》めて、臣下であるという名目を作るために、官位まで与えていたほどだった。やがて冀《き》州を袁《えん》紹《しょう》が支配するようになり、并《へい》州も袁紹の領分となったが、幽《ゆう》州で頑強に袁紹と対立する公孫瓚《こうそんさん》と結んだりしながら、張燕は長く独立勢力としてやってきた。

袁紹が公孫瓚を討ち、河北《かほく》四州を制するようになってから、締めつけは厳しくなったものの、黒山の張燕の勢力は衰えていない。

それから官渡《かんと》で袁紹と曹操《そうそう》が闘い、大方の予想を覆《くつが》えして曹操が勝った。それでも河北四州は袁紹の支配下のままだったが、官渡の戦の二年後に袁紹が死ぬと、とたんに袁紹の息子《むすこ》たちの間で争いが起こった。そこへ曹操がつけこみ、冀州を中心とする河北四州のほとんどは、曹操の支配下に入った。并州を領していたのは袁紹の甥《おい》の高幹《こうかん》だったが、鄴城《ぎょうじょう》が落ち、袁尚《えんしょう》が北へ逃げ去ると、曹操に降伏して許されているという恰好《かっこう》だった。

無論、高幹に張燕を討《う》つ力はない。黄巾の乱より十五年以上にわたって、張燕は山中を支配し、その力は数郡に及んでいるのである。

「張衛様《ちょうえい》、ここよりは岩が」

後ろから来る、高豹《こうほう》が言った。

岩の多い地形に入り、うかつに通ると岩が落ちてくる仕掛けが方々に施してある。しかし、通れる道はあるのだ。張衛には、それがよく見えた。

岩だけでなく、木々の多いところ、水のあるところ、谷間などの、草や土の色の違いで、張衛は罠《わな》を見抜くことができた。

いまは冬で、地は凍っている。凍った土に仕掛けられた罠も、張衛にはよく見えた。

同じ、山で生きる人間なのだ。

「しかし、つまらぬ仕掛けが多いな、相変らず。この程度でも、平地の軍勢は攻められないのだろうな」

山での生き方については、黒山賊より五斗米道《ごとべいどう》の方が優れた方法を持っている、と張衛は思っていた。同じ山に拠っているといっても、黒山賊はそこが逃げこむ場所であり、五斗米道は自分たちの拠って立つ地として守らなければならない場所だったのだ。

張衛《ちょうえい》の旅は、これで二度目になる。

いずれも、冬の旅だった。冬は、漢中《かんちゅう》を雪が守ってくれる。

旅は、張衛を大きく変えた。

漢中を守り、益州《えき》にだけ眼《め》をむける。そんなことでは生き残れないと、中原《ちゅうげん》や河《か》北《ほく》の争いを見て痛いほどわかった。というより、生き残るという発想が、張衛の心にはじめて芽生えたと言っていい。

漢中で、攻めてくる劉璋《りゅうしょう》軍をたやすく打ち払っていた時は、すぐにも天下が取れそうな気がしたものだった。益州牧《えきしゅうぼく》（長官）の劉璋《りゅうしょう》でこの程度なら、荊《けい》州の劉《りゅう》表《ひょう》も、曹操《そうそう》も、袁紹《えんしょう》も、似たようなものなのだろうと思っていた。事実、漢中に連《つ》らなる荊州北部の山岳地帯に手をのばしてみても、劉表は数だけ揃《そろ》えた懦弱《だじゃく》な軍勢を送ってきただけだった。

ところが、あの男が来た。

荊州新野《しんや》に駐屯《ちゅうとん》している劉備《りゅうび》軍の、張飛《ちょうひ》という将軍である。山中の罠を、ことごとく見抜かれた。平地で正対し、数倍の軍勢でぶつかってみたが、その時もたやすく破られた。

なぜだと思うより、この国は人が多いと身にしみたのだ。張飛といえば、弱小で荊州の一部を借りている劉備の、そのまた部将に過ぎないのだった。

それでも張衛は、劉備軍がこの国の最も精強な軍勢のひとつである、と確信した。同じ六千の軍勢で、劉備軍に勝てる部将が、曹操のところに何人いるのか。孫権《そんけん》のもとに果しているのか。

張衛は、戦《いくさ》に加わってみた。平原《へいげん》にいた袁譚《えんたん》の軍が混乱していて、紛れこむのが難しくなかった。中山《ちゅうざん》まで駈《か》け、弟の袁尚《えんしょう》の軍を打ち払った。それで、曹操の率《ひき》いる討伐軍が来た。兵力では袁譚が上回っていたが、気力は曹操の半分もなかった。南皮《なんぴ》まで後退して、そこではじめて迎撃の肚《はら》を決めたのである。

曹操の軍は、なぜか先鋒《せんぽう》の一万しか使わなかった。それで朝から正午過ぎまで押し合い、頃合《ころあい》を見て全軍で攻撃をかけてきた。一万にてこずっていた六万の袁譚軍は、あっという間に潰走《かいそう》した。その時に、張衛は高豹《こうほう》とともに、戦列を離れた。

曹操軍の先鋒の指揮は、張郃《ちょうこう》という者だった。もともと、袁紹の部将だったが、官渡《かんと》で曹操に降伏している。その張郃と、曹操の息子《むすこ》の曹丕《そうひ》が一緒だったという。

先鋒だけに闘わせた戦は、袁紹の息子に対して張郃がどれほど闘えるか見きわめようとしたものなのか。それとも、自分の息子がどれほど実戦がこなせるか試したのか。

いずれにしろ、曹操《そうそう》は余裕のある戦をしていた、ということだ。

曹操軍の中で、これはという動きをしたのが、張遼《ちょうりょう》の騎馬隊だった。実に迅速な動きだった。張飛《ちょうひ》の騎馬隊とも、互角《ごかく》に渡り合えるかもしれない、と思った。

袁譚《えんたん》軍の中にいたが、この軍勢なら自分でも二万で崩せる、と張衛《ちょうえい》は思いながら闘っていた。つまり、その程度の軍も多いということだった。

「張衛様、そこの雪を」

また、高豹《こうほう》が後ろから言った。言われる前から、張衛には見えていた。平らに見えるが、そこは雪を集めてある。うかつに踏みこむと、下の谷に落ちる。道筋は、大きく迂回《うかい》してついているはずだった。

山中に、道はいくつかあった。そのどれが通れてどれが通れないか、張衛には見ただけでわかった。

「これぐらいの仕掛けでも、袁紹《えんしょう》の軍は防げたのだな、高豹」

「原野で闘う軍だったからでしょう。それに、袁紹が本気で張燕《ちょうえん》様を討とうとした、とは私には思えません」

高豹の言う通りだろう。袁紹は、官渡《かんと》で勝つつもりだった。中原《ちゅうげん》を制して河北《かほく》四州に加えれば、張燕は孤立せざるを得ない。そうやって、徐々に孤立させながら勢力を衰えさせていく。袁紹は、張燕に対してはそういう方法をとった。なにがなんでも、力で山を制圧しようとはしなかったのだ。力に頼れば、危険も大きい。山は、山だけでは成り立たないというところがある。平地との関係で、豊かになったり貧しくなったりしているのだ。

それは、張衛も考え続けていることだった。山は、山だけでは限界がある。

「そろそろでございますね。この間とは、場所を変えておられるようです」

「たえず場所を変える。それも、山で生きる者の知恵だな」

前回の旅で、いきなり張燕を訪ねた。山中を縫って平然とやってきた張衛に、張燕はなにか同じようなものを感じたのだろう。取り囲んだ兵を退《さ》がらせ、営舎に招かれた。

二十日ほど、張衛は黒山賊《こくざんぞく》の本拠で過した。五斗米道《ごとべいどう》の張衛だと知って、張燕は非常な親しみを示したのだ。

張衛が想像したより、ずっと小柄で、そして老いていた。飛燕《ひえん》将軍などと呼ばれた精悍《せいかん》さは、そばで話しているかぎり感じられなかった。ただ、張衛を引きこむような、深いなにかがあった。悲しみに似たものだった、と漢中《かんちゅう》に戻ってから張衛は思った。飛燕将軍とはあまりに似つかわしくないが、張燕のもの言いの底には、いつもそんな感情が流れていた、と思えたのだ。

張燕《ちょうえん》の本営に近づいていた。

道が複雑になっていることで、それがわかった。少なくとも、黒山《こくざん》の中だけで五カ所は、張燕は本営となる場所を持っていた。勢力下にいる人民が百万。軍勢は十万に近い。

「張燕様は、曹操《そうそう》を警戒しておられますね」

「おまえも、そう思うか」

「この間より、ずっと突きとめにくい本営です。そろそろ、見張りの兵が現われるでしょうが」

「もう、現われている」

「さっきの気配が、そうだったのですか」

けものの動く気配。兎《うさぎ》かなにかのようでもあったが、人だと張衛は思っていた。馬を降りなければ通れない場所が、一カ所あった。もうすぐだろう。

張燕には、どうしても会わなければならなかった。自分と同じ夢を抱いた男。多分、間違いはない。そしてその夢がいま、朽ちかかっている。

前方に数人現われた。

来ているのが張衛《ちょうえい》だというのは、すでにわかっているのだろう。遮《さえぎ》ることはせず、そばへ行くと黙って先導するように歩きはじめた。坂を、ひとつ越えた。雪に包まれた、営舎があった。それほど大きくはない。無論、城壁などもない。山全体が城壁であることは、漢中《かんちゅう》と変りない。

ここには、二千ほどの兵がいるのだろう、と張衛は思った。つまり、張燕の旗本《はたもと》だけということだ。

営舎の中は、暖かかった。

現われた張燕を見て、張衛は息を呑《の》んだ。両脇《りょうわき》を従者《じゅうしゃ》に支えられた張燕は、ひどく痩《や》せていた。眼の光は、強いというより深い。その眼で、じっと張衛を見つめてくる。

「病ですか、飛燕《ひえん》将軍？」

「なんの。これは病というようなものではない。俺《おれ》の躰《からだ》になにかが入りこんで、暴れているというだけのことよ。そのうち、眠る。そうすれば、俺は馬にも乗れるし、戦もできる」

火のそばの座を勧められた。

「また、夢を語りにきたか、若造《わかぞう》」

「私の夢は、語り尽せません。益州《えき》を五斗米道《ごとべいどう》の国にする。そう言ったところで、飛燕《ひえん》将軍は笑われるだけでしょう」

「笑いはしなかった。とにかく、酒を飲め。俺は、いま酒を断っている」

「遠慮なく」

しばらくして、従者が酒を運んできた。獣肉の入った鍋《なべ》も、火にかけられた。

「どうも、おまえは来るなと言っても、来てしまう。山の道を、何事もなく歩けるのだからな。困ったものだ」

「もっと、困っていただきたいのです、飛燕将軍」

漢中《かんちゅう》の五斗米道と、幷州《へい》の黒山賊《こくざんぞく》の同盟。張衛《ちょうえい》は、この前の別れ際《ぎわ》に、それを申し入れたのだった。返事を貰《もら》いに来た。張燕は、当然そう思っているだろう。すぐに、返事を貰わなくてもよかった。張衛はただ、十数年独立勢力として闘い続けた、この将軍に会いたくて、南皮《なんぴ》からの帰路に寄ったのだ。

「南皮にいたそうだな、若造」

「ほう、すでに御存知《ごぞんじ》でしたか」

「河北《かほく》のことなら、翌日とまではいかなくても、二、三日で必ず俺の耳に入る。袁《えん》譚《たん》も、やはり生き延びる道は知らなかったか」

「勝負には、なりませんでした。冀州《き》は、ほぼ平定されたと見ていいでしょう」

「袁紹《えんしよう》が官渡《かんと》で負けた時から、それは決まっていたことだ」

河北の支配者が袁紹から曹操《そうそう》に代ることで、黒山はさらに孤立を強《し》いられる。だからこその、漢中《かんちゆう》との同盟だった。曹操に攻められた時は、お互いに三万の兵を曹操の背後に回す。戦は山中になるから、山岳戦にたけた三万は、曹操にとっては脅威だ。

お互いに助け合っている間に、張衛は益州を奪い、張燕は并州を完全に自分のものにする。無理なことではなかった。

「袁紹も、なかなか手強《てごわ》かった」

張燕がうつむいて言った。その眼は、ちろちろと燃えている火にむけられているようだ。特別な薪《まき》を使ってあるのか、いい香りが部屋には漂っていた。

「まさに、あの手この手であった。力攻めが無駄だと知ると、俺の部下を抱きこもうとした。糧道《りようどう》を断とうとしてきたこともあるし、二郡を与えてもいいと言ってきたこともある。ただ、俺は信用はしなかった」

酒が、少しずつ冷えきった躰《からだ》を暖めはじめていた。

「俺は、袁紹が好きになれなかった。黒山の賊などと言われても、半分以上は袁紹と闘ってきたようなものだ」

「倦《う》まれましたか、戦に？」

「小面憎《こづらにく》いことを言うのう、若造。俺は生きていて、袁紹《えんしょう》は死んだのだぞ」

「殺したのは、曹操《そうそう》でしょう、やはり」

「いや、自滅だ。俺には袁紹を自滅させるほどの力はなかったが、曹操にはあった」

「それだけのことですか？」

「あとは、運だな」

「ほう、飛燕《ひえん》将軍が、運を信じられるのですか？」

「俺には、運があった。相手が袁紹だったのでな。おまえにも、運はある。相手は、劉璋《りゅうしょう》の腰抜けだ」

「運ですか、それが？」

「運だということが、いずれおまえにもわかる。太平道《たいへいどう》には、運がなかった。この国にあれほどの争乱を起こしながら、天の秋《とき》に恵まれなかった。まだ漢《かん》王室がしっかりとしていたし、まとまった軍があったからだ。五斗米道《ごとべいどう》は、いまのところ運がある。それは、太平道の不運があってのことだ」

「言われていることは、なんとなくわかる気がいたします」

「わかるものか、若造に。二十年近く闘い抜いて、はじめて見えてくるものよ」

「山の民として国を作ろうと思った、とこの間は言われました、将軍」

「それと運と、なんの関係がある？」

「夢を抱くことは、運がいいということです」

「なるほどな」

「天は、やはり将軍になにか与えたのです。そう思わなければ、二十年近く生き延びてきたことの説明がつきません」

「賊として生き延びてきた。山の民になろうとしても、やはりどこまでも賊であった」

「それも、運というのではないでしょうか。賊が、いつまでも生き延びられるわけがありません」

「俺の前で、あまり大きな口は利くな、若造。五斗米道も、賊だ。賊以外のなんでもない。黒山《こくざん》のこの張燕《ちょうえん》を賊と呼ぶなら、五斗米道も賊なのだ」

　張燕が、獣肉を煮こんだものを、自ら器に盛った。その手の甲に、烙印《らくいん》のように濃いしみがいくつか浮き出していた。この間は、それはなかった。

「曹操《そうそう》も袁紹《えんしょう》も、帝《みかど》を擁《よう》していた董卓《とうたく》にとっては賊だった。そんなつまらないことは言うなよ、若造」

「言いません」

「賊には、賊の誇りがあった。曹操や袁紹とは違う。野望と誇りとは、違うのだ」

張燕《ちょうえん》の手が、薪を折って火にくべた。

「おまえの夢は、野望だ。曹操と、どこが違うと言うのだ？」

「幷《へい》州に、山の民の国を作ろうと思った。それは、野望ではないのですか？」

「夢だ」

「五斗米道《ごとべいどう》の国も、夢です」

「俺には、野望に思える。戦で追い立てられ、飢え、家族を失う。そういうことがない国ならば、俺はそれでよかった」

「私もですよ」

「俺は、この歳《とし》になって、人の言葉の虚実が聞き分けられるようになった。確かにおまえは、自分では夢だと思っている。この国の覇権《はけん》を取るのが夢だ、と曹操が思っているのと同じようにな。自分で、夢だと思いこむ。それはたやすいことなのだ、若造」

「わかりません」

「夢は、人の心の悲しさから生まれてくる。野望は違う」

「私には、人の心の悲しみがわからぬ、と将軍は言われますか？」

「おまえは、わかるだろうさ。それがわかろうとわかるまいと、野望は別なところから生まれてくる。曹操も袁紹も、人の心の悲しみぐらいはわかったであろうよ」

張燕は、うつむいたまま喋《しゃべ》っていた。そういう姿は、生きることに疲れた老人のようにしか見えない。しかしまた、馬上の姿よりもずっと、張衛《ちようえい》の心には食いこんでくるのだった。

「家族は、若造？」

「妻と子という意味なら、おりません。私の住いには、女がいつも送られてきます。孕《はら》むと去っていって、子を産みます。それは、五斗米道の子として育てられます。私には、どれが自分の子か、見分けはつきません。女を選ぶのは祭酒《さいしゆ》（信徒の頭《かしら》）たちで、ひとりが去ると、また別な女が住いにいて、私の世話をします。気立ての悪い女はいなかったような気がします」

「人としての、喜びは知らぬか」

「人の喜び。即《すなわ》ち男の喜びでしょう。男の喜びは、夢を摑《つか》むことでしょう」

「この間も、そう言ったな」

自分の夢の話ばかりを、していたような気がする。そして張燕《ちょうえん》は最後に、山の民の国を并《へい》州に作るのが夢だった、と言ったのだ。

獣肉は、よく煮えていて、口に残らなかった。野草が何種類か加えてある。それで、匂《にお》いも消してしまう。張燕は、ほんのわずか口をつけているだけだった。

「曹操《そうそう》は、手強い。袁紹《えんしょう》より、ずっと手強い。甘い男ではないのだ。袁紹は、本腰を入れて討伐にかかってきても、どこかでちょっと負けてやれば、満足して帰っていくようなところがあった」

「曹操は、帰りませんか？」

「敵である間は、殺し尽すであろう。俺は、あの男が考えていることがわかる。服従か死かだ。それは、袁紹などよりはるかに峻烈《しゅんれつ》だ。小気味がいいほどにな」

張燕の表情が、さらに老人のもののようになった。

この男は、二十年近く、この山中で耐え続けてきたのだ。霊《れい》帝のころから、漢《かん》王朝の軍勢をしばしば送られた。それがやがて、袁紹の圧力に変った。そしていま、曹操の圧力に変りつつある。曹操だけが手強いわけではないのだ。

「曹操は、やがて涼《りょう》州の独立勢力を制圧しなければなりますまい。馬《ば》騰《とう》、韓遂《かんすい》らは、このまま臣従するとは思えません」

「その時、黒山《こくざん》は曹操の討伐軍の背後を衝《つ》く位置になる。だから黒山を先に討伐する。当たり前のことだ」

「漢中《かんちゅう》も、その気になれば曹操の背後を衝けます。黒山と漢中は、命運をともにするとは思われませんか？」

「もっとよく、地図を見ろ、若造。黒山は、いつでも鄴《ぎょう》を衝ける。それゆえ、曹操はその存在を許そうとするまい。漢中は、放《ほう》っておけばよい。平地に出てきて戦を挑んだら叩《たた》き、山にいれば放っておく。いずれ益《えき》州を制しようという時は、まず漢中からであろうが」

「曹操が益州を制する動きを見せるのは、まだずっと先でありましょう。その前に、われらが益州を制します。そうなれば、たやすく曹操は入れません」

「若造だな、やはり。曹操は、いまなにを準備していると思う？」

「さあ。まずは河北《かほく》四州を徹底して平定しなければなりますまい。それには、時がかかります。さらに北方の烏丸《うがん》なども、曹操の平定を遮《さえぎ》るかもしれません。袁尚《えんしょう》と袁熙《えんき》は、烏丸に逃げたという噂《うわさ》ですし」

「確かに、これからも、河北や烏丸で征討戦はあるだろう。しかし曹操はいま、鄴《ぎょう》城内《じょう》に、広大な池を作らせようとしている。わかるか、この意味が？」

「池を、ですか」

「荊州《けい》を攻め、揚州《よう》を奪《と》る。そのために必要なのはなにか。水軍であろう。その水軍の調練《ちょうれん》のために、すでに池を掘らせている」

意外だった。というより、自分はそこまで考えていなかった、ということだ。人が考えるより、ずっと先のことまで、曹操《そうそう》は考え尽しているということなのか。どこまでなのだ。二年後か、五年後か、それとも十年後か。

「曹操の頭の中を探ったとしても、それは所詮《しょせん》おまえの頭でやることだ。探れるはずがあるまい」

言って、張燕《ちょうえん》は低い声で笑った。

営舎は、静かだった。二千の兵が、調練をしているという気配もない。この山中に、十万近い軍勢がいる。それが、この張燕のひと声で動く。それを二十年近く続けてきているのだ。

自分はまだ、劉璋《りゅうしょう》の軍に攻められただけではないか、と張衛《ちょうえい》は思った。しかも劉璋軍は、中原《ちゅうげん》や河北《かほく》の兵と較《くら》べると、はるかに懦弱《だじゃく》だった。漢中五斗米道軍《かんちゅうごとべいどう》、六万。全軍で劉璋を攻めるべきではないのか。一日も早く、益《えき》州を五斗米道の国にしてしまうべきではないのか。しかし、勝てるのか。

「曹操には、もうひとつ困ったことがある」

「それはなんですか、将軍？」

「信用だ。袁紹《えんしょう》には、それがなかった。降伏すると二郡を与えると言ってきても、信用はできなかった。散々、約束を反故《ほご》にしてきた男だからな。しかし曹操は、降兵を受け入れる。公平に扱う。十三年前、曹操は青州《せい》黄巾《こうきん》軍の降兵を受け入れた。青州兵としてはじめは組織されたが、特に危険な場所に立たせるということもなかった。袁紹は違う。降兵を、死に兵などと言っていた。死なせるための兵よ」

「降伏すれば、安心な相手である、と言われるのですね。袁譚《えんたん》のような、偽りの降伏でなく、真の降伏であったら」

「そしてそれを、みんな知っている。曹操とは、底知れぬ男よ。何年もかけて、その信用を作りあげてきた。袁紹との対峙《たいじ》で苦しい時も、それだけは曲げなかった」

黒山《こくざん》の賊十万というが、曹操には降伏すべきだ、という意見を持っている者がいるのかもしれない。そして張燕には、それが賢明な選択のひとつであることが、はっきりとわかっている。つまり、張燕の夢は、張燕がどうこだわろうと、この山中に埋もれていこうとしているのではないのか。

「夢を抱く男の生とは、つらいものですか、将軍？」

「さあな。死ぬ時にならなければ、それはわからん。夢がなんだったかなど、死んでもわからんかもしれぬ。ただ、おまえはまだ若くて、夢はほんとうは孤独なものだとわかっておらぬ。いずれ、それは知るだろう」

それから、張燕《ちょうえん》は河北《かほく》の様子などを訊《き》いてきた。すでに知っていることを、確かめているという感じがある。曹操《そうそう》が、南征のために、すでに池を掘って水軍の調練を計画していることまで、この老人は知っているのだ。

「いつ、帰る、若造」

「雪解けまでには、漢中《かんちゅう》に戻らなければなりません」

「ならば、ゆっくりしろ。俺は、愚かな若造の相手が、なぜか嫌いではない」

かつての自分を見ている。張燕はそんなことを言いたいのかもしれない。

そして自分は、十年先の自分自身の姿を、張燕の中に見てしまっているのではないのか、と張衛《ちょうえい》は思った。

張燕が、薪を折る。指の太さほどの薪で、たやすく折れた。それでも張衛は、そこに籠《こ》められた力に、激しさと入り混じった微妙な寂しさのようなものを感じた。

薪の燃える、ぱちぱちという音がしはじめる。火がついたばかりの薪は、よく音をたてる。やがて燃え盛ると炎の音になり、それが消えると、もう音も出さない。ただ灰になっていくだけだった。

張燕の手の甲の、黒い大きなしみから張衛は眼をそらした。

戦のみにあらず

1

調練《ちょうれん》の地が、州境近くに移された。

曹操《そうそう》の侵攻に備えてだということは、誰《だれ》の眼《め》にも明らかだったが、蔡瑁《さいぼう》はそれにも文句をつけてきた。趙雲《ちょううん》と一緒に劉備《りゅうび》の供をして、襄陽《じょうよう》に行った時のことだ。

張飛《ちょうひ》は激昂《げっこう》したふりをして、蔡瑁につかみかかろうとした。それを趙雲と王安《おうあん》が押し止《とど》め、劉備が強くたしなめた。劉表《りゅうひょう》の前だった。ほかの幕僚《ばくりょう》たちも揃《そろ》っていた。

曹操が、いつ荊州《けいしゅう》に侵攻してくるかわからない情勢であること。その時は、地の利を確実なものにするために、できるかぎり州境の近辺で調練をしておきたいこと。劉備が穏やかに説明した。伊籍《いせき》が、当然のことだと言った。ほかの幕僚も、みんな頷《うなず》いた。

蔡瑁は恥をかいた恰好《かっこう》だが、それは自分で招いたことだった。会議の間じゅう、張飛は蔡瑁を睨《にら》みつけていた。蔡瑁は、そういうことには弱い。相手を見下せば、どんな理不尽でも言いはじめるが、なにをするかわからない相手だと思うと、とたんに弱腰になる。張飛は、なにをするかわからない男に徹しきった。

劉表軍の古い幕僚たちの中には、蔡瑁のやり方に明らかに不満を持っている者がいた。何年かかけて、蔡瑁はそういう人間を追い出してきたはずだが、それでもまだかなりいる気配だった。

劉表は、すっかり老いぼれて、死ぬのを待っているだけのように、張飛には思えた。蔡《さい》夫人が望むことをやろうとする。ただそれだけにしか見えなかった。二年ほど前から蔡夫人が生んだ劉琮《りゅうそう》を、極端にかわいがりはじめたのだという。それまでは、長男の劉琦《りゅうき》を立てることもあったようだが、いまは会議にも幼い劉琮を連れてくる。

劉琮が後継になれば、蔡瑁はほとんど荊州を手に入れたも同じだろう。いまも軍には弟の蔡勲《さいくん》や従弟《いとこ》の蔡和《さいか》、蔡中《さいちゅう》などを入れ、主要な権限は独占してしまっていた。

劉備は荊州を奪《と》らないのか。張飛は、しばしばそれを考えた。関羽《かんう》には何度か言ってみたが、自分たちの考えることではない、とたしなめられた。

確かに、その気になれば荊州《けいしゅう》は奪《と》れる。しかし、そのまま曹操《そうそう》とぶつかることになるのだ。いまここで曹操に潰《つぶ》されれば、次に頼るべき相手は見つからない。そのあたりを、劉備《りゅうび》は慎重に考えているのかもしれない。

調練地が州境近くになると、野営も多くなった。

劉備は、しばしば趙雲《ちょううん》を伴って姿を消した。州境付近から、江夏《こうか》郡北部のあたりの、豪族に会いに行くのだ。会って、特になにか話をするわけではないという。とにかく、会っておく。劉備玄徳《げんとく》という男を、直接知っていると豪族に思わせる。そんなことも、くりかえせばいつか役に立つはずだった。

荊州の中の豪族は、趙雲がほとんど知っていた。流浪《るろう》していたころ、その豪族たちの食客《しょっかく》となり、劉備の部将として荊州に入ってきてからは、しばしば旧交を温めるという理由で訪ねていたのだ。

荊州に入った四年前から、劉備は豪族を徐々に味方につけるということをやってきたのだ。劉備軍六千はまったく増えていないが、潜在的な兵力はかなり増えたはずだ、と張飛《ちょうひ》は考えていた。だから、蔡瑁《さいぼう》が劉備の動きに神経質になるのも、理由のないことではなかった。荊州中央の軍は掌握《しょうあく》しても、豪族にはむしろ反撥《はんぱつ》されるという状態に、蔡瑁はあるのである。

「張飛、おまえが供をしろ」

めずらしく、劉備にそう言われた。

劉備が野営地から姿を消すのは、大抵は夜間である。二、三日、長くても五日経つと帰ってくる。

久しぶりに、馬を飛ばした。

夜中に出発し、翌日の正午には江夏郡の信陽《しんよう》に入った。

二万ほどの軍が、城外の原野に駐屯《ちゆうとん》していた。黄祖《こうそ》の軍勢だった。張飛と王安《おうあん》のほか、劉備の従者が二名だけである。

「黄祖殿が、前回に会った時に、おまえに会いたいと言われてな」

「ほう、なぜでしょう？」

「それは、黄祖殿から聞くがいい」

黄祖の幕舎《ばくしや》のまわりには、衛兵が五十名ほどいた。

すぐに、劉備と張飛は幕舎の中に案内された。

「おう、劉備殿でしたか。ちょうどよかった。昼食をともにいかがです」

「なんとか昼食にありつこうと、急いで来たところでした。間に合いましたな」

黄祖といえば、長く江夏太守をつとめている。十数年前、長沙《ちようさ》郡から進撃してきた孫堅《そんけん》の軍を迎え撃ち、戦《いくさ》では敗れながらも、孫堅を殺したのである。それ以来、孫家《そん》にとっては仇敵《きゅうてき》となっていて、何度も孫策《そんさく》や孫権《そんけん》に攻められている。家族も、それで失ったはずだ。それでも、江夏《こうか》は破られていなかった。

「張飛《ちょうひ》です、これが」

「おう、張飛殿か。これへ腰を降ろされるがよい」

黄祖《こうそ》は、白髭《ひげ》の小柄な男だった。陽《ひ》に焼けているのか、顔はどす黒い。手の甲も、しみだらけだった。しかし、眼《め》には猛々《たけだけ》しい光があった。

「董陵《とうりょう》の娘を、娶《めと》られたな」

「ええ。確かに、女房は董陵殿の娘です」

「わしは、董陵とは幼馴染《おさななじみ》でな。ともに洛陽《らくよう》で学んだこともある。女を張り合ったこともな」

言って、黄祖は大声で笑った。

「どうだ、董陵は元気にしていたか？」

「はい。きわめて元気であります」

「劉表《りゅうひょう》殿も、なにを考えておられるのか。董陵ほどの者を、西城《せいじょう》などという北の端に押しこめてしまった。あの蔡瑁《さいぼう》の鼠野郎《ねずみやろう》のせいだな。荆州《けい》で実力のあった武将が、何人も僻地《へきち》へやられた。蔡瑁が江夏へ入ってくれば、わしは首を引き抜いてやる。いつもそう言っているものだから、一歩も入ろうとはせん」

大きな戦がなかった荊州で、たえず紛争を抱えて緊張していたのが、この江夏だった。揚州《ようしゅう》の軍は、決して南の長沙《ちょうさ》のあたりから、荊州を侵そうとはしなかった。必ず江夏を攻めてくる。そのたびに勝ちは収めても、完全には攻めきれず、黄祖を討《う》ち取ってもいない。荊州で最も強力になるのも、当たり前のことだった。

江夏が破られれば荊州がどうなるか、誰でも知っている。つまり、黄祖がいなければ困るのだ。だから蔡瑁も、黄祖だけには手を出せずにいた。それでも、揚州の軍と対立した時、劉表に援軍を送らせないために動いたこともあるらしい。

「曹操《そうそう》は、ほぼ河北《かほく》を統一しましたな、劉備《りゅうび》殿。袁譚《えんたん》は斬《き》られ、袁尚《えんしょう》と袁熙《えんき》は幽《ゆう》州から部将であった者たちに追われ、烏丸《うがん》のもとに逃げたという」

「冀《き》州では、一年間税が免除され、活発な復興がはじまったようです」

「中原《ちゅうげん》から河北までも制しましたか。次は荊州ですかな、この間劉備殿が言われたように」

「多分」

「涼《りょう》州ということは、やはりありませぬか？」

「涼《りょう》州に軍を出している間に、南から衝《つ》かれる。これは警戒するでしょう。それに涼州は、言ってみれば独立勢力であり、中原《ちゅうげん》に出てこようという気まではなさそうですからな」

「後回しでも大丈夫というわけですか」

「荊《けい》州を奪《と》って、そのまま揚《よう》州に攻めこむ。鄴《ぎょう》で、水軍の調練を開始する気配だというのも、それを物語っておりましょう」

「水軍の調練か」

張飛《ちょうひ》は、はじめて聞くことだった。劉備《りゅうび》は、応累《おうるい》という者を使って、全国の情勢を探っている。水軍の調練というのも、応累が知らせてきた情報だろう。

「荊州は、守りきれるでしょうか、劉備殿？」

「いまのままでは、きわめて難しいと言わざるを得ません。荊州がひとつにまとまらぬことには」

「わしは、襄陽《じょうよう》まで劉表《りゅうひょう》殿の応援に行くなどということはいたしませんぞ。江夏《こうか》だけで手一杯です。かつては、襄陽への応援にも行った。孫堅《そんけん》と闘ったのは、その時でした。しかし、いまの劉表殿では」

「躰《からだ》がすぐれないことが、最近は多いらしい。襄陽から出られることも、もうありませんし。ほとんど館《やかた》におられます」

「老いられたのだな。わしも、見ての通り老いぼれです。次に孫権《そんけん》が攻めてきた時に、耐えられるかどうか」

「なにを言われる。これまで、揚州の軍を江夏で防ぎきっておられるではありませんか」

「多分に、運にも助けられています。わしほどの歳《とし》になると、自分の力がどれぐらいかということは、いやというほどわかる。生きているかぎり、江夏は守り抜くつもりで、兵の調練も欠かしてはおりませんが」

「江陵《こうりよう》に精鋭を集結させる。それだけでもだいぶ違ってくる、と私は思うのですが、なかなか劉表殿は動かれない」

「まず無理でしょう。江陵に精鋭がいるとなれば、わしも安心です。しかし、いまの劉表殿では。いや、蔡瑁《さいぼう》だな。あの男がいるかぎり、荊州はどうにもなりません」

「頭の痛いことですな」

「それに、後継です。劉表殿は、さっさと劉琦《りゆうき》殿と決めるべきなのです。ところが、どうも劉琮《りゆうそう》殿に行きそうな感じです。これは最悪ですぞ。蔡瑁が荊州を乗っ取る。

乗っ取りたかったら乗っ取ればいいが、すぐに曹操《そうそう》に押し潰《つぶ》されるでしょう」

「まさか、そこまでは」

「いや、蔡瑁《さいぼう》が狙《ねら》っているのは、それしかありませんのじゃ」

それから黄祖《こうそ》は、部将ひとりひとりの名を挙げ、いま蔡瑁にどういう扱いを受けているかということを、喋《しゃべ》りはじめた。老人特有のくどさがある。張飛《ちょうひ》は、黙って出された肉を食いはじめた。

蔡瑁さえいなくなれば、と心ある者は誰もが考えている。しかし蔡瑁は、中央の軍をしっかりと血族で押さえ、身辺の警戒にも怠りがない。

「歳《とし》は、とりたくない。劉表《りゅうひょう》殿のようになりたくはない」

劉備《りゅうび》と黄祖の話は、まだ続いていた。

「幸い、わしには家族がおりません。劉表殿には、老いてから息子《むすこ》ができた。それですな。生きることに、未練を残してしまう。その未練が、判断力のすべてを衰えさせる。そうなる前に、わしはなんとか戦の中で死ねそうだ」

「そのようなことを、黄祖殿」

「いや、武人は戦で死ぬべきでしょう。わしはこのところ、そんなことばかり考えます。それも、雄々《おお》しく闘って死にたいものだ」

張飛は、顔をあげて黄祖を見た。はじめの猛々しい眼の光はなく、疲れた老人の顔があるだけだった。

「ところで張飛殿。董陵《とうりよう》の娘はやはり男勝《まさ》りか？」

「身の丈は、七尺五寸（約百七十三センチ）、馬をよく乗りこなし、剣を遣《つか》わせてもなかなかのものです。いまは、大人《おとな》しくしておりますが」

「ほう、大人しくなった」

「子が生まれたのですよ、黄祖殿」

劉備が言って、嬉《うれ》しそうに笑った。

「男子か、張飛殿？」

「はい」

「それはまた。張飛殿と董香《とうこう》との子か。末恐ろしいのう」

「黄祖様は、香を御存知《ごぞんじ》でございますか？」

「知っておる。十二歳のころまでな。そのころから、馬に乗り、剣や槍《やり》を振り回しておった。董陵が、嘆いておったぞ」

「俺《おれ》とも、やり合おうとします。一度馬から叩《たた》き落としてやってから、いくらか大人しくなりましたが、兵どもを相手にするのはやめようといたしません」

「女傑《じょけつ》と申すのじゃ、ああいう女を」

張飛《ちょうひ》は、恥《は》じてうつむいた。女が馬に乗り、剣を振う。それが自分の妻なのである。ほとんどのことについて、張飛に従順だが、それだけはいくら言ってもやめようとしない。

「今度、江夏《こうか》に伴うとよい。わしも、母親になった董香《とうこう》の姿を見てみたい」

「はい。機会がありましたら」

「張飛殿の、騎馬隊の手並みも見てみたいものだが、それは無理かのう。劉備《りゅうび》殿の軍が江夏に来れば、曹操《そうそう》に道を作ってやるようなものだからな」

それから、談笑は夕刻まで続いた。

泊れと勧められたが、劉備は断って辞去した。

三十里(約十二キロ)ほど駈《か》け、そこで露営した。黄祖《こうそ》に持たされた肉を従者《じゅうしゃ》が三人で焼き、五人で車座になって火を囲んだ。酒も、少しだが持たされていた。

従者たちは先に寝かせ、張飛は遅くまで劉備と語り合った。

こういう時を持つことが、最近ではあまりなくなっている。張飛は、劉備と語り合うのが、一番好きだった。好き勝手なことを言って、叱《しか》られることもある。それが、またよかった。叱られたくて、好き勝手を言っているようなものだ。関羽《かんう》もよく張飛を叱るが、いつも道理を説くような叱り方だ。早くやめてくれ、と言いたくなる。劉備の叱り方は、時には激しく、時には慈愛に満ちていた。感情の起伏が激しくて、その感情のままに言葉を出している、というのがはっきり感じられた。多分、こんな叱り方をされるのは自分だけだろう。そう思えることも、張飛の喜びだった。

「おまえの妻は、もう馬に乗っているのか？」

「申し訳ありません。いくら言っても、やめようとしないのです。それどころか、赤子を抱いて乗り、馬の上で乳をやったりするのです」

「よいではないか。おまえは、いい妻を娶《めと》った。誰がなんと言おうと、一途《いちず》におまえのことを愛している。そして、おまえによく似合ってもいる」

「そうでしょうか？」

「おまえは、自分の妻が、自分に似合っていないとでも思っているのか？」

「正直に言うと、いい妻だと思っています。見事に馬を乗りこなす姿などを見ると、嬉しくなったりするのです。大兄貴、俺は恥《はずか》しいとは思っていないのですが、他人には見苦しい姿に見えるのでしょうか？」

「見苦しくなどあるものか。しかし張飛、そんなことで他人の眼《め》を気にしてはならぬ。それこそ、おまえらしくないことだ。おまえが、見ていいと思えば、指さして笑う者がいたら打ち据《す》えてやれ」

「そうですか。そうですよね。俺の女房なんですから、俺さえいいと思っていれば、人にとやかく言われる筋合いではありませんよね」

「とやかく言った者を打ち据える。それで、おまえの妻はもっとおまえの愛情を身に感じるようになる。女とは、そういう生きものだぞ、張飛《ちょうひ》」

「大兄貴にそう言われると」

「どうした？」

「早く館へ戻って、女房を抱きたくなりました」

「こいつ、私にそういうことを言うのか」

劉備《りゅうび》が、愉《たの》しそうに笑った。

薪《まき》が燃え盛っている。まだ寒い季節だが、露営でもつらくはなかった。

「ところで大兄貴。蔡瑁《さいぼう》のやつを、このまま放《ほう》っておいていいのですか？」

「どういう意味だ？」

「どこかで、消してしまった方がいい、と俺は思うのですが」

「もっと深く読め、張飛。蔡瑁がいるために、劉表《りゅうひょう》殿から人心が離れる。その離れた人心の一部は、私に集まるはずだ」

「なるほど。ただ、俺も小兄貴も、蔡瑁のやつがいつか大兄貴に害をなすのではないか、と心配なのです」

「それはわかる」

劉備が、薪をひとつ火に放りこんだ。

「私も、充分に気を配っている。伊籍《いせき》が、またそれとなく蔡瑁を見ていて、私にいろいろと教えてくれる。二度か三度は、それで助けられた」

「伊籍殿ですか。劉表様の下にいて、蔡瑁などとやり合わねばならぬのは、惜しいと思います。劉表様は、伊籍殿を重用されることもないし」

劉表が伊籍をあまり重用しないから、蔡瑁も伊籍追放に動かないのだとは、張飛にもわかっていた。ただ、時に歯噛《はが》みしたくなることがある。

「あれも、臣たる者の姿だ。私は、そう思っている。伊籍は幕客《ばっかく》にすぎなくても、劉表殿ひとりには、臣下の心を持とうと決めたのだ。それも、男の生き方ではないか」

伊籍を、嫌っている人間はいなかった。控え目だが、なにかあるとしっかりと自分の意見を言う男だった。ほんとうは芯《しん》が強いのだろう、と張飛は思っている。

伊籍《いせき》の古い友人だという、徐庶《じょしょ》の方がどこかいい加減だった。ただ、剣はよく遣《つか》える。それに軍学に詳しくて、関羽《かんう》や趙雲《ちょううん》と三人で講義を受けたこともある。実戦で役に立つのはもっと別のものだと徐庶は言い、張飛《ちょうひ》もそうだと思った。しかし軍学には深いところもある、と感じられた。実戦で学んで身につけたことが、軍学にもかなっているのだと知ると、わからないことは訊《き》こうという気にもなってくる。

劉備《りゅうび》と徐庶は、もっと深い話もしている気配だった。劉備は徐庶に臣従を求めたこともあるようだが、自分に仕官はむかないと答えたらしいという話も伝わってきた。

糜竺《びじく》と孫乾《そんけん》が、新野《しんや》近辺の民政をしっかりやっていて、劉備軍は兵糧《ひょうろう》も武器も潤沢になっていた。二万の兵を養えるだけの税が、入っているはずだ。そのうちの半分を、劉備は劉表《りゅうひょう》に納めている。

戦《いくさ》もさせて、税も半分は吸いあげる、というやり方に、張飛は腹を立てたこともあったが、新野はもともと劉表の領地なのだ。

劉備に、自分の領地を持たせたい。張飛は、いつもそう思っていた。

いつの間にか、劉備が眠りはじめていた。明日は、豪族を三人ほど訪ねてまた露営し、明後日に調練地へ帰ることになっている。新野までなら、さらに一日かかる。張飛は、音をたてないように、数本薪《まき》を足した。朝まで燠火《おきび》で暖かいように、もうしばらく火の番をしていようと思った。

2

曹操《そうそう》は、冀《き》州の中を駈《か》け回った。

四月になると、張燕《ちょうえん》を頭目とする黒山《こくざん》の賊徒が、降伏してきた。永年、袁紹《えんしょう》を悩ませ、并《へい》州を不安定にしてきた男の、降伏だった。

兵八万を連れての、降伏である。かつて漢《かん》王室は、討伐の難しさを悟って、官位まで与えて懐柔しようとした。曹操も降兵としては扱わず、官位を与え、その兵も夏侯惇《かこうとん》に選抜させて、使える者は曹操軍に編入することにした。

対面した張燕は、痩《や》せた老人で、眼《め》にはっきりと無念の色があった。

「もうよかろう、張燕。叛乱《はんらん》を起こした時にはあった道理も、もう乱世で意味がなくなってきた。そして、世がまたひとつにまとまりつつあるのだ」

「若い者たちの、時代でありますか。この老骨の言うことを聞く者も、少なくなりました。それに、曹操《そうそう》様は、実によくわが軍の重立《おもだ》った者たちを押さえられました。時の勢いがあった。だから、曹操様に靡《なび》く者たちも出はじめたのでありましょう」

「張燕《ちょうえん》、老いるにはまだ早い。これから、私の天下平定の仕事の助けになって貰《もら》うぞ」

「存分にお使いください。別に死ぬことを恐れてはおりませんので」

張燕の眼からは、最後まで無念の色は消えなかった。黒山賊《こくざんぞく》に対する工作をしたのは、郭嘉《かくか》である。張燕に直接工作はせず、周囲の者をひとりずつ取りこんだ。書簡を届けるだけでなく、何度か黒山の近くまで潜入もしている。

郭嘉は、まだ三十六歳である。荀彧《じゅんいく》が老いたあと代る者。それが郭嘉だと、曹操の頭にはある。荀彧のように、曹操には扱いにくい勤皇の思想を持っているわけでもなかった。

今度のことで、郭嘉の力量はほぼ見定めることができた、と曹操は思った。黒山の賊徒を降《くだ》したことより、その方が大きい。

張燕の兵からは、二万五千ほどを曹操軍に編入した。それでも半年の調練《ちょうれん》は必要だろう、と夏侯惇《かこうとん》は報告してきた。山岳戦には馴《な》れているが、野戦の経験に乏しい。并《へい》州の高幹《こうかん》は、降伏したのでそのままにしてある。袁《えん》家の兄弟の争いにも、積極的には加わらなかった。いまも大人しくしているが、三年は見ていよう、と曹操は思っていた。

冀州《き》には、ほぼ問題はなくなった。青州《せい》は、海岸線が不穏である。海賊が跋扈《ばっこ》している。幽州《ゆう》は遼東郡《りょうとう》を除いてほぼ曹操の手中だが、北方の烏丸《うがん》族に不安があった。袁紹《えんしょう》は烏丸をよく手懐《てなず》けていた。幽州にいた公孫瓚《こうそんさん》を牽制《けんせい》するためには、それが必要だったのだろう。その時の関係がまだ続いていて、烏丸は逃げこんできた袁紹の息子二人を保護した、と考えることができた。

不穏なのは、青州より幽州だろう。

曹操は、冀州北部に四万の兵を伴って駐屯《ちゅうとん》した。

鄴《ぎょう》は、大工事である。水軍の訓練のための広大な池を作らせているし、丞相府《じょうしょうふ》となるべき建物も必要だった。

自分の本拠を鄴に移すことに決めたが、宮廷はそのまま許都《きょと》に置く。つまり、宮廷と政事《まつりごと》を切り離すのである。やがて、宮廷と帝《みかど》は、名だけの存在になっていくだろう。力を持たないものが、その血だけで帝として頂点に立つのは、理不尽なのである。その理不尽に、つけこんでこようとする者も現われる。

しかしまだ、帝が無用の存在とは言いきれなかった。制圧していない地域が、多すぎるのだ。全土を制圧した時、帝ははじめて無用の存在になってくるだろう。

烏丸《うがん》が、幽州《ゆう》漁陽《ぎよう》郡に侵入した、という知らせが曹操《そうそう》に入ったのは、七月の終りだった。曹操は躊躇《ちゆうちよ》せず、四万の兵を率《ひき》いて漁陽郡に進攻した。

侵入した烏丸は数万の規模で、城をひとつ落として守将を殺し、略奪《りやくだつ》を重ねながら、さらに幽州深く侵入してきているという。

率いているのは、張遼《ちようりよう》の騎馬隊と許褚《きよちよ》の軍を中心にしていた。張遼の騎馬隊は五千に達し、許褚の率いる騎馬も三千である。烏丸は、騎馬を中心とした軍勢である。幼いころから、みんな騎馬に親しんでいる。そして遊牧のため、一カ所にじっとしていることはない。

まとまった軍が幽州に侵入してきたのは、僥倖《ぎようこう》と言ってもよかった。

曹操は、進軍を急がせた。斥候《せつこう》も次々に出した。漁陽の南五十里（約二十キロ）の地点で、烏丸の本隊を斥候が捕捉した。一万五千ほどの騎馬隊である。

むこうも、当然曹操軍を捕捉しているだろう。

敵前十里（約四キロ）の地点で、曹操は歩兵に陣を組ませた。曹操軍独自の、馬止めの柵《さく》も応急に作らせた。それから騎馬隊だけを三里ほど前に出し、攻撃の構えをとった。およそ一万騎である。

土煙《つちけむり》をあげて押し寄せてきた烏丸軍は、一万七、八千騎はいるように見えた。張遼が正面からぶつかり、すぐに圧倒されるように押されて退《ひ》いた。許褚が、側面から牽制《けんせい》する。

張遼の騎馬隊と入れ替るように、歩兵が馬止めの柵を出して前衛に出た。押し寄せた騎馬隊に、とにかく矢を浴びせる。晴れた日だったが、草原が翳《かげ》るほどの矢の数だった。それでも、烏丸は怯《ひる》まず馬を進めようとする。柵に縄をかけて、引き剝《は》がそうとする。

耐えられるだけ歩兵には耐えさせ、その間に側面に迂回《うかい》した張遼が、一直線に突っこんでいった。歩兵に遮《さえぎ》られて動きの止まった烏丸は、槍《やり》のように突っ走る騎馬隊に中央を貫かれて混乱した。そこを、許褚の騎馬隊が襲《おそ》う。さらに、曹操も二千騎の旗本《はたもと》を率いて突っこんだ。反転した張遼の騎馬隊が、再び敵中を突き破る。

混乱が大きくなり、敗走をはじめる者も出てきた。歩兵が全軍で出てきて、押し包んだ。歩兵の包囲から逃れた五千ほどの本隊を、張遼の騎馬隊が追い撃ちに討《う》った。それでも、烏丸の騎馬隊である。張遼の騎馬隊でさえ、やっと追いつけるほどだった。

川を越えたところで、烏丸は陣を組んだ。敗走する者を、その陣に収容しようというのだろう。張遼だけでは崩せず、曹操が駆けつけた時は、すでに一万ほどになっていた。

それでも、一度は破られた軍である。総攻撃をかけると、闘うことなく再び敗走しはじめた。そういうことのくり返しで、二日追い続け、白狼山麓《はくろうさんろく》でようやく曹操は軍を止めた。これ以上は歩兵が保《も》たず、騎馬隊だけで孤立しかねない。

陣を敷き、幕舎《ばくしゃ》を張った。白狼山を拠点にして、さらに烏丸《うがん》を攻めるべきかどうか。

「ここに城を築き、幽《ゆう》州からの補給路を作り、たえず烏丸に圧力をかけ続けるべきではないでしょうか」

言ったのは、張遼だった。

幽州の情勢が安定しないので、兵站《へいたん》の保守が難しいという意見も、ほかの部将から出された。

曹操は、決断しかねていた。本気で烏丸を征討するには、十万近い兵力は必要だろう。河北《かほく》四州の中ならばともかく、外にまで大軍を出している余裕があるのか。河北では、すべてがはじまったばかりなのだ。

それに、烏丸はどこかに城を築いて籠《こも》るということはせず、たえず移動している。

拠点を作ることに果して意味があるのか。

袁尚《えんしょう》と袁熙《えんき》は、烏丸の中に逃げこんでいる。生かしておくと、いずれ厄介なことになりかねない。

決定は下さなかった。

ただ、しばらくここに滞陣しようと思った。幸い、河北では大きな問題は起きていない。いま、緊急に軍が整備されている時で、やがて曹操軍は四十万に達するはずだった。それでも、河北から中原《ちゅうげん》のすべてに、兵は配置しなければならないのである。外征の兵力は、多分二十万というところだ。

「馬商人だと名乗る者が、ぜひ丞相《じょうしょう》に拝謁したいと申して、陣の外に来ております」

従者が報告に来た。追い返せという返事を待っているように見えた。

「ひとりか？」

「供を二人連れてはおりますが」

「会ってみよう」

馬商人、というところに惹《ひ》かれた。烏丸の馬は、張遼の騎馬隊に勝るとも劣らない速さを持っていたのだ。

「白狼山《はくろうさん》で、烏丸《うがん》族とともに馬を飼い、曹操《そうそう》様のもとへも何千頭かお届けしております」

「連れてこられたのは、髪に白いものが混じった、小柄な男だった。

「洪紀《こうき》と申します」


「ほう、何千頭もか」

「はい、亡くなられた袁紹《えんしょう》様にも、公孫瓚《こうそんさん》様にも。私の先生はまだ豊かではないので、あまり多くはお買いになりませんが、特別に安くお売りしております」

「ほう、おまえの先生とは？」

「劉備玄徳《りゅうびげんとく》様でございます」

「なに、劉備だと？」

「一度に百頭もお買いになれませんが、それでも特別にお安くしております」

「洪紀と言ったな。なんの目的で、私に会いに来た。まさか馬を売りに来たわけではあるまい？」

「馬を売る時は、その軍の厩舎《きゅうしゃ》を統轄しておられる方にお話しいたします。むこうから来られることの方が多いのですが。曹操様のところから来られる、士英《しえい》様は清《せい》廉《れん》な方でございますな」

士英は、曹操が特に馬の買いつけを命じている男だった。なかなかいい馬を、それも安く買ってくる。

「ほかの軍から来られる方は、こちらの言い値よりいくらか高く買って、超過した分を寄越《よこ》せとおっしゃいます。士英様は、逆に値切られます。まあ、私としては、士英様のような方と取引した方が、気分はいいのです」

曹操を、こわがってはいない。それは、眼を見てはっきりとわかる。

「用事を訊《き》こうか、洪紀？」

「この白狼山一帯に、広大な牧場がございます。およそ二十万頭の馬が飼われております。働く者が五万。自衛軍が一万弱」

「ほう、自衛軍と言ったか？」

「はい。烏丸の単于《ぜんう》(首長)とは、話し合っておりまして、攻められることはございません。それでも、一千、二千の野盗が現われることはめずらしくなく、そのための自衛の軍です。五千の野盗が現われた時も打ち払い、いまだ敗れたことはありません」

「軍となれば、どんな者が指揮をしているかだな」

「はい、成玄固《せいげんこ》と申す者が」

すぐに、曹操《そうそう》はその名を思い出した。下邳《かひ》で呂布《りょふ》を攻囲した時、傷ついた赤兎馬《せきとば》の治療のために呼ばれた、劉備《りゅうび》の部将だ。隻腕《せきわん》だった。赤兎馬を連れて、城から出てきて、どこかへ立ち去ったのだ。

不意に、懐しさに似たものに、曹操は包みこまれた。

「劉備は、いま私の敵である」

「そんなことは、商人には関係ないことでございます。私はただ、白狼山《はくろうさん》の山麓《さんろく》を、どうか戦場になさらないでください、とお願いにあがっただけです」

「牧場が荒れるか？」

「はい。営々として作りあげた牧場でございます。烏丸《うがん》も、決して荒らそうとはいたしません。曹操様に追われて逃げる時も、牧場のある地域は迂回《うかい》いたしました」

「戦《いくさ》だぞ、洪紀《こうき》」

「戦ならば、すべてを荒らしていいということにはなりますまい。まして、ここは曹操様の領土ではございません」

「あえて、牧場をわが軍が駈け抜けると申したら？」

「自衛の軍が動きます。相手が曹操様であろうと、たとえ劉備先生であろうともです」

「勝てる、と思っているのか？」

「勝てるわけもございますまい。野盗などではなく、いま天下を平定しつつある曹操様の軍なのですから。しかし、自衛の軍は動きます。十万頭の馬が、一斉に駈けてくる姿を想像されたことがございますか、曹操様」

「うむ。それは手強《てごわ》かろう。考えると、背筋に冷たいものが走るな」

洪紀が笑った。曹操が、牧場を荒らす気などないことが、はっきりわかったのだろう。

「成玄固《せいげんこ》に、会えぬか？」

「ここへは、参りません。丘ひとつむこうのところに、五百ほどの部下とおります」

「はて、斥候《せっこう》からの知らせはないが」

「成玄固が、自らの庭のようにしているところでございますぞ」

「なるほどな。私がそこへ行けば、会えるのか？」

「軍勢を率いてでございますか？」

「いや、許褚《きょちょ》という者と、百騎ほどはどうしてもついてくるが、それだけだ」

「ならば、私が御案内いたしましょう」

曹操《そうそう》は頷《うなず》き、従者を呼んだ。許褚《きょちょ》の百騎。これは選《え》りすぐった者たちである。それに、張遼《ちょうりょう》がどうしてもと言って付いてきた。かつて下邳《かひ》の城に、張遼は籠《こも》っていた。その時、成玄固《せいげんこ》に会ったのだという。

曹操が出発すると、山を越える前に、丘の稜線《りょうせん》に一騎現われた。こちらへむかって、疾駆《しっく》してくる。片袖《そで》が、風に靡《なび》いていた。

「成玄固か。久しいな」

そばまで駈けてきて下馬した者に、曹操は声をかけた。

「ここは、われらの土地でございます。曹操様ほどのお方が、なにゆえわずかな供回りで軍勢を離れられます？」

「叱《しか》られているのか、私は。おまえに会いたいと思って来たのだが」

「なにが起きるか、わかりません。このような知らぬ土地では、軍勢を離れられないことです」

「まことに、おまえの言う通りではある。しかし、ひとりか。部下がいると、洪紀《こうき》は申したが」

成玄固が手を挙《あ》げた。

丘の稜線《りょうせん》に、五百騎ほどが、湧《わ》き出したように現われた。

「なるほど。まったくなにが起きるかわからぬものだ。ここで果てたら、私のやってきたことはなんだったのだ、ということになる」

「どうか、牧場に軍勢をお入れなされませぬよう」

「わかっている。しかし、どれほどの広さの牧場なのだ？」

「およそ、代《だい》郡ほどの広さはございましょうか。そこに、大小の牧場が百余ございます。自衛軍は、その全体を守っております」

「赤兎馬《せきとば》も、そこにいるのか？」

「はい。孤独な馬でございましたが、いまは気に入った雌馬《めすうま》がいて、穏やかに暮しております。子も、三頭ほど作りました」

「ほう、あの赤兎馬の子か」

「ほかの雌は寄せつけませんので、多くの子というわけには参りません」

「赤兎馬は、どんな雌馬が気に入ったのだ？」

「大変な悍馬《かんば》でございました。赤兎に追われても追われても、決して怯《ひる》みませんでした。ほかの雄馬《おすうま》には見むきもせず、赤兎のそばを離れないのです。赤兎も、いつかそれを許すようになって」

「人と同じだな」

「人よりも、純粋でございましょう。打算がありません」

成玄固《せいげんこ》が笑った。

「おまえに、一頭馬を選んで貰《もら》いたい、と言いたいところだが、実はいまの馬が気に入っていてな。官渡《かんと》で袁紹《えんしょう》殿と闘った時から、これに乗っておる」

「いい馬でございます、曹操《そうそう》様」

洪紀《こうき》が口を挟んだ。

「うちの牧場の馬で、曹操様が気に入られるだろうと、士英《しえい》様が選んでいかれたものです」

「なるほど。そうだったのか」

「士英様は、馬を買いつけに来られる方の中でも、一番いい眼をお持ちでございますよ。この馬だけは、値切らず、言い値で買ってくださいました」

成玄固が、ほほえんでいる。赤兎《せきと》に跨《また》がった呂布《りょふ》の姿を、曹操はまざまざと思い浮かべた。最初にその姿を見たのは、汜水関《しすいかん》であったのか。もう十五年も前である。

「赤兎馬も、老いたであろう、成玄固？」

「はい。人の歳《とし》で測れば、もう老人でございます」

「いい余生なのかな？」

「どうでございましょう。いまだに、呂布様を忘れてはおりません。私には、それがよくわかります」

「成玄固殿、礼を申します」

張遼《ちようりよう》が出てきて言った。

「赤兎が死ぬことを、呂布様は恐れておられました。ここまで長命を保つとは、赤兎と別れても呂布様にとっては本望でありましょう」

「張遼殿。赤兎は死にません。われらの心の中で、決して呂布様が死なぬのと同じように」

「そうか。そうだな。赤兎は死なぬ」

「もうよい」

曹操が口を挟んだのは、羨《うらやま》しさに似た感情に襲《おそ》われたからだった。

自分がどこかの戦場で果てたとして、心の中では生き続けている、と言ってくれる人間が何人いるのか。

「おまえは、自分の生をふり返ることがあるか、成玄固？」

「はい。そして、悔いてはおりません」

「そうか。ならばよい。私は、軍を退こう。しかし、いずれ烏丸《うがん》は討たねばならぬと思う。その時は、東と北の地域を戦場に選ぼう」

「ありがとうございます、曹操《そうそう》様」

「礼を言わねばならぬのは、私かもしれぬ。なにか、学んだという気がする。それがなにか、いずれ考えてみようと思うが」

「御健勝で、曹操様」

言うと、成玄固《せいげんこ》は身軽に馬に跳び乗り、駈け去っていった。

3

幷州《へい》で高幹《こうかん》が叛乱《はんらん》という報が入ったのは、曹操がまだ幽州《ゆう》に滞陣している時だった。

烏丸を防ぐ態勢を、作っていたのである。烏丸には、袁尚《えんしょう》と袁煕《えんき》が逃げこんでいるので、ただ外敵を防ぐ準備ではない。袁《えん》家の反攻をも、そこで防がなければならないのだ。

袁兄弟の従弟《いとこ》の高幹は、降伏して大人しくしていたものの、烏丸の幽州侵入に呼応して叛乱したものと思えた。

とりあえず、楽進《がくしん》と李典《りてん》の二名の部将を派遣した、と鄴《ぎょう》の荀彧《じゅんいく》からは知らせが届いた。ほかに適当な部将がいないのはわかっていたが、あの二人では荷が重すぎるだろう、と曹操は思った。

「許褚《きょちょ》、張遼《ちょうりょう》。鄴までひた駈《か》けるぞ」

三万の歩兵は烏丸に備えて幽州に残し、一万頭だけで駈けた。一千里（約四百キロ）以上はある。そこを、曹操は四日で駈け抜けた。

鄴に戻ると、直《ただ》ちに討伐軍を組織した。荀彧が黎陽《れいよう》の兵を呼び寄せていたので、幽州から戻った騎馬隊と合わせて、四万になった。李典と楽進はすでに壺関《こかん》を囲んでいて、兵力は四万である。合わせて八万になる。

「やはり、ほかの豪族の呼応を恐れておられますか、丞相《じょうしょう》？」

「そうだ。河北《かほく》はいま、袁家から曹家へ、支配体制が移行しようとしている時だ。こういう時は、不満を抱く者が必ず出る。叛乱は速やかに押さえなければならん。特に、袁一族によるものはな」

「しかし、丞相。連戦につぐ連戦でございます。少しは休まれた方がよろしいかと」

「袁紹《えんしょう》が私に敗れたのは、連戦を嫌ったからでもある。袁紹がのんびりしている間に、私が大きくなってしまった。覇業《はぎょう》は、そんなに楽なものではあるまい」

「丞相《じょうしょう》のお躰《からだ》を心配しております」

「おまえは、休んでいるのか、荀彧《じゅんいく》。許都《きょと》にいる程昱《ていいく》や荀攸《じゅんゆう》は。洛陽《らくよう》にいる郭嘉《かくか》は。軍の再編をしている、夏侯惇《かこうとん》らは？」

「みんな、それぞれに、寝食を忘れて働いております」

「ならば、私も働こう。これ以上は申すなよ」

疲労は、当然あった。

しかし、絶対的な強敵とむかい合っているわけではない。押し潰《つぶ》されるような圧迫感は皆無なのだ。

これぐらいのこと、と思う。何カ月も、自ら剣を振いながら闘い続けたこともあったのだ。どこまで闘い抜けるか。覇業とは、まさしくそれではないのか。

壺関《こかん》にむかった。

曹操《そうそう》自身が、十万を率《ひき》いて進発《しんぱつ》。そういう噂《うわさ》は、五錮《ごこ》の者が流していく。高幹《こうかん》は、曹操がまだ幽《ゆう》州だと思っているだろう。

年が明けていた。

曹操は、壺関の十里（約四キロ）手前に本陣を置いた。攻囲は厳しくせず、城兵が逃げやすいようにもした。

高幹は、一度壺関を出て山越えをし、匈奴《きょうど》に救援を依頼に行ったようだ。果敢なところはある。降伏し、大人しくしていたのが嘘《うそ》のようだ。降伏したのは、袁尚《えんしょう》と袁譚《えんたん》の争いに戸惑《とまど》ったためだったのかもしれない。いまはもう、袁譚はいない。袁尚と袁熙《えんき》の兄弟が、手を携えて烏丸《うがん》のもとに逃げているだけだ。高幹としては、袁家のためという思いだけで動ける。

匈奴の応援が得られないまま、高幹はまた壺関に戻ってきた。独力で曹操に抵抗し、河北《かほく》のどこかで別の叛乱が起きるのを待とう、という構えだろう。実際、各地で叛乱が起き、幽《ゆう》州にも烏丸の侵入ということになれば、混乱はかなり厄介なものになる。

徐々に、曹操は攻囲を強めた。これ以上の、抵抗は無駄だという空気が、城兵の中には流れている、と五錮の者の報告があったからだ。しかし、水も漏らさぬ攻囲ではなかった。逃げたい者は、逃げればいい。すでに河北での戦《いくさ》は、そういう種類のものになっている。お互いを潰《つぶ》し合うような戦ではなく、平定戦なのだ。

三月目《みつき》に、城内から降伏の申し出があった。

降兵の中に、高幹《こうかん》の姿はなかった。

「うまく逃げたか。手配書を回して、追え。供をそれほど連れているとは思えぬぞ」

曹操《そうそう》は、不機嫌だった。余計な手間をかけさせる、という思いが強かった。

鄴《ぎょう》に戻る。

曹操が鄴にいる間に判断を仰ごう、という者たちがたちまち列をなした。ひとつひとつ、曹操はそれを判断していく。それで、河北《かほく》の民政がどうなっているかも、軍の状態も、把握することはできた。

しかし、煩雑《はんざつ》だった。

執拗《しつよう》な頭痛に襲《おそ》われ、見かねた荀彧《じゅんいく》が、華佗《かた》を鄴に呼び寄せた。

「戦に出れば頭痛が消えるとは、因果なことでございますな」

華佗は、若い弟子をひとり伴っていた。鍼《はり》は自分で打ったが、どこにどういう鍼を打ったかは、若い弟子に書きとめさせている。

腹の、肋骨《ろっこつ》の縁《へり》のところに打たれた鍼が、一番効いたようだった。四、五日は、それで楽になるのだ。ただ、華佗は、曹操がほんとうに苦しんでいる時しか、鍼を打とうとしない。

なにも言わずに華佗の治療を受けながら、曹操は華佗を憎んだ。ほかの者に鍼を打たせても、まるで効きはしないのである。

華佗の掌《てのひら》が、躰《からだ》に触れる。その瞬間、気持ではなく、躰がほっとしているのがわかる。華佗は、掌で曹操のなにを感じとっているのか。なぜ、毎日鍼を打とうとしないのか。せめて、三日おきでもいい。躰が鍼を欲しておりません。その言葉を聞くと、華佗を殺してやりたくなる。

鄴へ戻ってから、情欲は衰えるどころか、燃え盛った。曹操は、若い女を二人、さらに側室に加えた。頭痛がない時は勿論《もちろん》、吐気を伴わない程度の頭痛の時にも、側室を代る代る呼んだ。曹操の、情欲の炎が鎮《しず》まるまで、側室は相手をしていなければならない。漢《かん》王室に伝わっていた房中術を曹操も学んでいて、身につけたあらゆる性技を駆使した。それはほとんど、加虐に近いものだった。女は叫び声をあげ、のたうち、やがて白眼を剝《む》いて身動きすらしなくなる。それでも情欲が鎮まらない時は、もうひとり呼んだ。

華佗は、はじめから曹操の房事の激しさを見抜いていた。

「丞相《じょうしょう》の躰の力は、いますべて最も高いところに昇りつめております。生命力が盛んということでございましょう。頭痛もまた、生命力が強すぎるためのものでございます」

「私はな、華佗《かた》。おまえには頭痛を治して貰《もら》いたいだけなのだ。おまえの任は、それだ。何度も言っているが、三日に一度は鍼《はり》を打ちに来い」

「躰《からだ》が欲している時にしか、鍼は打てません。何度も申しあげておりますが、そういうものなのです」

「試しに打ってみたらどうなのだ」

「丞相《じょうしょう》のお躰を、試すために使えとおっしゃるのですか？」

「死ぬわけではあるまい」

「生命力が衰えます。無気力になり、戦などやろうという気も起きなくなります。生命力が満ち、溢《あふ》れ出そうな時に、それを止める。いまの丞相のお躰にとって、鍼とはそういうものでございますな」

「戦の時、なぜ頭痛が消えるのだ？」

「生命力のむかうところが、はっきりしているからでございましょう。すべての力を使って、勝とうとされているからだと思います。私には、戦はよくわかりませんが」

「戦がなくなれば、私はどうなる？」

「いつまでも生命力が横溢《おういつ》しているものではありません。あと何年かで、丞相のお躰はまた違った状態になります」

「一度、訊《き》こうと思っていた。人を苦痛から救うのが、医術ではないのか？」

「丞相も、人民の苦痛を救うために、戦をされているのではないのですか。戦と平和。必ずしも、相反するものではございません。平和のために、戦をしなければならない時もあるのだと思います」

「わかるような、わからないような説明だ」

曹操《そうそう》は、諦《あきら》めて苦笑した。ほんとうに苦しくなければ、華佗は鍼を打たないのである。逆にほんとうに苦しい時は、鍼を打ってくれる。

荊州《けい》に逃げこんでいた高幹《こうかん》を、捕えたという知らせが入った。荊州というところに、曹操は微妙なものを感じた。高幹は、袁紹《えんしょう》と劉表《りゅうひょう》の同盟の縁《えにし》を頼ろうとしたのか。

荊州の奥まで逃がしてしまえば、手が届かない。そうなれば、北と南に袁家の一族がいる、ということになる。

まだ追えるところで、捕えることができた。それは幸運だった。

「すぐに、首を刎《は》ねよ。鄴《ぎょう》まで連行することはない。首だけ届けばよい」

袁《えん》一族を、いまさら訊問《じんもん》しても、どうなるものでもなかった。早く、血を断ってしまうことだ。

軍の編成が完成しはじめたので、曹操《そうそう》は、さらに三万の兵を幽《ゆう》州に送った。烏丸《うがん》に逃げこんでいる、袁尚《えんしょう》と袁熙《えんき》を殺す。それで袁家の血は完全に断つことができて、河北《かほく》の叛乱の芽は消える。たとえ叛乱が起きても、中心を欠き、散発的なものになるはずだ。

烏丸を討《う》つためには、幽州に兵力を集中させなければならない。しかし、冬場は酷寒で、輸送にも問題が出てくる。冬になる前に、運河を二本掘ることにした。それによって、輸送が楽になる。烏丸を討ったあとは、人民の交通手段としても使える。

青州《せい》では、管承《かんしょう》という海賊が暴れていた。

かなり眼障《めざわ》りである。沿岸部が乱れているために、青州全体が落ち着きを失っているのだ。曹操は、出動の準備を命じた。

「丞相《じょうしょう》、性急すぎはいたしませんか。いまの曹操軍の中で、誰の動きが最も激しいと思っておられますか？」

荀彧《じゅんいく》の言い方には、たしなめるような響きさえあった。動きが最も激しいのは自分だ、ということは曹操にはよくわかっていた。ただ、放《ほう》っておけない。誰かをやろうにも、有能な部将たちは、みんなそれぞれに仕事を抱え、それは放り出すことができないことばかりだ。

焦《あせ》りがあるわけではなかった。河北四州の制圧など、想定したよりもずっと早く果すことができた。それでも、眼の前にやらなければならないことがあり、その気にさえなれば自分がそれをできるのだ。

「丞相は、いま幽州に運河を掘らせておられます。いずれ、烏丸を討つためです。鄴《ぎょう》の玄武苑《げんぶえん》を掘り、水戦調練用の池も作らせました。これは南征のための準備でありましょう。西の涼州《りょう》や漢中《かんちゅう》の攻略のために、黒山《こくざん》の賊の懐柔もなされました。忙しすぎます。私は、いずれどこかに隙《すき》が出るのではないかと、心配いたします」

「私に隙だと。荀彧、誰にむかって言っているのか、わかっているであろうな」

「無論、わかっております。お叱《しか》りも、覚悟の上です。丞相は鄴におられ、河北、中原《ちゅうげん》の全域を見つめておられるべきだと思います。やがて、軍が整い、河北に心配がなくなれば、夏侯惇《かこうとん》将軍をはじめとして、信頼のできる将軍を動かせるようになります」

「そうなった時、そうしよう。海賊が青州で暴れているのは、いまだ。だからいま、動ける者が動くというだけのことだ」

「海賊の暴動など、大したことではありません」

「袁紹《えんしょう》が河北《かほく》四州にあれだけの力を持ちながら、なぜ私に敗れたのだ、荀彧《じゅんいく》。細かいことを、細かいこととして見過していたからではないのか。おのが力を過信し、自ら腰をあげようとしなかったからではないのか」

「丞相《じょうしょう》は、袁紹とは違います」

「同じにするな、と言っているのだ。荀彧、私はいまやれることは、いまやっておきたい。やらなかったことで、後悔はしたくない。今後も、私は必要があれば自ら出陣する。そして、勝つ。以後、私に同じことを言うのは禁ずる。よいな」

「わかりました」

荀彧がうつむいた。強い口調に、曹操《そうそう》は自分で驚いていた。それも振り払った。

「壺関《こかん》を攻めた時の軍が、鄴《ぎょう》にまだ残っている。楽進《がくしん》と李典《りてん》だ。この二人は、高幹《こうかん》をうまく攻めることができなかった。あまつさえ、降伏の時に高幹を捕え損った。だから、青州《せい》では、その地位を賭《か》けて働かせる」

進発《しんぱつ》は、翌日にした。

兵糧《ひょうろう》は、徐《じょ》州から運ばせる。輜重《しちょう》を連れない軍を、とにかく急がせた。

青州、淳于《じゅんう》。本営を、そこに置いた。青州の平定に当たっている部将が駈《か》けつけてきたが、その場で罷免《ひめん》した。

「楽進、李典。それぞれに、兵を一万五千ずつ率いよ。ひと月後には、ここへ戻れ。青州の沿岸部の掃討を、ひと月で終らせるのだ」

楽進と李典は、強張《こわば》った表情をしていた。

「ひと月で掃討が終らなければ、おまえたちの明日はない」

「必ずや」

楽進が、ふるえる声で言った。李典も、頭を下げて、全身を硬直させている。楽進には無謀なところがあり、李典には慎重すぎるところがある。二人の組み合わせは悪くないはずだ、と曹操は思った。

淳于に曹操が来たというだけで、内陸にあった不穏な空気はたちまち消えた。許褚《きょちょ》の軍を連れ、曹操は問題がありそうなところを、三カ所ほど回った。

その間にも、沿岸の戦況の報告は、次々に入ってくる。楽進と李典は、見違えるような働きをしていた。進撃の速度が、すさまじいものだった。鬼のようになって突っ走っている、二人の顔が思い浮かぶほどだ。

十日で、二人は掃討を終え、淳于に戻ってきた。

「よくやった」

曹操《そうそう》は、二人を見据えて言った。

「死ななくて済んだな、これで」

このまま将軍でいられる、と言うつもりだった。口からは、違う言葉が出ていた。

二人が、蒼白《そうはく》になって頭を下げた。

「楽進《がくしん》、荊州《けい》へむかえ。新野《しんや》の劉備《りゅうび》を避《よ》ける位置で、拠点を作って確保せよ。何年、そこに駐屯《ちゅうとん》するか知れぬ。心して、場所を選べ」

「はっ」

「李典《りてん》は、青州《せい》に残れ。内陸にも、不穏の者どもがいる。私が去ってから、それらを討ち果せ。すでに、降伏は勧めた。これからは、討ち果すだけでよい。逆らう者は、今後はそうなる」

二人が退《さ》がった。

青州では、まだやることがあるはずだった。

十四年前、曹操は袞州《えん》で青州黄巾《こうきん》軍百万と闘い、それを降《くだ》した。そして、自軍に五万の青州兵を加えた。それ以後も、少しずつ青州からは兵が送られてきたが、やがてそれも途絶えた。民衆の間から、太平道《たいへいどう》という信仰が消えていったのだ。

あの時闘った者たちに、青州を領した時は、公正な政事《まつりごと》をやる、と約束した。それが気になった。しかし、あの時の者たちをいま捜しても、見つかりはしないだろう。見つかったとしても、それでどうなるわけでもない。

十四年の歳月を経たが、いま約束を守ればいいだけのことだ。

淳于《じゅんう》から、布令を出した。青州のみならず、河北《かほく》、中原《ちゅうげん》にいたるまで、すべて適用する布令である。役所の責任者は、月に一度ずつ、政事の欠陥を指摘すること。それは、別の部署の失政でもよい、という内容である。密告の奨励ではない。役人には、相互監視が必要だった。国が腐るのは、役人からなのだ。

鄴《ぎょう》へ戻った。

烏丸《うがん》討伐の準備に入らせた。

「丞相《じょうしょう》、以前からのこと、ようやくわかりました」

軍の再編を終えた夏侯惇《かこうとん》が、いくらかやつれた表情で丞相府の館《やかた》にやってきた。四十万からの軍の再編である。さらに、調練をさせなければならない。夏侯惇は、働きずくめだったのだろう。

「以前からのこととは、夏侯惇？」

「八門金鎖《はちもんきんさ》の陣を破った、劉備のことです」

「で、なにがわかった？」

「徐庶《じょしょ》ですな。劉備《りゅうび》に仕官したというわけではなかったので、なかなかわかりませんでした。食客《しょっかく》のようなものですかな」

「どういう男だ？」

「若いころは、いろいろあったようです。血の気《け》を押さえきれなかったのでしょう。それから長年、流浪《るろう》を続けています。われらのそばにいた気配も、あります。しかし、乞《こ》われても、仕官はしておりません」

「つまり、仕官を乞われるほどの男なのだな？」

「はい。荊《けい》州の、司馬徽《しばき》の門下で、俊英と謳《うた》われておりました。特に、軍学に長じております」

司馬徽の名は、曹操《そうそう》も耳にしたことがあった。やはり、仕官などを避け、隠棲《いんせい》しているという話だった。隠棲などということを、曹操は認めなかった。どれほどの知識があろうと、人の世の役に立たなければ、そういう人間の生は無駄である。

「どういうわけか、劉備とは気が合っているようで、新野《しんや》に滞在していることが多いようです。もともとは、劉表《りゅうひょう》の幕客《ばっかく》で、伊籍《いせき》と申す者の友人でした。それで、なおさらわかりにくかったのです」

「引き離した方がよいな、劉備とは。英雄豪傑《ごうけつ》は、私が羨《うらや》むような者を抱えているが、あの男には軍師がいなかった」

「母親が、潁川《えいせん》におります」

「わかった。もういいぞ、夏《か》侯惇《こうとん》。烏《う》丸《がん》討伐の準備は、急いでくれ。それから、水軍の調練も。涼《りよう》州にも兵をむけなければならん」

「すべて、はじめております。一度、水軍の調練は、御覧にならればよろしいと思います」

夏侯惇は、いつものように穏やかだった。

誰もいなくなると、五錮《ごこ》の者を呼んだ。

「徐庶と申す者の母が、潁川にいるらしい。身柄を必要としている」

「かしこまりました」

徐庶が、母を人質にしてこちらへ転ぶ人間かどうか、やってみなければわからないことだった。才能を持ちながら、長く流浪を続けていたというのだ。八門金鎖《はちもんきんさ》の陣を破った。母親が人質であることに対して、なにか策を講じてくるのか。それとも、無視できる男なのか。

「母親を連れてくるにしても、乱暴はならん。丁重にな」

「輿車《こしぐるま》などを用意してむかいます」

「それと、石岐《せきき》はまだ漢中《かんちゅう》か？」

「はい。五斗米道《ごとべいどう》の義舎《ぎしゃ》（信徒の宿泊所）に入り、時々教祖とも会っているようです」

石岐がいなくても、五錮《ごこ》の者はしっかり動いていた。若い者も補充されているようで、かなりの人数になっているはずだ。

「石岐が望んでいた、浮屠《ふと》（仏教）の建物、少しずつ建てはじめるがよい。費用は、荀彧《じゅんいく》に言えば出るはずだ」

「いつ、それをお許しいただけるのか、訊《き》こうと思っておりました」

「石岐には、とうに許すと言ってある。費用の手当てまではしてやらなかったが」

「財と密着してはならぬ、と長老の間で話し合われております。財は人を組織として利用すると。丞相《じょうしょう》に費用を出していただければ、浮屠におかしな者が入りこんでくることはありません」

「五斗米道は、財と密着しているのか。石岐から、いくらかは聞かされておろう？」

「財とは結び着いておりません。それなのに、漢中では、しっかりした組織になっております。太平道《たいへいどう》のように、信者のすべてが叛徒《はんと》というようなことはなく、選ばれた者が兵となって、調練も受けております」

すでに、曹操《そうそう》も知っていることだった。

石岐は、五斗米道の教祖の張魯《ちょうろ》を、普通の人間にすると言って、漢中へ出かけていったのだ。

漢中は、益《えき》州の中で孤立している。その気になれば、潰滅《かいめつ》させるのは難しくないはずだが、益州牧《ぼく》（長官）の劉璋《りゅうしょう》は、あまり能力のない男のようだった。幕僚《ばくりょう》の中にも、状況を分析できる人間はいないらしい。

「徐庶の母は、慌《あわ》てることはないぞ。できれば、自ら進んで来てくれるのが望ましい」

「できるだけ、丞相の御意向に沿います」

五錮の者が去った。いつも不意に消えるような感じだが、普通に歩いて出口から出ていくのだ。気配を消す術を知っているので、姿まで消えると感じるのかもしれない。

信仰は、曹操にとっては厄介なものだった。ただ、教祖が死ねば、信徒も自然に消えていく信仰もある。太平道が、そうだった。青《せい》州に、黄巾《こうきん》賊の匂《にお》いはしなくなっているのだ。

しかし、教祖がいる間は、面倒だった。

浮屠《ふと》を認めておくぐらいが、適当だろうと曹操《そうそう》は思った。浮屠に教祖などはいなくて、生きている人間が神になることもないという。

曹操は、こめかみを押さえた。

頭痛はまだ、襲《おそ》ってきてはいなかった。

4

三月に、丹陽《たんよう》郡の山越《さんえつ》族を討伐した。

時をかけて慰撫《いぶ》につとめ、かなりの数を恭順させ、最後に残ったのは三万の民と一万の兵だった。それを討《う》つのは難しいことではなく、恭順した山越族の反撥《はんぱつ》は少なかった。

捕虜《ほりよ》にした一万の兵の大部分を孫権《そんけん》軍にとりこみ、重立《おもだ》った者数名の首を刎《は》ねた。

山越族討伐は、それほどの激戦というわけでもなかったので、周瑜《しゆうゆ》は中原《ちゆうげん》から河《か》北《ほく》の情勢を、人を放《はな》って調べさせていた。

烏丸《うがん》の幽《ゆう》州侵入に合わせて、幷《へい》州の高幹《こうかん》が叛乱《はんらん》を起こしたが、幽州から急行した曹操にたやすく打ち破られている。

袁《えん》家の兄弟の争いがあったとはいえ、曹操の河北制圧は意外なほど早かった。少なくとも、あと一年と周瑜は見ていたのだ。

曹操の南征も、多分早くなるだろう。来るとすれば、荊《けい》州なのか、揚《よう》州なのか。曹操の構えは、荊州に見えるが、その構えから揚州を急襲することも充分に考えられた。

山越族を鎮撫《ちんぶ》する過程でわかったことだが、三年前の江夏《こうか》攻めの時、丹陽郡で山越族の叛乱があったのは、荊州の劉表《りゅうひょう》の指嗾《しそう》によるものだった。それを知った孫権が、激昂《げっこう》して再び江夏を攻めようというのを、いまは止めている状態だった。

この三年の間、孫権も積極的に内陸の鎮撫にとりかかっていた。ただ鎮撫するだけでなく、民政を立て直し、役人を送りこむところまでやった。

三年前より、孫《そん》家の力はさらにひとまわりもふたまわりも大きくなった。いま揚州の持つ体力でなら、江夏に進攻して落とし、そのまま荊州の深くまで攻め入ることも可能だろうと、周瑜は思った。江陵《こうりょう》を奪《と》れば、ほとんど荊州の半分を奪ったも同じようなものである。

しかし、曹操の動きがあった。

荊州《けい》を攻めれば、曹操《そうそう》はすかさず揚州《よう》に攻めこんでくる。

「機を見て、江夏《こうか》を攻めることだけはできましょう。しかし、すぐに兵は退《ひ》くべきです。みすみす、曹操に揚州を明け渡すようなものではありませんか」

建業《けんぎょう》へ戻った時、周瑜《しゅうゆ》は孫権《そんけん》をたしなめた。出兵の準備までさせようとしていた孫権は、それでようやく諦《あきら》めた。

民政の手腕については、やはり孫権は非凡なものを持っていた。山越《さんえつ》族の、偽の投降という、高い代償を払ったこともあってか、少数民族に対しても、民政を通してしっかり管理することを覚えた。

周瑜は、久しぶりに建業の館《やかた》で、小喬《しょうきょう》とともに過した。すでに、二人の子を生《な》した。歳月とは、早いものなのだ。

家族と過す時が、周瑜には無上に大切な時のように思えた。ふだんは、皖口《かんこう》にいることが多い。場合によっては、予章《よしょう》郡の巴丘《はきゅう》にも行く。

幼い長子を、庭で遊ばせる。小喬は、二番目の子を抱いてそれを見ている。戦《いくさ》など、人はなんのためにするのだ、と思う。そういう時だけは、切実に思う。

しかし、周瑜にも、天下が見えていた。

かつて孫策《そんさく》が見ていたものとは、だいぶ違う見え方だろう。しかし、見えた。丹《たん》陽《よう》郡の山中で、山越族と粘り強く交渉を重ねているうちに、見えるものは見えてきた、という感じだった。

まず、曹操を、打ち払う。それが第一だった。曹操は、確かに河北《かほく》を制圧してさらに強大となったが、どこか急ぎすぎているように周瑜には見えた。山越族の孫権軍への取りこみと、民政による揚州の安定に三年をかけたのに較《くら》べて、竜巻のようなすさまじさだ。

次には、南へ来る。それも、あまり時を置かずにだ。すでに、水軍の調練《ちょうれん》にも入っているという。徐《じょ》州から建業を直接攻めてくるのか。それとも、まず荊《けい》州を併呑《へいどん》するのか。

どちらにしたところで、揚州を攻める時は、まず水軍の勝負だった。

水軍の勝負をして、曹操に負けるとは思わなかった。

なにがなんでも、曹操を打《う》ち払う。そして即座に荊州を攻め、とりあえず江夏郡から南《なん》郡江陵《こうりょう》までを奪《と》る。そこを維持する兵力は、いまの揚州には充分にあった。

将軍たちも、育ってきている。孫堅《そんけん》の代からの、程普《ていふ》、韓当《かんとう》、黄蓋《こうがい》は健在で、ほかに太史慈《たいしじ》がいる。呂蒙《りょもう》が、甘寧《かんねい》が、若い淩統《りょうとう》がいる。

そしてなにより、友である魯粛《ろしゅく》がいる。

民政は、張昭《ちょうしょう》の補佐に、諸葛瑾《しょかつきん》がいた。兵力、十五万。江陵《こうりょう》まで奪《と》れば、そこの兵を併《あわ》せ、二十万以上にすぐ達する。

周瑜《しゅうゆ》が見ていたのは、益州《えき》だった。劉璋《りゅうしょう》は、とりたてて言うほどのことはない男で、漢中《かんちゅう》の五斗米道《ごとべいどう》を持て余している。江陵から、水軍をもって益州に入るのは、不可能ではなかった。

それは、自分がやる。

益州を奪れば、荊州《けい》全域は、熟《う》れた実のように落ちる。揚《よう》、荊、益。その三州があれば、曹操《そうそう》と天下を二分できる。

頭の中だけで、考えていることだった。孫権《そんけん》にも、魯粛《ろしゅく》にも、語ったことはない。ただ血が騒いだ。孤独な、血の騒ぎだった。孫策《そんさく》も、こうやってひとりきりで血を騒がせていたのか、といまにして思う。

これを語れるのは、曹操を打ち払ってからのことだ。曹操がどれほどの難敵かは、いままでの闘いを見てみれば、肌に粟《あわ》が生じるような恐怖とともに理解できる。

しかし、曹操と天下を争いたいという思いは、周瑜の心に消し難く芽生えていた。

「あなた、このごろまた痩《や》せられましたのね。孫権様も魯粛殿も、少しずつ肥《ふと》ってこられているというのに」

赤子に乳を含ませながら、小喬《しょうきょう》が言う。長子の時も、決して乳母《うば》には任せたがらなかった。周瑜は、無心に乳を吸う赤子に顔を寄せて見つめた。

「少し楽をされればよい、と孫権様もおっしゃっておいででした。自分が腑甲斐《ふがい》ないばかりに、あなたに苦労をさせてばかりだと、この間は謝っておいででした」

「揚州の主として、殿は立派にやっておられる」

そして、自分にも心に秘めた夢がある。それは、小喬にも語れないことだった。

「曹操の動きが、気になってならぬ。それに、孫《そん》家はどうしても江夏《こうか》を奪らねばならん。ここ十五年の、悲願なのだ」

「また、戦でございますか」

「仕方があるまい。こんな時代なのだ」

「そうですね。女は、待っているだけの時代なのです」

「機嫌を直せ、小喬。乳の出が悪くなるぞ」

「機嫌を悪くなど、しておりません。ただ殿が心配なだけです」

「心配してくれる妻がいる。幼い子が、二人もいる。私は、それを忘れたことはない」

しかし、夢。そのために、妻子さえも捨てることが、自分にできるのか。

乱世に生まれた男が、当然抱く夢である。夢を、夢のまま朽《く》ち果てさせたくはなかった。なんのために、男子として生まれてきたのか。

それでも、周瑜《しゅうゆ》は細かいことに気を配るのを忘れなかった。軍船に、さらに工夫をこらすこと。船上の武器。水夫《かこ》の調練。

来年からは、また晥口《かんこう》だった。

曹操《そうそう》が、来年攻めてくるということは、多分ないだろう。烏丸《うがん》に逃げこんだ袁尚《えんしょう》、袁熙《えんき》の兄弟が、河北《かほく》に戻る機会を窺《うかが》っているのだ。その間に、江夏《こうか》だけは落としておきたい。曹操が荆州《けい》から来るにしろ、揚州《よう》に直接来るにせよ、江夏の黄祖《こうそ》はやはり邪魔なのだ。

海陵《かいりょう》から、周瑜の館に早馬が着いたのは、十二月に入った日だった。深夜である。従者《じゅうしゃ》に起こされた周瑜は、寝巻のまま、外に飛び出した。海陵には、五日前から孫権《そんけん》が視察に出かけている。徐《じょ》州に、おかしな動きがあるという情報が入ったのだ。

孫権に、なにかがあった。はじめに考えたのは、それだった。

「申しあげます。海陵にて、軍船を試している時、何者かに襲《おそ》われ、太史慈《たいしじ》将軍が死なれました」

孫権ではない。束《つか》の間《ま》、安堵《あんど》の感情が周瑜を包んだ。しかし、太史慈が死んだ。

「どういうことだ。三千の兵がいたはずだ」

「殿や太史慈将軍をはじめ、百名ほどが、海戦用の軍船の試乗をされたのです。そこを海賊らしき者どもの小船数艘《そう》に襲われ」

「そして、殿は？」

「船は浜に乗りあげ、殿は御無事でございました。ただいま、全軍で建業《けんぎょう》へむかっておられます」

「太史慈は、どうやって死んだ？」

「はい。賊の矢から、殿を庇《かば》って。矢には、毒が塗られており、太史慈将軍は軍営に運びこまれたあと、亡くなられました」

曹操の顔が、思い浮かんだ。しかし、わからない。海賊は、徐《じょ》州との州境あたりで、よく暴れていた。

周瑜は、城内に一千の兵を並べ、孫権の帰還を待った。

朝になって、ようやく孫権は旗本《はたもと》に守られて戻ってきた。

「済まぬ、周瑜。私は、太史慈を死なせてしまった」

「太史慈が死んだのは、まことに惜しい。しかし、殿は無事でおられた」

「私を庇って、太史慈は死んだのだ。これで兄上に申し訳が立つ、と言って死んをしていた。

館に戻った孫権《そんけん》は、沈みこんだまましばらく黙っていた。

「海戦用の軍船とは、なんでございます？」

「済まぬ。周瑜《しゅうゆ》の水軍があまりに素晴しいので、私は海軍を作ろうと思った。そのためには、海戦用の軍船が必要になる。太史慈と、その工夫をこらしていたのだ」

「襲ってきたのは？」

「海賊であろう。しかし、私であることを知って、襲ってきたのだと思う。暗殺に成功すれば、曹操《そうそう》あたりから賞金が出るに違いないのだ」

「そうですか。いまとなっては、調べようもありません。とにかく、殿が御無事であったことで、太史慈も浮かばれます」

孫策《そんさく》以来の、揚《よう》州の悲劇の予兆は、太史慈の死だけで済んだ。

動揺した旗本を、二日かけてまずまとめた。なにしろ、旗本を率《ひき》いていた太史慈が、死んだのである。旗本全員を整列させたところで、太史慈を埋葬した。

「周泰《しゅうたい》」

だ」

太史慈《たいしじ》の屍体《したい》が運ばれてきた。毒で死んだということがわかる、どす黒い顔の色周瑜は、孫権の前に立って言った。

「前へ出よ。ここへ来い」

緊張した面持《おももち》の周泰が、列から出てきて周瑜のそばに立った。同姓だが、血縁はない。旗本の中で、剣や槍《やり》を遣《つか》わせたら、右に出る者はいない男だ。

「おまえは以前、殿の護衛をしていたことがあった。殿を守るために生まれてきた、と思い定めることができるか？」

「旗本に加えられた時から、思い定めております」

「よし、これからおまえが旗本を率いよ。殿、これでよろしゅうございますか？」

「周泰、太史慈の分まで、働いてくれ」

ほほえみながら孫権が言うと、周泰は二度拝礼した。

孫策が当主だったころ、周泰は孫権の護衛の任についていた。旗本を率いさせるのに、ほかに適任者はいなかった。

孫権の居室で、二人だけになった。部屋の外には、周泰の部下が立っている。

「調べさせておりますが、襲った海賊を見つけ出すのは、まず無理でしょう」

居室に戻ると、やはり孫権は沈みこむ。

「海軍について、そろそろお話しいただきたいのですが」

孫権《そんけん》は、黙ったままだ。じっと剣の柄《つか》に眼《め》を落としている。

周瑜《しゅうゆ》は、孫権が喋《しゃべ》りはじめるのを、辛抱《しんぼう》強く待った。喋りたがってはいるが、言葉が出てこない。そんなふうにも見えたのだ。

「私は、民政の男だと言われている」

ぽつりと、孫権が言った。

「確かに、殿は民政に非凡な手腕をお持ちです」

「民政だけなのだ。私は民政だけで、戦は周瑜がする。豪族たちの中で、そんなことが語られているというのだ」

孫権が顔をあげた。碧《あお》い眼が、周瑜を見つめてくる。

「なにを、馬鹿なことを」

「いや、確かにそうなのだ。戦は、周瑜がやってくれた」

「私は殿の部将ですぞ。殿のために戦をやるのは、当たり前ではありませんか」

「私も、周瑜に甘えていたと思う。山越《さんえつ》族にしたところで、そうだった。私が鎮撫《ちんぶ》に失敗した後始末を、周瑜がやってくれた」

「それと海軍と、なんの関係がありますか？」

「周瑜が、長江《ちょうこう》の水軍を作った。だから、私は海軍を作れないものかと思った。たとえば曹操《そうそう》が建業《けんぎょう》を攻めた時、海陵《かいりょう》あたりから速やかに軍船を回し、徐《じょ》州のどこかに上陸して曹操の背後を衝《つ》く。そんなこともできる、という気がした。そのためには、船に工夫をしなければならん。百人は乗れる船を、試しに作らせていたのだ。知っていたのは、太史慈《たいしじ》だけだった」

悪い考えではない。しかし、海は荒れることが多く、いまの船ではとても多人数は運べないだろう。

「それで、その船はどうだったのです？」

「波で、ひどく揺れた。揺れないように工夫したつもりだったが、ひどいものだった。横の波を食らうと、乗っている人間が落ちそうなほどだった。愚かだったと思う。しかし、海軍を作って、周瑜を驚かせたかった。民政だけの男、と言われるのも耐えられなかった。しかし、あの船ではな。水夫も、どうやって船を操ればいいかわからない、と音《ね》をあげていた。そういう時、海賊が襲ってきた。せいぜい十人ほどが乗っている小船で、波間を素速く近づいてきて、逃げる間もなかった。五艘《そう》はいたと思う。陸に、舳先《へさき》をむけるのが精一杯だった。そういう中で、太史慈が私に覆《おお》い被《かぶ》さって死んだ」

孫権は、憑《つ》かれたように喋り続けた。その時の恐怖を思い出すのか、時々躰《からだ》をふるわせている。周瑜《しゅうゆ》は眼を閉じた。慎重で注意深い男。完成された判断力を持っている男。そう思っていたが、孫権《そんけん》にも無謀《むぼう》なところはあった。そして、それは悪くなかった。

「民政だけですか」

「実際、その通りだ。腹を立てた私の方が、間違っていた。いまは、恥じている」

「恥じることなど、ありません」

周瑜は、孫権の碧《あお》い眼を見てほほえみかけた。

「そういうことを言う者がいるなら、殿が戦に出られればよい」

「しかし」

「江夏《こうか》を、攻めてください。私の水軍ではありません。殿の水軍なのです。殿が水軍を率いて、江夏を攻められればよい。私は、ここで留守を守ります。黄祖《こうそ》を討《う》って御帰還されれば、そんなことを言う者もいなくなりましょう」

「いいのか、私が行って？」

「殿。殿は、揚《よう》州の総帥《そうすい》です。そのことをお忘れなく」

「そうか。行かせてくれるか、私を」

「私こそ、殿にお詫《わ》びを申しあげます。殿のお気持もわからず、出過ぎていたと思います」

「そんなことはない、周瑜。いつも、周瑜に頼っていた。しかし、私も孫堅《そんけん》の倅《せがれ》で、小覇王《はおう》と呼ばれた、孫策《そんさく》の弟なのだ」

「江夏攻めを、存分におやりください。ただ、戦の指揮とは、なかなかつらいものですぞ。音《ね》をあげられませんように」

「これ以上、周瑜に笑われたくはない」

孫権は、落ち着きを取り戻していた。

周瑜は、江夏攻めを、来春に予定していた。だから、新年早々に、皖口《かんこう》へ発《た》とうという心積りだった。

孫権が行くことになる。

勝てるはずだった。黄祖の兵力はあまり変化はないが、援軍として来る劉表《りゅうひょう》の兵の戦闘力は、かなり落ちている。そういう調べは、ついていた。

「春です、殿。春には、江夏を攻めてください」

周瑜が言い、孫権が頷《うなず》いた。

5

王安《おうあん》が、馬から払い落とされた。

張飛《ちょうひ》は、怒声を出した。

「女に負けて、恥《はずか》しくないのか、王安。金玉を抜いて、どこぞの宦官《かんがん》にでもなってしまえ」

王安が、唇を噛《か》んで立ちあがっている。香《こう》との一騎討ちで勝てる兵は、劉備《りゅうび》軍にもそう多くはいなかった。ただ、このところ、兵を相手にすることを、張飛は香に禁じていた。自分の女房が、自分の部下を打ち負かしている姿は、あまり見たくなかった。

それで、王安が時々相手に選ばれる。

小柄だが、すでに二十歳《はたち》を超えていた。九歳の時に下邳《かひ》で拾ってから従者《じゅうしゃ》にしているので、家族同様だった。いやがっても、香には引き出される。

新野《しんや》の城外には草原が拡《ひろ》がり、野駈《のが》けには絶好の場所だった。

劉備軍は、州境から新野に戻っていた。曹操《そうそう》が部隊を出してきたので、新野の防衛が大事になってきたのである。

「奥方、いま一度」

王安が、棒を握って馬に乗った。ふだんなら、二人はいい勝負をする。もっとも、香が勝っても、張飛は嬉《うれ》しくなかった。

五度打ち合って、王安が勝ったのは、最後の一度だけだった。二人とも、息を弾《はず》ませている。

「よし、いいぞ。二人でかかってこい」

張飛は、招揺《しょうよう》に跨《また》がると言った。蛇矛《じゃぼう》は遣《つか》わない。大して太くもない枯枝だった。軽すぎて、張飛にはかえって扱いにくい。それでも、二人に打ち負けることはなかった。

陽《ひ》が落ちかかっている。新野の夕陽は、草原に落ちる。

しばらく、馬を並べてそれを眺めていた。

それから、新野に駈け戻った。

面白くないことが多いので、三人での野駈けは、いい気晴しになった。蔡瑁《さいぼう》が、やはりおかしなことを仕掛けてくる。たとえば、劉備軍を江夏《こうか》にやろうとして動いたりするのだ。馬鹿げたことだった。江夏に援軍が必要なら、中央軍から送ればいいのだ。

蔡瑁《さいぼう》のような男を見ていると、張飛《ちょうひ》の生来の荒っぽさが頭をもたげてくる。実際、ひねり殺してやると胸ぐらを摑《つか》み、伊籍《いせき》に止められたこともある。

そういう張飛を処分しろと劉備《りゅうび》に言ってきそうなものだが、そういう時は、なにがなんでもおまえを殺して俺《おれ》も死ぬ、と蔡瑁にはっきり言ってあった。だから蔡瑁は、張飛を避けるだけである。

館《やかた》には、下女がひとりいた。しかし香《こう》は、食事は全部自分で作る。意外なことに、料理がうまかった。粗末なものでも、うまく食わせる術《すべ》を知っている。どこで覚えたのかと訊《き》いても、香はただ笑うだけだった。

いい女房に恵まれた、と張飛は思っていた。料理だけではない。閨房《けいぼう》でも、張飛に尽す。内腿《うちもも》にまで生えている陰毛を除けば、肌は白く、乳房は大きく、女らしい躰《からだ》をしていた。並みはずれて濃い陰毛を香はいつも恥しがったが、抜くことも剃《そ》ることも、張飛は許さなかった。それが、張飛をそそるのである。口吸いも、舌が吸いこまれて痛いほど吸ってくる。

ある夜、館に訪《おとな》いを入れてきた者があった。

伊籍だった。

「おう、どうされた、こんな時刻に。香々《こうこう》、酒を持ってこい」

「いや、酒はやめておきます、張飛殿。それより、お願いがあって参った」

「ほう」

入口の脇《わき》に、部屋がひとつある。客を通せるのは、そこだけだった。香が、湯を運んできた。伊籍が、軽く頭を下げる。

「香々、退《さ》がっていろ。伊籍殿は、面倒な用件で来られたらしい」

人前でも、張飛は香を、香々と重ねて呼ぶ。二人きりの時に、女を呼ぶような言い方だった。香も、それをいやがらない。

「明日、劉備様が襄陽《じょうよう》へ行かれるのは、御存知《ごぞんじ》ですな？」

「知っています」

劉表《りゅうひょう》が病《やまい》という知らせが入り、見舞いに劉備が出むくことが決まっていた。供は襄陽に行く時はいつも、趙雲《ちょううん》が十数騎を連れて付く。

「張飛殿にも、行っていただきたいのです。それも、麾下《きか》の四百騎を連れて」

「ほう」

「蔡瑁殿が、なにか言ってきましょう。武装して来るとは何事だ、とか。荊州《けい》の主《あるじ》が病である時、当然下にいる者は守りを固める。まして、曹操《そうそう》がいつ侵攻してくるかわからない時である。そんなふうに、突っぱねていただきたい」

「わかった」

なにか不穏な動きがある。いつも蔡瑁《さいぼう》がなにかしそうで、それで関羽《かんう》は趙雲《ちょううん》を付けてやる。張飛《ちょうひ》だと、なにをやるかわからないところがあるからだ。張飛も、蔡瑁を見ていると、思わずひねり殺してやりたくなる。

「劉備《りゅうび》様にも、内密に。四百騎もが付いてくるのは、穏当ではないと言われるでしょうし」

「襄陽《じょうよう》の近くまで、調練《ちょうれん》代りに駈けよう。それから、いきなり姿を現わして、なんと言われようと付いていく。心配なさるな」

「助かった」

「これは、うちの小兄貴には？」

「なにも申しあげておりません。確かなことは、なにもないのです。したがって、これが大きな問題となれば、張飛殿の責任ということになってしまいます。とにかく、私がそうした方がいいと考えているだけなのです。いや考えているのでもなく、感じているだけなのです。張飛殿が責めを負わされる時は、私もともに負います」

「そんな必要はない。俺ひとりでたくさんですよ。責めを負う時は、俺ひとり。それは約束してください」

「しかし」

「この俺が少々の無法を働いたところで、誰《だれ》も不思議には思わん。ところが伊籍《いせき》殿と話し合っていたとしたら、これは裏にはなにかあると思われる。したがって、伊籍殿は俺とともに責めを負うことなどできません」

「張飛殿おひとりが」

「俺は、そのためにいるのです、伊籍殿。殿の志《こころざし》のためなら、いつでも身を捨てる。自分がなぜいるのか考えて、そう結論を出した。それ以上は、面倒で考えない」

張飛は声をあげて笑った。伊籍の眼《め》が、張飛を見つめてくる。

「私など、まだまだですね。劉表様が御存命の間は、なんとか荆州《けい》を乱れさせたくない。それが恩を受けた者のつとめだと思ってきましたが、こうして人様に頼みこむので精一杯です」

「伊籍殿は、わが殿を何度も救ってくださっている。俺は、そう思っています。そして、なにも言われない」

「心細《こま》やかなるお方だ」

伊籍が張飛を見つめる眼が、束《つか》の間《ま》和《なご》んだ。

「正直に申しあげて、はじめて張飛《ちょうひ》殿の調練を見た時は、なんとも激しすぎると思ったものです。こんなにまでしなくてもと。しかし、あの調練の激しさが、戦場では兵の命を守るのですね。それも、何年か見ていて、はじめてわかったことです」

蔡瑁《さいぼう》にいつも突っかかる。それは、劉備《りゅうび》の感情を爆発させないためでもあった。関羽《かんう》や趙雲《ちょううん》はそれを知っているが、もしかすると伊籍《いせき》も気づいているかもしれない、と張飛は思った。

「御心配なく、伊籍殿。俺が、殿をしっかりと新野《しんや》まで連れ戻します」

伊籍が頭を下げた。

今夜のうちに襄陽《じょうよう》まで戻る気なのか、湯を飲み干すと腰をあげた。

張飛は、王安《おうあん》に命じてすぐに部下に召集をかけた。

香《こう》が、具足《ぐそく》の用意をして、待っていた。

「招揺《しょうよう》に、鞍《くら》は載せてあります」

「おまえ」

「お気をつけなされませ。弱みを見せると、蔡瑁はすぐにそこにつけこみます」

「あ、うん」

香が、張飛に具足をつける。

招揺に跨って城門のところへ行くと、すでに部下たちは揃《そろ》っていた。

「門を開けろ。夜襲の調練に出る」

張飛が叫ぶと、門が開いた。

四百騎が、二列で城門を出て駈けはじめた。闇《やみ》。王安が、先頭を駈ける。不思議に、夜眼が利くのだ。誰も見えないものが、見えたりする。

道をはずすことはなかった。

夜明け前に、襄陽の近くまで来た。道からはずれ、草原の中で兵たちは休ませた。

四騎だけ、道の見張りにつけている。

劉備の一行が現われたのは、正午少し前だった。

「張飛、おまえは」

劉備は、張飛の騎馬隊を見て、怒るより驚いた表情をした。

「大兄貴について、襄陽に入ります。なんと言われようと、決して離れません」

眼を剝《む》いて、劉備を睨《にら》みつけた。劉備は、ちょっと考えるような表情をしたが、なにも言わず馬を進めはじめた。趙雲も、なにか感じとっているのか、なにも言わない。

襄陽の門前に来た。

新野《しんや》からの見舞いだと言ったが、守兵は慌《あわ》てていた。だいぶ待たされ、蔡瑁《さいぼう》が馬を飛ばしてやってきた。

「劉備《りゅうび》殿、これは？」

眼も鼻も口も顔の中心に寄り気味で、ほんとうに鼠《ねずみ》に似ている、と張飛《ちょうひ》は思った。

「このものしい軍勢は、なんなのだ？」

劉備が、口籠《くちご》もった。

「殿が病の床につかれたことを、知っておられよう。それとも、戦と間違われたか」

蔡瑁の部下が、一千ほど背後に集まっていた。

「おい、蔡瑁」

張飛が、馬を前に出した。

「劉表《りゅうひょう》様が、病なのであろう。なんだ、その恰好《かっこう》は。ふだん着のままではないか。恥しくないのか。せめて、兵には軍装を整えさせろ。劉表様が病ということは、荊《けい》州が危機ということだ。その時、軍人がなすべきなのは、守りを固め、安心して劉表様に病を癒《いや》していただくことだ。つまり、戦場に出るのと同じ覚悟をする。それが、軍人の心得というものだぞ」

「しかし」

「まして、曹操《そうそう》がいつ侵攻してくるかわからん。孫権《そんけん》も、江夏《こうか》を狙《ねら》っている。劉表様が病だからこそ、われらは気をひきしめて守りを固める。襄陽《じょうよう》でも新野でも、それは同じことだ」

「待て」

「待てるか。通るぞ。止めだてすれば、不忠の臣だ。この場で頭を叩《たた》き割って、犬の餌《えさ》にでもしてくれる」

張飛は、全身から殺気を発し、蔡瑁を睨みつけた。馬を進める。蔡瑁が道をあける。

城門を通った。

劉表の館《やかた》の前でも、張飛は兵を休ませなかった。馬の轡《くつわ》を持ち、もう一方の手では槍《やり》や戟《げき》を持ち、いつでも闘えるという状態で立たせていた。

館に入ったのは、劉備と趙雲《ちょううん》と十名ほどの従者だけだ。

劉備が出てくるまで、張飛は館の門を睨みつけて立っていた。

何事もなく、劉備は出てきた。蔡瑁の兵が近辺にいるようだが、動きは見せなかった。およそ五百というところか。

「帰ろうか、張飛《ちょうひ》。劉表《りゅうひょう》様は、思ったより元気にしておられた。われらは、新野《しんや》の守りを固くして、安心していただくしかない。それが、最上のお見舞いであろう」

劉備《りゅうび》の両側には、二十名ずつの兵をつけた。先頭は張飛である。

城門のところに伊籍《いせき》が立っていて、張飛と眼が合うと、軽く会釈《えしゃく》した。

新野へ戻っても、劉備は張飛になにも言わなかった。

年も押しつまったころ、新野の食客《しょっかく》であった徐庶《じょしょ》が、出ていくことになった。別れの宴などいらぬ、と徐庶が言ったらしい。城外まで、関羽《かんう》や趙雲《ちょううん》らと見送ることになった。

「母者が曹操《そうそう》に捕えられたというのは、まことか、徐庶殿？」

張飛が訊《き》くと、徐庶は軽く頷《うなず》いた。

「捕えられたということでもないようだ。進んで許都《きょと》へ行ったということだからな」

「騙《だま》されたんだ」

「かもしれん。とにかく、私は親不孝を続けてきた。母が、許都へ来てくれと手紙をくれたのだ。そろそろ、親孝行をしてもいい歳《とし》だと思って、許都へ行くことにした」

「曹操に、仕官するのか？」

「そうなるかもしれん。いや、そうせざるを得ない。母が、曹操の手もとだからな」

「汚ない手だ」

「いや、母がいながら、勝手放題をやっていた私が、悪かったのだと思う」

徐庶が、劉備に仕官すればいい、と張飛はずっと思い続けていた。しかし、口に出して言ったことは、一度もない。どうしようか、徐庶が迷いかけていることはわかったからだ。劉備軍の、ありのままを見て貰《もら》うしかないと思った。

「生来の流浪《るろう》好きだったが、罰《ばち》が当たったのかな」

「徐庶殿には、いろいろ教えて貰った」

関羽《かんう》が言った。徐庶を四人で囲むようにして、ゆっくりと馬を進めていた。

「ここで会った方々のことは、忘れぬ。劉備様に仕えようかと、本気で考えていたところだった」

「曹操も、抜け目がないな。殿が軍師を抱えられることを、警戒したのだ。しかし、母子《おやこ》の情で縛るとはな」

趙雲が、呟《つぶや》くように言う。

徐庶《じよしよ》の軍略の中には、確かにいままで劉備軍《りゆうび》が知らなかったことが、数多くあった。それを調練で試したりして、張飛《ちようひ》は眼を瞠《みは》ったこともある。強いだけではなく、こういう男も必要なのだ、と張飛はそのたびに思ったものだ。

劉備は、黙々と歩いているだけだった。

丘をひとつ越え、次の丘にさしかかった。

「ここで」

徐庶が言った。

「お別れします。あえて、殿とは申しません、劉備様」

「未練は残すまい。さらば、徐庶」

「ひとつだけ、置土産《おきみやげ》があります。荊州《けい》に、私の友人がひとりいるのです」

「ほう」

「私より、はるかに才に恵まれた男で、臥竜《がりゆう》と呼ばれています。つまり、まだ雲を得ていないということです。その雲に、おなりなされよ、劉備様」

「して、その臥竜の名は？」

「諸葛亮《しよかつりよう》、字《あざな》は孔明《こうめい》。劉備様自ら、お訪ねになるとよいと思います。それほどの男であるのです」

「諸葛亮孔明か」

「では、お別れいたす」

徐庶が、馬腹を蹴《け》った。

その後ろ姿は丘を越え、すぐに見えなくなった。

本書は、二〇〇一年十月に小社より時代小説文庫として刊行された
『三国志　五の巻　八魁の星』を改訂し、新装版として刊行しました。

時代小説文庫
き 3-45

三国志《さんごくし》 五の巻《ごまき》 八魁の星《はっかいほし》 新装版

著者 北方謙三《きたかたけんぞう》
2001年10月18日第一刷発行
2024年 2月18日新装版第一刷発行

発行者 角川春樹

発行所 株式会社 角川春樹事務所
〒102-0074 東京都千代田区九段南2-1-30 イタリア文化会館

電話 03(3263)5247[編集] 03(3263)5881[営業]

印刷・製本 中央精版印刷株式会社

フォーマット・デザイン&シンボルマーク 芦澤泰偉

ISBN978-4-7584-4617-4 C0193
http://www.kadokawaharuki.co.jp/[営業]
fanmail@kadokawaharuki.co.jp[編集] ご意見・ご感想をお寄せください。